摸金校尉之九幽将军

天下霸唱 著

天津出版传媒集团

天津人民出版社

图书在版编目（CIP）数据

摸金校尉之九幽将军 / 天下霸唱著 . -- 天津：天津人民出版社 , 2020.4
ISBN 978-7-201-15757-3

Ⅰ . ①摸… Ⅱ . ①天… Ⅲ . ①长篇小说 – 中国 – 当代 Ⅳ . ① I247.5

中国版本图书馆 CIP 数据核字 (2020) 第 020278 号

摸金校尉之九幽将军
MO JIN XIAO WEI ZHI JIU YOU JIANG JUN

天下霸唱 著

出　　　版	天津人民出版社
出 版 人	刘　庆
地　　　址	天津市和平区西康路 35 号康岳大厦
邮政编码	300051
邮购电话	（022）23332469
网　　　址	http://www.tjrmcbs.com
电子信箱	reader@tjrmcbs.com
责任编辑	张素梅
封面设计	吴黛君
制版印刷	唐山富达印务有限公司
经　　　销	新华书店
开　　　本	620×889 毫米　1/16
印　　　张	18
字　　　数	170 千字
版次印次	2020 年 4 月第 1 版　2020 年 4 月第 1 次印刷
定　　　价	59.50 元

版权所有　侵权必究
图书如出现印装质量问题，请致电联系调换（022-23332469）

摸金校尉之九幽将军

第一章　崔老道射天狗 ＼001

第二章　会鼓的宝画 ＼016

第三章　秦王玄宫 ＼031

第四章　阎王灯笼 ＼047

第五章　九幽将军 ＼062

第六章　死海幻日 ＼080

第七章　西夏妖女 ＼093

第八章　抛尸庙下 ＼109

第九章　沙漠中的鱼 ＼125

第十章　死亡是一条河 ＼141

摸金校尉之九幽将军

第十一章 密咒伏魔殿 \ 152

第十二章 活人变鬼 \ 167

第十三章 摩尼宝石 \ 184

第十四章 照破一切无明之众 \ 200

第十五章 灭尽一切无明之暗 \ 217

第十六章 宝藏 \ 233

第十七章 真相 \ 242

第十八章 水池 \ 251

第十九章 魔窟 \ 266

第二十章 升天 \ 276

第一章　崔老道射天狗

1

老早以前，还有皇上的时候，北京城九座城门各有一个镇物。阜成门的镇物，是个刻在瓮城门洞左壁上的梅花。因为阜成门运煤的多，城下住的全是煤黑子，很多拉骆驼的苦力也在那儿住，没几处像样儿的屋子，净是"篱笆灯"。篱笆灯可不是灯，穷人住不起砖瓦房，竖几根木头柱子，搭上大梁，挑起个架子，屋顶铺草席子，秫秸杆儿涂上白灰当墙，人住在里边，这叫"篱笆灯"。

穷苦力住的"篱笆灯"当中，有个摆卦摊儿的。算卦的先生三十出头，本是传了多少代的财主，积祖开下三个当铺，一个当古董字画、一个当金珠宝玉、一个当绫罗绸缎，可是传到他这儿落败了，万贯家财散尽，携儿带女在京城卖卦，凭胸中见识对付口饭吃。

在他对面，是个补靴的皮匠，三十上下的年岁，脸上是虎相，老家在山西，拉了一屁股两肋都是饥荒，迫不得已到北京城搬煤，连带缝鞋补靴，成天起早贪黑，舍不得吃舍不得穿，打算存几个钱，给老婆孩子捎回去。算卦的心眼儿好，见皮匠无依无靠，赶上阴天下雨摆不了摊儿，总让皮匠到他家中吃饭过夜，一来二去，两个人有了交情。

有这么一天，皮匠从他老乡手中得了一件宝物。他那位老乡是个掘坟扒墓的贼，前不久掘出一个翠玉扳指，溜光碧绿。清朝王公贵族骑马射箭，手上都有扳指，一般人可用不起。东西是好东西，又急等用钱，有几个钱好出逃，可是天子脚下，王法当前，谁不怕吃官司？一时找不到买主，只好来问同乡。皮匠以为有机可乘，拿出辛辛苦苦攒了三年的血汗钱，换了这个扳指。他也不摆摊儿了，一路跑来找算卦的。关上大门，他让算卦的点上灯烛，从怀中掏出个布包，里外裹了三层，一层一层揭开，一边揭开布包一边说：“我一个臭皮匠，在北京城举目无亲，多亏老兄你看得起我，一向没少关照，正不知如何报答，天让我撞上大运，从盗墓贼手上得了一个扳指。这个东西了不得，清朝十大珍宝之一，老罕王统率八旗军进关，一马三箭定天下，扣弦用的扳指！"

算卦的吓了一跳：“从墓中盗出当朝王公的陪葬珍宝非同小可，须知皮肉有情，王法无情，北京城中做公的最多，万一让眼明手快的拿住，那可是全家抄斩灭祖坟的罪过！"不过在烛光底下，往打开的布包中看了一看，他倒放心了，对皮匠说：“你啊，赶紧出去买块冰，镇上它！"

皮匠直纳闷儿：“怎么个意思，要冰干什么？"

算卦的说：“买打眼了，冰糖做的，不拿冰镇上，不怕化了？"

北京城到处是"撂跤货"，纵然是活神仙，你也保不齐看走了眼，以为捡个便宜，到头来只是吃亏上当。皮匠挣了三年的钱全没了,他为人心窄,一时想不开,出去跳了护城河。

算卦的追上去,找人借来挠钩,将他拽上河,好说歹说一通劝,又拿了几个钱给他,罢了他寻死的念头。转眼进了腊月,皮匠拜别算卦的,回老家过年。再说算卦的买卖也不好做,听说山西的布又结实又便宜,想去趸一批布,趁年底下多挣几个钱。打定主意,他也带上盘缠去了山西。

岂料赶上打仗,耽搁了十来天,半路又撞见乱军,他慌不择路躲进荒山,走了几天不见道路。说话到年三十儿了,但见铅云密布,朔风一吹,漫天飞雪,山峦重叠,旷无人迹。算卦的又冷又饿,走也走不动了,以为要冻死在这儿,却见风雪中有个破瓦寒窑,可能住了人家,隐约透出灯火。他见了活路,抢步上前叫门。屋门一开,出来个人,万没料到,住在这儿的竟是那个皮匠。

皮匠见是算卦先生,一脸饥寒之色,忙将他让进屋,烧了热汤给他喝下去,算卦的这才还阳。二人说起别来情由,各自唏嘘不已。皮匠叫出老婆孩子给恩公叩头,他老婆是一般的乡下女子,没见过什么世面。孩子大约七八岁,长得虎头虎脑的,小名虎娃,见了生人也不好意思开口。

算卦的一路逃到这里,带的东西全没了,一摸身上还有一小块碎银子,北京人讲究礼数,过年见了小辈儿,总要给几个压岁钱。算卦的没有别的东西,拿出这块银子给虎娃,虎娃摇头不要。

算卦的对皮匠说:"你看你这孩子,多大的规矩,我给他银子还不要。"

皮匠告诉虎娃:"你叔又不是外人,给你银子你拿了也罢。"

虎娃仍是摇头,不肯伸手接银子。

皮匠说:"你娃没见过,解不了这是啥,这叫银子!"

虎娃说:"这东西有的是,我要它干啥。"

皮匠说:"憨娃,啥话都说,如若有的是银子,你爹和你叔还受什么穷？"

虎娃说："真有许多，前几天上山捡柴，见到一个山洞，里边全是这东西。"

皮匠和算卦的半信半疑，当天吃罢晚饭，安歇无话。转过天来，风雪住了，皮匠让虎娃带他们俩去看。打村后上山，透迤行至一处，见那半山腰上，埋了一块石碑，由于年代久远，石碑当中已经裂开，周围长出了蒿草，遮挡得严严实实。虎娃拨开乱草，下边是个墓穴。皮匠让虎娃等在外边，他和算卦的点起火烛，拎了柴刀，一前一后进去，举火一照，石碑内侧有字——"遇虎而开，有龙则兴"。二人你看看我，我看看你，均是作声不得。又见四个躺箱，箱盖半开，抚去尘土，里边放得满满当当，全是金银元宝，看得二人眼都直了。墓穴中并无棺材，仅有一具枯骨散落在石台之上，不知是何许人也，旁边摆了一个皮匣子，积满了灰尘。

二人望枯骨拜了几拜，上前打开皮匣子，匣中是一卷古书，页册陈黄，残破不堪。

皮匠认不了几个大字，只顾去看躺箱中的金银，他对算卦的说："天让我父子俩发财，当初不是老兄你救我，可不会有我的今天，四箱金银，应该你我二人均分。"

算卦的一抬头，借烛光看见皮匠的脸，分明是只恶虎，要吃人似的。

算卦的是明白人，常言道"说话听声儿，锣鼓听音儿"，皮匠话里话外的意思，他可全听出来了。算卦的心中一掉个儿，忙说："老弟你这是什么话，不是你收留，我也在山上冻死了，所以说你不欠我的。既是你儿子找到的古墓，里边的东西，都是你家的，命该如此，岂可由人计较。"

皮匠再三说要平分："多少你也得拿几个，不拿你是看不起我。"

算卦的只好说:"干脆这么着,四箱金银全是你的,匣中一卷古书给我。"

皮匠问他:"书中有撒豆成兵的道法不成?"

算卦的在烛光下翻了一翻,尽是寻龙之术,看来古墓中枯骨,生前是位"天官"。当地一直有"天官"的传说,等同于有道的真人,明晓八卦,暗通阴阳,有寻龙之术。

皮匠没见识,他是"井底之蛙,所见不大;萤烛之光,其亮不远",一看不是神通道法,他也不打算要了,正好分给算卦的。古墓中出来的东西,怎么说也犯王法,分给算卦的一份,不至于给他说出去,他落得安心。

二人说定了,又对枯骨拜了三拜,扒土掩埋,搬取四箱金银下山。那会儿说的躺箱,乃是乡下放在炕上的大箱子,一头齐炕沿儿,一头顶到后墙,塞得下两个大人,装满了金银,直接搬可搬不动,俩人一包袱一包袱往下背,背了好几天才背完。算卦的不敢久留,别过皮匠,连夜上路。回到阜成门外,他心里还在后怕。他是宅门儿出身,老娘生他之时,梦中有虎来夺,未卜吉凶,因此他单名喆,字是"遇虎",石碑上刻的前半句"遇虎而开",指的不是他又是谁?他也看出皮匠是什么人了,穷的时候怎么都行,这样的人你别让他看见钱,见财起意,没有干不出来的事情。

回去之后,他仍在阜成门算卦,没买卖的时候,他翻看古书,一字一句暗记在心,末页仅有四句:"要寻真龙观真形,阴阳卦数胸中藏。六十四卦无从认,只恐寻龙到此穷……"下配卦图,皮匣子中还藏了一枚官印,上有两行古篆"天官赐福,百无禁忌"。

他是有慧根的人,别人看不明白,到他手上一目了然,可也不知寻龙之术的来头。打这儿之后,他不光算卦了,还给别人看风水,说得上阴阳有准,在北京城的名头不小。

怎知有这么一天,皮匠又来找算卦的,说是发财之后,活人该有的他都有了，说不尽有许多快活，又想起了列祖列宗，不仅要造祠堂，还要迁动祖坟中的棺材，来请算卦的给他找块风水宝地。

算卦的听外边人说"皮匠为富不仁，贪得无厌"，不打算再同此人往来了，可又惹不起这位。他沉吟半晌，说道："一分宝地一分福，福分不够占不住。无福之人，祖坟埋在什么地方也没用。你可想好了，如若当真要动祖坟，将来你还得多行仁义。不必远寻，你们县城东边的山就是条龙脉。迎神避鬼，坟不定穴，你迁出棺材不要妄动，按我说的时辰抬棺出去，只管往山上走，几时抬棺的绳子断了，棺材落地之处，即是龙穴！"

2

皮匠问算卦的要了时辰，回去准备，抬出祖坟中的棺材，供入祠堂。迁坟动土，相当于二次出殡。他财大气粗，为了摆这个排场，提前将吃白饭的都找齐了。祠堂前搭棚、念经、做道场，请来名馆"聚合顺"置办丧席，一摆几十桌，流水的席面儿，换人不换席，哪怕不相干的人，只要进棚磕两个头，上了桌可以随意吃喝。又找来一百多和尚、老道，念五捧大经，开水陆全堂的法会。

二次出殡，前后折腾了一百多天，按说好的时辰抬棺出城。老例儿讲究"换坟不换棺"，棺材不能打开，以免惊动先祖，只做了一个大棺罩，佩以云纹海饰，掐金边走金线，再坠上金穗，要多气派有多气派。当时抬棺罩，六十四个杠夫抬已经很可观了，他让用双杠，一百五十个杠子手轮换抬棺。道队前边开路的有旗锣伞盖、金瓜斧钺朝天镫，又有两列吹鼓手，不多不少一百单八个童男童女，个个手捧香炉，香烟缭绕。再后边是打丧谱的，以前常说"摆谱"，那位问了："谱是什么玩意儿？"近似官员出巡队伍中打的木牌，上写"肃静、回避"，还有官衔之类，俗称"官谱"，也叫官架子。丧谱是彩谱，木头牌子涂了金粉，两旁挂有灯笼穗子，上写名姓、道号、生辰，以及诰命归天的时日。在以前来说，有道号可以升天，他祖上一个比一个穷，仅他祖父有口棺材，其余的全扔在荒山喂了野狗，大名都没有，哪有什么道号，这也是后来使了钱请人封的。千八百人的道队前呼后拥，抬上大棺罩，出了县城往东走，大张旗鼓，威风抖了一地。

县城东门外是座山，没有多高，山势平稳。道队将棺材抬到山坡上，忽见抬棺的绳子断了，当即挖个坟穴，埋下棺材。应了阴阳风水中那句话"有地非人不下，有人非时不下"。这句话怎么说？有了风水宝地，没合适的人埋不得。有了合适的人，没有合适的时辰也埋不得。合该皮匠有这个时运，他祖坟的形势真是厉害，不是明眼人看不出来。会看的人过来一看，准得吓一跳。县城东边的山，形同一个座椅，正对县城东门。县城犹如一张摆开的供桌，老百姓在家生火做饭，等于是给他祖上这个坟头上供。一年到头，没有一天没供奉。在风水上来说，正好凑成了一个形势，这叫"日享千桌供，夜受万盏灯"。

书要简言，打从皮匠迁了祖坟，他算走了大运，干什么都发财，不单走财运，他还官运亨通，真得说是平步青云。到后来，他儿子也当了官，大请大受，飞黄腾达。可是俗话说得好——"老猫房上睡，一辈传一辈"，他这份贪心也往下传，他儿子比他还贪，钱越多越贪，心也越黑，转目忘恩，欺上瞒下，残害良善。爷儿俩担心祖坟风水让人破了，定下一计，要斩草除根。命手下人请来算卦的，去老家祠堂看风水，半路打了一闷棍，绑在一块大石头上，扔进了黄河。

算卦的出去之前一再叮嘱妻儿："皮匠这次找我,只怕凶多吉少。不是我给别人指点龙脉,不至于有这杀身之祸,我自作自受,并无怨言。你们赶紧躲到乡下去,埋了官印及古书,我的后人不准再吃看风水这碗饭,也不必给我报仇,不出三五年,仇家必有天报。"

不出他所言,三年过后,县城东边的城墙,年久塌毁,乱石堵上了城门。那个地方很穷,官面儿上拿不出银子再造城门,好在东边全是山,没什么人往来,其余三座城门够用了,东门堵死了也不理会。怎知城门这一堵死,挡住了供奉,皮匠家势一落千丈,人坐在屋里觉得喘不过气,他和他儿子的官运也到头了,问了个欺君犯上的罪名,满门抄斩,祖坟都给平了。

至于算卦的后人,一直住在乡下,家里边再穷,也没给人找过龙脉——白家老祖先有这么个传说。传到白半拉那辈儿,官印和古书仍埋在老家,始终不敢用。白半拉有个结拜兄弟,人称"瞎老义",师从打神鞭,他师爷金算盘,师祖张三太爷,全是赫赫有名的摸金校尉,论起倒斗的勾当,没有他不会的。不过瞎老义眼神儿不行,大白天出门,他也能撞上墙,吃不了这碗饭。

瞎老义听白半拉提及祖上的遭遇,他说:"你先祖传下的这叫《陵谱》,又叫寻龙诀,可不是江湖上给人看阴阳风水的手本,此乃发丘摸金之秘诀,我师祖张三太爷传下的也不如你这个全,那才十六字应十六卦,这可是六十四卦应六十四字。印叫发丘印,乃先天至宝,岂可使之埋没俗尘?阴间取宝的勾当一个人不成,非有三五个好汉方才做得,多也无用。你上我这儿入伙,凭你我二人的胆识和本领,出入阴阳,如履平地!"

白半拉那会儿穷得快揭不开锅了,任凭瞎老义死说活劝,他也没动心。不是不想发财,也不是没有那个胆子,为什么呢?那要往前说了,当初他十来岁,还是个小半拉子,无亲无故,逃荒到辽河边上,替东家放牛为生。当地管半大小子叫小半拉子，意思是干半拉活、吃半拉饭。他这个东家，虽说不是大地主，但也有几垧地、两头牛和几匹骡马，找个小半拉子，让他白天放牛，夜里给牲口喂草料，管他一天两顿饭，上半晌吃干，下半晌喝稀。东家住一个场院，土坯屋子土坯墙。西首紧挨一座镇河殿，殿中供的是龙王爷，久无香火，挂满了尘土蛛网，外边檐脊塌了一半。殿宇虽然破败，可是传说这里头有仙家。

东家是外来户，不信那套，又要占便宜，扩大场院之时，他借镇河殿后墙接出两间土坯房。殿墙是砖墙，土坯房是土墙，三面土墙接一面砖墙。反正不住人，当成个柴房，他也不怕塌了。柴房前做了个鸡窝，养一窝鸡，天天下蛋。东家一天光捡鸡蛋，也有二十来个。柴房角落有口大瓮，鸡蛋放在里边。怕有野狸来吃，瓮上放了盖子，又拿石头压上。可煞作怪，转天去看，瓮中的鸡蛋全不见了，只留下几片空蛋壳。

自打有了柴房，东家放在瓮中的鸡蛋，没一个留得住。那瓮又大又深，狸猫掉进去，它也爬不出来，又用一块大石头压上，什么东西能把鸡蛋拿出来？

开荒种地的人家，不干活儿不吃干，不过节不开荤，接二连三丢鸡蛋，那可不叫小事儿。东家坐不住了，天黑之后，他一个人蹲在柴房外头，等到三更半夜，听到里边有响动。堆柴草的土坯房，顶上搭的茅草棚，盖得没那么严实。东家扒在门上看，但见月色漫天，霜华遍地，一条大蛇正打屋顶上下来，见首不见尾，用头顶开瓮上的石头，一个接一个将鸡蛋吞下，绕在梁上摔打几下，吐出蛋壳，又从屋顶出去，转眼不见了踪迹。

东家全看明白了，吓得他身上根根汗毛倒竖，头上直冒虚汗。转过天来，他带人去镇河殿捉蛇，别人都劝他，那么大的蛇打不得。他根本不听，担心以后住不安稳，带上几个胆大的，拿了土铳进去，怎知从里到外找遍了,也没看见有蛇,仅在殿顶正脊下,找到个大洞。听附近的老乡所言,此殿辽代已有,规模宏大,当年香火极盛。很多上岁数的人都在这儿见过"蛇仙",有时盘在柱子上,有时蜷在殿顶,碗口般粗,黑鳞金背,给龙王爷护殿有功,不曾为害。还有一个卖油炸丸子的老头说,他当年挑担子过路,看见一条长蛇在殿顶盘了三圈,将头探到东边的水坑中喝水。檐脊下的洞,兴许是个蛇洞,供护殿的长蛇往来。

过去的人,很少有不迷信的。东家是外来开荒的住户,听当地人说得有鼻子有眼儿,跟真的似的,免不了发怵,再让手下干活儿的去打蛇,可没人敢去了。他灵机一动,想了个法子,上外边找来个旋活儿的,拿木头旋了二十来个鸡蛋,皆与真的一般大小,涂上白粉,放在柴房的瓮中,上边仍用石头压好。

当天半夜,东家又趴在门外往里边看,长蛇从屋顶下来,吞下瓮中的木头鸡蛋,绕在梁上使了半天的劲。可是吃下一肚子摔不破打不碎的鸡蛋,能耐再大也吐不出蛋壳,急得到处乱撞。东家看得心惊肉跳,躲进里屋,不敢再看了。天亮之后再去柴房,并未见到死蛇,不知死在什么地方了。

转天一早,小半拉子去到河边放牛,见到长蛇死在了树下,绕树绕了好几道,肚子在树皮上蹭破了,二十几个木头鸡蛋掉了一地,到处有血迹。他于心不忍,挖开土将蛇埋了。却说这一天,闷热闷热的,到了晌午,牛都不吃草了,趴在河边凉快。他倚在牛背上坐地,不知从哪儿走来一个老头,看岁数可不小了。他见这老头不是生人,可想不起在哪儿见过。

老头走到他跟前,也不说话,拿出条鱼给他吃。

小半拉子说:"我又不认得你,为何平白无故请我吃鱼?"

老头说:"你不用问,赶紧吃了!你吃下这条鱼,往后你可不是一般人了!"

3

小半拉子听得一头雾水:"不是一般人?我是二般人?"

老头说:"你吃了这条鱼,身上才有气力,等天黑了,你到镇河殿檐脊上去,三天饿不死你,三天过了你再下来。下来这条路,走到头是个金銮殿,金銮殿中上是君、下是臣,左是文、右是武,那里边该有你一个。可是有座塔,挡住了金銮殿,吃下这条鱼,你才过得去……"

小半拉子听不明白老头的话,正好肚子饿了,接过鱼来吃了几口。他这鱼吃了一半还没吃完,东家过来踹了他一脚,骂他不好好放牛,在河边打上盹儿了。他一惊而起,手中没鱼,面前也没有那个老头,原来做了个梦,可也不觉得饿了。赶上牛往回走,路过镇河殿,突然想起来,那个老头怎么长得跟供奉在殿中的龙王爷一样?他纳了一个闷儿,半夜起来,给牲口喂了料,登上大殿檐脊,往四下一望,看不出有什么不对,只是那天闷得出奇。

正要下去,但听远处一阵巨响,犹如十万军声,辽河发了大水。一转眼,洪峰已经到了,东家的屋舍、牲口,连同一家大小,全被洪水吞没,仅有镇河殿没让大水冲倒,迷信的老百姓以为龙王爷报仇来了。小半拉子躲在殿顶上,躲过了一劫。洪水三天才退,他这三天没吃没喝,也不知怎么挺过去的。

等到大水退了,他下来找吃的,走了很多天,可没见到什么金銮殿。后来听人们说起:"江湖上有个崔老道,算命算得很准。"他一个念头转上来,跑去找崔老道算了一命。

提起崔老道,先揭他一个底,天津卫城厢东头,有座很大的庙宇,俗称娘娘宫,供奉天后圣母老娘娘。庙大,供的神仙也多。正殿供天后圣母,前殿供韦陀,偏殿供四大金刚,还有子孙娘娘和眼光娘娘。一年到头,香火不断。

善男信女烧香还愿,那是各求各的。求子嗣的找子孙娘娘,犯眼疾的求眼光娘娘。烧完香撂几个钱,有的多,有的少,不在乎多少,可没有空手来的,这叫香火钱,又叫灯油钱。在过去,庙中有住持老道,专收这个香火钱。烧香的人越多,他挣的钱越多。他还把没烧完的半截残香收起来,卖给做香的,搓成整香,再摆到庙门前卖,净是没本儿的买卖。自古说"烧香不落神",进庙之人有求而来,要显得心诚,必须挨个磕头,转圈上香,老娘娘驾前的童子也得敬到了。

那时候在娘娘宫当个庙祝,到处有进项,真得说是吃香的喝辣的,给个县太爷都不换。娘娘宫前殿、正殿,外带两边的配殿,香火一个比一个旺,后殿却没人去。两个原因,一来位置偏僻,二来后殿供的是位"王三奶奶"。你要说胡三奶奶、胡三太爷,不用问都知道是狐仙,城中还有胡三太爷庙,胡三奶奶是三太爷庙里的,与王三奶奶无关。至于后殿的王三奶奶是干什么的,还真没人说得上来。单看王三奶奶的泥胎塑像,既没有凤冠霞帔蟒袍玉带,也没有老娘娘雍容华贵的相貌,怎么看怎么是个乡下老妈子,太寒碜了。赶上初一十五开庙会,前边人山人海,挤倒了半边庙门,后殿也进不来几个烧香的。

不知打何时起,官府立了一个规矩,安排火居道去后殿轮值。火居道是不住庙的道人,有家有口,平时不用穿道袍。一个火居道当值一年,轮到谁谁去。在这一年之中,后殿有什么大事小情,有多少进项,全是这个当值老道的,那也没人愿意去,只不过上有王法,不去要挨板子。

有一年,该轮到崔老道当值。他在后殿守着王三奶奶,垂头丧气,成天发愁,如果他人在外头,怎么都好说,下洼拾柴、偷鸡摸狗，不担心吃不上饭，可是守在后殿，十天半月见不到一个进来烧香许愿的，西北风都没处喝去，一年下来，岂不饿死在这儿？

还得说崔老道主意多，他想来想去，想出一个法子。他寻思前边各殿香火极盛，皆因有灵有应。当真有灵有应吗？那也未必，不管你许什么愿，成了是有灵有应，不成告诉你是行善不够，可见灵与不灵全在其次，主要那个年头迷信的人多，托神附鬼，信什么的都有。你看前殿的韦陀，倒与别处的韦陀不同，泥像两手空空，怀中没有降魔杵。没了降魔杵的韦陀，还能叫韦陀吗？有人说是韦陀的降魔杵镇住了海眼，韦陀坐在上边，保佑这一方不发大水。这么一个民间传说，居然也让许多善男信女当真了。倘有王三奶奶显圣，还愁没人进来烧香？

崔老道有心让王三奶奶显圣，转天闹了一出。不到晌午，庙门前乱成一团。有个拉车的堵住庙门，扯开破锣嗓子，冲庙中乱喊。声称有个老太太，慈眉善目的，穿一件月白襟大褂，青裤子裹腿，七十来岁，身子骨还挺硬朗的，一大早叫了他的车，到庙里烧头香，说好了出来给他五大枚，可是这个老太太进庙，到晌午还没出来。一家老小还等他挣了车钱，回家买棒子面儿，拉车的等不起，在庙门前嚷嚷开了，引来好多看热闹儿的围观。庙里住持老道出来，问明白是怎么回事，说那可奇怪了，一早起来到现在，他都在庙里，没见到有这么个老太太进来烧香。拉车的舍不得那五大枚，借链子锁上车，进到庙中找人。看热闹儿的人们起哄，也都跟了进去。前殿没有，正殿没有，两旁的配殿也没有。找到后殿，拉车的一眼认出坐他车的老太太，月白襟大褂、青裤子裹腿，正是后殿这位。进来看热闹的全傻了，这可不是人，而是王三奶奶的泥胎，泥胎前边还摆了十枚铜钱。拉车的一见，一下子跪倒在地，磕头如同捣蒜，口称："王三奶奶显圣，可怜咱们穷人，说好给五大枚，却赏了十大枚！"

当然，这全是崔老道一手安排，他找来个拉车的，在庙门前闹了这么一出。如此一来，一传十，十传百，传遍了河东河西。四面八方的善男信女争相赶来烧香，捐钱献物的不计其数，都说王三奶奶显圣了，有求必应。

可是烧香求神，必是有所求，谁知道后殿王三奶奶管什么呀？崔老道看见殿内有一张射天弓，他灵机一动，告诉善男信女，王三奶奶是位护子娘娘，后殿有射天狗的弓箭。过去有句迷信的话——"吓走天狗，子孙进来"。民间迷信，以为两口子没孩子，是天狗挡住了下界投胎的小孩，必须用弓箭往天上射，吓走天狗，才有子孙后代。又传天狗钻烟囱，吓唬小孩，容易给小孩子的魂儿吓掉了。凡是夫妻两个烧香求子，或是家中孩子有灾，给过香火钱，请出崔老道，让他装模作样，往天上射三箭。

崔老道借王三奶奶显圣，在后殿射天狗，敛了不少钱财。要说过去的人迷信，信神仙必定信命，当然有不少人找崔老道算命，都说他算得准。崔老道也是会说："你问什么是命？提前告诉你没用，你活在当中又看不见，过后你看明白了也来不及了，才悟得出这叫命！"

揭完崔老道的底，再说小半拉子怎么去算命。他以为崔老道乃当世真人，不远千里跑去找崔老道问命。崔老道对他说了这么一番话："你梦见龙王爷请你吃鱼，这个福分不小，命中造化不是一般人有得了的。你的八字也好，八月十八生辰，赶上八字有马骑，该有封王拜将乃至于坐殿的命，何不去行伍之中寻个出身？"

他可不知道，以往那个年头，算命的都这么说，看人下菜碟儿，你穷他让你去从军，说你有"高官得坐，骏马得骑"的命。凡是行伍出身，无不是在刀枪丛中九死一生，只要能活下来，没有当不了官的。当了官以为算命的话准，岂知让他这话坑了的人，可都成了枉死鬼。崔老道算命那全是胡算，借王三奶奶显圣招摇撞骗，替求子的人家射天狗聚敛钱财。白半拉这个人一向没有主见，耳根子太软，别人说什么他信什么，而且非常之迷信，吃亏上当全是打这儿来的，他真信了崔老道的话了，以为自己有坐殿的命，一心封王拜将。他把祖上传下的《陵谱》给了瞎老义，投军奔他的前程去了。正赶上战争年代，数不清有多少次出生入死。后来打到塔山，塔山没有塔，也不是山，但是地名中有个塔字，犯了地名儿。可能是他只吃了半条鱼，到了塔山过不去了，炸掉了一条腿。他以为这是命，经常念叨他只吃了半条鱼，龙王爷给他指的路只能走到一半。因为他总这么说，认识的人都叫他"白半拉"，还为此挨过批斗蹲过牛棚。他是在1966年去世的，到了他儿子白旗那辈儿，去到北大荒戍边，也不是吃倒斗这碗饭的。

　　白家先祖之前得到一卷古书，应了"遇虎而开"四个字，传下二百余年，仍不知"有龙则兴"应在何处。结果又让崔老道说对了——你裹在当中看不见，过后看明白也迟了，这不是命是什么？

第二章　会鼓的宝画

1

二十世纪八十年代,北京城倒腾古董的分为四大块,东西两处鬼市儿,又叫晓市子,一个在崇文门,一个在宣武门,三更开五更散,两百年来一直如此,净是来路不正鱼目混珠的东西,有好东西也要不上价儿。再有两处,一个在琉璃厂,兴起于两朝之前。另一个是后来居上的潘家园旧货市场,要说到水深,还得是潘家园。

当时,在潘家园买卖古董、收赃贩赃的,可以说王八兔子大眼儿贼什么人都有,摆地摊儿卖摽跤货的是多,手上有真东西的可也不少。我和胖子胡打乱撞,挂起摸金符,吃上了倒斗这碗饭。如今在潘家园提起我来,大小也是个字号。

那一天,瞎老义来访我。按辈分说,我还得叫他一声师叔。他找到我，交给我一个大包袱，里边包了金刚伞、朱砂碗、飞虎爪、打神鞭、黑驴蹄子、水火衣、鼠皮袄、吉莫靴、发丘印、乾坤袋，还有一卷《陵谱》。我听瞎老义说，打神鞭、朱砂碗、金刚伞、乾坤袋、飞虎爪、水火衣乃是他恩师所传，那是倒斗之人穿衣吃饭的全套家伙。他这些东西，旁人要去没用，落在挂了摸金符的人手上，才是物归其主。

我原以为瞎老义是念香火之情，怎知他不是白给我的。他眼神不行，又上了年纪，足硬手钝，日子过不下去了，指望我出去得了东西，分给他一半。其实他不这么说，我也不会亏了他，但是从棺材山出来以后，我已经不再倒斗了。据我所知，摸金发丘起于后汉，挂符称校尉，背印称天官，皆有寻龙之术。说到寻龙，什么是龙？龙者，能幽能冥，可巨可细，上升于天，下潜于渊。有人觉得那叫胡扯，谁见过龙？别人看不出来，摸金校尉能看出来。所谓寻龙，指的是通过相形度势、观山望气来寻找龙脉龙穴，寻龙诀有云："大道龙行率有真，星峰磊落是龙身，四肢分出四世界，日月下照为山形！"摸金符是摸金校尉寻龙倒斗护身之物，没有摸金符，称不上摸金校尉。摸金校尉挂符寻龙，盗墓取宝以济天下。祖师爷立下的规矩，摸金校尉有两大忌，一不走单，二不传内。不挂符则可，挂了摸金符，敢不信这两大忌？

你听这头一忌，不是鸡鸣灯灭不摸金，而是忌讳落单，不论你有多大能耐，犯了这一忌，到头来没一个是有好下场的！据说发丘寻龙印毁于明代，我不知瞎老义拿来的这个东西是真是伪，而摸金符传到后世仅存三枚，到了清朝末年，又落在张三太爷手中，他一人挂三符，那也是不敢让摸金符分开。张三太爷又有四个徒弟，摸金符传给了其中三个人，并且传下一句话——合则生、分则死。他们几个人不信张三太爷这番话，结果全土了点儿了。

当初我迫于无奈才去倒斗，我可不是掉下河喊救命，上了岸又哭包袱的人，腿儿没长在别人身上，路全是自己走的，不必说后悔二字，但是倒斗这个行当，吃苦受累不说，担这么大的风险，仅为了死人身边一件半件的明器，我越想越觉得不值，明器再值钱，总不如人命值钱。世人皆说盗墓取宝能发横财，那是老时年间的话了，到如今火箭都上天了，干些个偷鸡摸狗的勾当，几时是了？再说难听点儿，倒斗损阴德，甭管你是为了中饱私囊，还是周济贫苦，怎么说也是拿死人的东西换钱。死人的东西不好拿，古墓中的奇珍异宝一旦重见天日，必定会引来无数明争暗斗，为之送命的人，可都要算在摸金校尉头上。因此说倒斗扒坟这碗饭，吃不了一辈子，我已经下定决心远走高飞。

瞎老义不以为然："虎不离山，龙不离渊，远走高飞，谈何容易！"

他信也罢，不信也罢，我是铁了心要走，我将我手上的本钱全给了瞎老义，他嫌不够我也没有了。

当天夜里，我约上胖子和大金牙，来到东四一个小饭馆。黑天半夜没什么可吃的，仅有揪面片疙瘩汤。三个人进去坐下，我把经过给他们说了一遍。

大金牙说："胡爷这个买卖做得不亏，你还别不信命，可见是命中注定，该你吃倒斗扒坟这碗饭，要不这些东西也不会落到你手上！"

我说："我换来打神鞭、朱砂碗、金刚伞、水火衣，可不是为了去倒斗，我是舍不得祖师爷传下的东西。你们俩不必担心，我如今虽然镚子儿没有，但我全想好了，出去之后，咱哥儿仨也不能不吃不喝，买卖还得做啊。不熟的行当又不能干，想来想去只能当二道贩子。干别的不成，干这个我可熟门熟路。鬼市儿上真有手艺绝的老师傅，做出来的佛头几乎以假乱真，一般人根本分辨不出，你抱来一个佛头，让二三十个行家不错眼珠儿地盯着看上十天半月，照样吃不准这佛头是不是真的,不怕不开张,卖出去一个够吃半年。不过有这路绝活儿的老师傅也不好找了,我还得访去,那也好过到深山老林中掏古墓不是?"

胖子说:"卖出去一个够吃半年,那还说什么?俩横一竖——干!"

大金牙急了:"哎哟二位爷,你们可别怪我大金牙说话不中听,卖出去一个是够吃半年,那也得看吃什么不是,够吃半年疙瘩汤可不成,简直了!胡爷你还别嫌我絮叨,你说你也老大不小了,成天胡吃闷睡到处混,要真结识几个有来头的也行,结果是越活越抽抽儿,你倒什么不好,倒些个撂跤货,不是给祖师爷脸上抹黑吗?不让你吃个大亏,把家底儿折腾光了,你也不知道肝儿颤!我也不跟你嚼舌头了,你坐住了好好想想,别让我大金牙那点儿吐沫星子全打了水漂儿!"

他又对胖子说:"胖爷,你别光顾了喝疙瘩汤,你也说两句啊!"

胖子说:"他又胡主张,将来怕连疙瘩汤也喝不上了,我还不趁现在多对付两碗?"

大金牙说:"再来两碗疙瘩汤?你太想得开了,换成我,我可喝不下去。"

胖子说:"疙瘩汤还不管够?凭什么呀?"

大金牙见胖子不接他的话,碰了一鼻子灰,转过头来又跟我掰扯。

我说:"你费了半天唾沫到底要说什么?不还是让我倒斗去?"

大金牙说:"不是,你堂堂摸金校尉,出去卖撂跤货,有脸往外说?你对得起祖师爷吗?摸金校尉手上没真东西还成?你光有摸金符不成,要挣大钱还是得有真东西,不必贪多,手上有一两件真东西,往后绝对可以打开财路!"

我和胖子知道大金牙不是个好鸟儿，成天梳个油光的大背头，一口京腔儿美国调儿，鸟儿不大，架子不小，挺会摆谱儿，看上去人模狗样的，可干他这一行，别人卖孩子哭瞎眼的钱他都敢挣！他这样的买卖人，用得上你朝前，用不上你朝后，平时光会拿嘴对付。但他这番话并不是没有道理，"撂跤货"属于行话，比方说买主得了这件东西，如同让人撂了一跤，比喻买打了眼，栽个大跟头。市面儿上常见的"撂跤货"，对付外行人还成，你指望扎蛤蟆发大财，非有绝的不可。

古董不同于别的行当，当面银子对面钱，全凭眼力和见识，过后发觉吃亏上当，只能认栽。按这一行的规矩，当面分真伪，过后一概不论，说白了这叫"胳膊折在袖口里"，栽不起跟头，趁早别蹚这浑水。在潘家园卖"撂跤货"容易，我挂了摸金符，手上的东西有谁敢说不真？但是出去之后，不凭真东西不成，不是说不能卖"撂跤货"，可至少要有一两件拿得出手的东西当幌子，否则难以立足。

大金牙说："你们二位听我一次，不是说去倒斗，出去走一趟，收上几件刚出土的玩意儿，说成摸金校尉倒斗倒出来的，本钱我大金牙出，挣了钱不论多少，咱哥儿仨是三一三十一，怎么样？胡爷胖爷你们二位全是痛快人，给句话吧，成与不成，一言而决！"

我和胖子是屁股闲不住，到处冒一头，听大金牙说的也是条道儿，不可能不动心，问题是真东西不好找，不掏老坟，哪儿来的真东西？

恰好关中有个马老娃子，前不久托人捎来口信，声称在岭上捡了宝。包括大金牙在内，我们都没见过马老娃子，不知这话可不可信。

大金牙说要收真东西，非去关中不可。陕西自古是帝王之宅，周以龙兴，秦以虎据，自两汉以来，皆称关中。那地方古墓多，盗墓的也多，不过古墓再多，毕竟没有盗墓的人多。尤其在穷乡僻壤，十年九不收，秦汉两朝以来，盗墓成风。盗挖了那么多年，没有一座古墓上没有盗洞，多的都有上百个，快挖成筛子了，再没可盗的东西。当地老百姓好不容易吃上这碗饭，舍不得放下，穷急生计，索性造上假了，手艺世代相传，造的东西以假乱真。你稍有疏忽，不但捡不来便宜，还有可能吃亏上当。

好在大金牙鼻子好使，他不用上眼，拿鼻子闻也闻得出来，而且他找得到大买主儿，老俗话说得好"货到地头儿死"，有下家儿的才叫买卖。三个人合计了一番，决定再去关中走一趟，寻一两件真东西，往后好扎蛤蟆。

按黄历，四天之后是个好日子——宜出行。到了那天，我和胖子、大金牙一同奔了关中。倒斗的行头我们从没离过身，出去做买卖全指这个唬人。三个人先到西安，不愧为古都，讲看，八百里秦川黄土飞扬，有的是名胜古迹。讲吃，要吃饺子德发长，要吃泡馍同盛祥，真可谓应有尽有。不过跑地皮在这儿可不成，还得往偏僻的地方走。我们在西安逛了半天，又搭上长途车，出咸阳，过了岐山，再往西去，尽是绵延起伏的山岭。山势有如苍龙，雄临旷野，威严肃杀，形同一座座龙楼宝殿。

2

猫有猫道，狗有狗道，挨家挨户乱串不成，收东西得找当地钻土窑儿的。按我们之前得到的消息，龙楼宝殿般的大山前边，一条土沟叫"殿门口"，稀稀落落住了几十户人家。别看人少，古墓非常之多,散落在民间的明器不少,老乡炕头上全是宝。而这殿门口,又有个马老娃子,早年钻过土窑儿,经常跟古董贩子打交道。仨人一路找过去,行至天色将黑,见到了马老娃子。六十多岁一个老头儿,脸比羊肝还紫,有撮山羊胡子。他们这儿叫马娃子的多了,放羊娃子没大号,上了岁数也不改称呼,顶多加个"老"字。马老娃子见是京城来的人,他远接高迎,带路进屋,下了面条给我们吃。他自称以画年画为生,忙活一年,到年前卖这么十几二十天,全年的吃喝大多从画上来。马老娃子门神画得好,一屋子门神,大红大绿,进来人都没落脚的地方。

不一会儿,马老娃子端上面来,一人给盛了一大碗。胖子狼吞虎咽,三口两口吃完了一抹嘴,转头对大金牙说:"大老远跑到这穷山沟子来,累得脚底下拌蒜掰不开镊子了,可不是为了吃面条来的,你说你平时不是挺能侃的吗?端上饭碗怎么变成了没嘴儿葫芦?麻溜儿的,快问问马老娃子,他们这儿有没有好东西?"

我进屋之后四处打量,马老娃子也是够穷的,屋中没多余的东西,全是门神年画,没等大金牙开口,我先问马老娃子:"我看您老画的门神,不仅有常见的尉迟恭和秦叔宝,居然还有驴!门上贴两头黑驴,那是什么风俗?"

按以往的迷信传说来讲,僵尸扑住活人,听到黑驴叫才会放开,所以倒斗之人要带"黑驴蹄子"。我光听说王八咬人,不听到驴叫不放口,不知僵尸怕驴叫这么个传说,是不是打这儿来的。不过在民间传说之中,驴头将军可以降妖除怪,过去经常发生干旱,闹旱魃的地方,常有驴头将军庙,一般是小庙,香火也不旺,东北西北二地迷信的多,可没见过有人拿驴来当门神。

关中年画常见的内容,要么是门神、灶神,花脸有方相、净脸有方弼,要么是刘海戏金蟾、王小儿抱大鱼,要么是福禄寿三星,还有仓神和牛马王。牛马王保佑五谷丰登,那也说得过去,可是马老娃子一屋子年画，竟有许多黑驴。简直不能细琢磨，门上画两头黑驴，那成什么了，住一屋子驴？

马老娃子长在穷山沟子，当地那些个迷信的民间传说，可全在他肚子里，他说殿门口这地方风俗古怪，画上黑驴挡门，那是为了不让死人进来，关中水土坚厚，埋下几百年的死人，百年成凶，千年为煞，全身生出长毛，白天躲在坟穴之中，半夜出去吃人，这叫"披毛煞"！

胖子说："马老娃子你别跟我来这出儿，我还真不信了，埋在殿门口的死人，不也是吃了一辈子棒子面儿饽饽的土主儿吗？那还能鼓捣出什么花花肠子来？"

大金牙听出马老娃子还有下文，对我们连使眼色。

我点头会意，又给马老娃子递了支烟，让他接着往下说。

马老娃子说他画的黑驴挡门，颜色中用了鸡血和朱砂，可以辟邪，在方圆几百里堪称一绝。当地方言土语说画得好，往往说成"画鼓了"。好比这画里的东西，会鼓起来，活过来，打画上走下来。但是他这份手艺，还赶不上他祖爷爷，他祖爷爷真能画鼓了，画得比真的还真，可谓神乎其技，远近无人不知。他祖爷爷画过一头驴，挂到屋中，到了半夜，月朗星稀，画中的毛驴会走下来。有人在屋外偷看，只见这头驴，支棱耳朵，白嘴白蹄白眼窝，全身乌溜溜的，好赛披了缎子，年画却成了一张白纸！他祖传这张会鼓的宝画，一年鼓一次，传了几百年了，到如今也还有，乃是他马老娃子的传家之宝！说罢，他起身进了里屋，翻箱倒柜找他祖传的宝画。

大金牙二目放光，凑近我说道："胡爷你听见没有，马老娃子他这儿有宝画！"

我说："你信他胡扯？紧打家伙没好戏，他有会鼓的宝画，还用住这破瓦寒窑？"

胖子说："嘿，这苍孙，合着他是打广告啊！"

3

　　大金牙进里屋叫住马老娃子,让他别找了,找出来我们也不要。

　　马老娃子说:"我的宝画他可不是见谁都往外拿,我看你们三位不俗,这才给你们看看,你们不想开开眼吗?过了这村儿,可没有这店了!"他又说殿门口没什么不好,只是穷,他平时放羊,赶大集卖年画,挣不了几个钱,他人又馋,好吃懒做,欠下一屁股债还不上,迫于无奈,打算卖掉祖传宝画。

　　大金牙说:"穷也落个闲散,皇帝老儿蟒袍金带,坐拥四海,他不得起早贪黑上朝批折子?一不留神还让人篡了位,可没有你在山上放羊自在。"

　　马老娃子顺口说:"一天两顿臊子面,给个皇帝也不换。"

　　胖子说:"真不知道你怎么想的,两碗臊子面换个皇上?你倒想,皇上可得跟你换啊?马老娃子你也是个老实巴交放羊的,怎么净说屁话?是不是棒子面儿饽饽吃多了,撑得折跟头,生出这一肚子幺蛾子?真该找一碗凉白开,给你灌下去溜溜缝儿!"

　　我看出马老娃子不是省油的灯,可能常有人来他这儿收东西,说话惯于东拉西扯,想拿我们当蛤蟆扎,还是别跟他绕圈子了。我同大金牙耳语了几句,让大金牙告诉马老娃子我们是来收东西的,你有什么钻土窑儿掏出的明器,或是在岭上捡的宝,可以拿出来给我们看看,当皇上你是别想了,但只要你手上的东西好,千儿八百块我们出得起,往后一天三顿臊子面你可不用发愁了。

　　马老娃子钻过土窑儿,他也会贼侃,北京话讲叫贼侃,关中关外则称黑话。彼此打问了几句,说我们的行话这叫对上侃了。不过我听马老娃子话里话外透出的意思,他还是不大相信我们。我捡起一块砖,用摸金符往砖上一划,应手分为两半。马老娃子脸上变色,连称:"失敬、失敬!"他打来高粱酒,重整杯盘,喝到半夜。我说:"你让我们上这穷乡僻壤来一趟,光凭唬人的驴头年画可对付不过去。"马老娃子说道:"你们三位来对地方了,别看殿门口穷,老时年间可不这样!明朝有封在秦地的秦王,一个字的王是一字并肩王,肩膀齐为弟兄,皇上的亲哥们儿,上殿面君不用下跪,跟皇上平起平坐。殿门口有座岭,过去叫玉皇殿,岭下有龙脉,直通龙宫,玉皇岭埋的不是别人,正是一位秦王。按说埋王的该叫墓,可这秦王墓的规模,快赶得上皇帝陵寝了!"

胖子说:"你可别唬我们,殿门口全是荒山,蒿草长得都寒碜,还埋过秦王?"

马老娃子说:"反正是殿门口放羊的娃子们,祖祖辈辈这么传下来的话,山上明楼宝顶,四周有罗城,下边是三道门的宫殿,玄宫规模不小,从葬的奇珍异宝,不计其数!"

我说:"关中盗墓成风,埋了秦王的玄宫,该不会没人动过?"

马老娃子说:"你听我往下给你讲,明朝崇祯皇帝在位,黄河泛滥,饥荒连年,老百姓穷得没饭吃了,自古以来,民贫则为盗,盗聚则生乱,闯王高迎祥揭竿造反,他们这儿的人称呼他'**老高粱秆子**',生来是顶天立地一条好汉,让官府逼得走投无路,只好带领吃不上饭的穷苦百姓杀官造反。他有万夫不当之勇,背上纹了个宝瓶,瓶中插一口宝剑,可以飞取人头!言说仇人姓名、住处,念罢咒,此剑化为青龙,飞去斩首,口中衔头而来!他率领二十万义军,打破州府,开仓放粮,穷苦之人没有不念他老高粱秆子大恩的!"

大金牙说:"咱别打岔成不成,正说到让我心痒的地方,怎么又说上造反的高闯王了?"

马老娃子说:"老高粱秆子率军冲州撞府,打破了凤阳,掘了皇

025

帝老子的祖坟，把个崇祯皇帝气吐了血，可也合该大明朝气数未尽，他老高粱秆子没有坐殿的命，有一次狂风大作，飞沙走石，闪开双目有如盲，伸出双手不见掌，这让老高粱秆子在关中吃了败仗。他收拢残兵败将退到殿门口，一声令下，几万义军挖开玄宫，掏出了秦王这个大粽子！"

4

义军掏光了陪葬的珍宝，又放了把烧山火，大火足足烧了三天，过后寸草不生，遍地残砖碎瓦。老高粱秆子取了宝，满以为可以东山再起，怎知他手下这些头领，为了分赃不均，你争我夺自相残杀。官军趁机四面合围，两军在黑水峪一场血战，老高粱秆子中箭被擒，押赴京城，惨遭碎剐。

我说："那也难怪，高闯王没吃过倒斗这碗饭，他不明白打嗝放屁——各走一道，盗墓取宝不比开仓放粮，见了陪葬的奇珍异宝，父子兄弟也有变脸的，背后下刀子的人多了，闯军穷得没活路了才杀官造反，得了珍宝谁还去同官军厮杀？"

大金牙让马老娃子快往下说："秦王玄宫真是空的？再也掏不出宝了？"

马老娃子说："何止玄宫掏不出宝了，山上明楼宝城也给烧没了。当中那座大殿，乃是一百六十根金丝楠木构造，闯军打到这儿，一把大火烧了一多半。到后来，没烧尽的柱子都让人抬去换钱了，当真什么也没留下。"

那会儿说的金丝楠木，仅分布于穷崖绝壑人迹罕至的深山老林，多是毒蛇猛兽出没的去处，并且有瘴气阻挡，伐取艰难无比。抬出来一根，不知会有多少人摔死、累死。待到涨水之时，再由水路北运，又不知淹死了多少人。运送一方金丝楠木，光运费也要三千五百两白银。金丝楠木水火不侵，埋上千百年不会腐朽。闯军放火烧了明楼宝殿，殿上的金丝楠木可烧不掉。后来连这些木梁木柱也让人盗没了。当时那么乱，盗贼四起，进来取宝的闯军，无非是饥民流寇，一顿饱饭也没吃过，眼中只有金银，稀世珍宝落在他们手上，可也没人认得。你看殿门口穷不穷？干旱少雨，无风三尺土。虽然古墓很多，各朝各代没少挖出珍宝，但是从来没有人在这上头发过财。或许上一辈人挣了钱，到下一辈人照样吃不上饭。比如明朝末年，打秦王玄宫中盗出来的东西，可没人敢拿到外边去卖，穷老百姓家里不可能有这么好的东西，拿出去非吃官司不可。穷汉子又不识货，再好的珍宝落在他们手上，只能砸碎了换几个钱。吃棒子面儿饽饽的一脑袋高粱花子，好东西落在这些人手上也没个好。因此说古墓中价值连城的东西，出土以来过几次手，久后下落不明，十有八九是这个结果。

大金牙说："秦王玄宫那么大规模，陪葬的珍宝一定不会少，有没有出奇的东西？"

马老娃子说："当然有宝了，故老相传啊，打开秦王玄宫之时，成千上万的闯军，高举刀枪火把，潮水般涌入地宫。传说秦王贪得无厌，狡诈多疑，而杀官造反的起义军，多数是苦大仇深的亡命之徒，也有许多绿林强盗。老高粱秆子带几个胆大的手下凿开棺椁，一双双贪婪的眼，一同望向金丝楠木棺椁中的秦王。火光映照下，但见秦王仰面朝天，头顶金冠，口衔明珠，脚踩云履，身穿蟒袍，袍上绣山海松鹤图案，腰束玉带，怀抱长剑，手攥元宝，一脸阴阳怪气儿！"

拿方言土语来说，马老娃子他是能谝，半斤高粱酒下肚，直谝得口沫横飞，好似他亲眼所见一般："棺椁中的秦王，身上覆了一件锦袍，周围摆满了陪葬的珍宝。闯军见到秦王与活人没有两样，脸上阴阳怪气儿的，还以为秦王成了凶煞，无不吃惊，没人敢上前取宝。

老高粱秆子挺身而出,拽出长刀,伸刀头将秦王身上的锦袍挑起。怎知他这么一揭,下边的秦王变成了枯骨,吓了老高粱秆子一跳,刀头锦袍落下去,枯骨又成了面目如生的样子,他方才晓得,锦袍是件宝衣!"

我听马老娃子前边说的还行,后边多半是信口开河,七拐八绕故弄玄虚,我可不想再听他胡扯了。

马老娃子见我们不信,只好说秦王玄宫中的奇珍异宝,全是放羊娃子们口中相传,过去了几百年,见过的人早死光了,可你也别把话说绝了。说完这番话,他进里屋抱出个小包袱,裹了三五层,一层层打开,里边是个大瓷碗,胎薄、釉厚,饰以青水纹,一条青龙张牙舞爪。

他不让我们接手,我凑近端详了一阵,心下倒有几分吃惊,说行话这叫"鬼脸儿青"!

5

大金牙上前嗅了一嗅,觉得错不了,是个真东西,尺寸不小,而且完好无损,青水青龙纹可值了钱了。老时年间有一种官窑瓷器,没有传世的,多在古墓之中出土,乃五供之一,皇上供神用的东西,又叫龙碗,色泽阴郁,民间叫俗了叫成"鬼脸青",以为是埋在坟中太久所致。

胖子说:"好你个马老娃子,想不到你真人不挂相,真有玩意儿啊!你还有没有别的东西,统统地拿出来,皇军大大地有赏!"

我问马老娃子:"这是秦王陪葬的明器?你想要多少钱?"

说到这个份儿上,马老娃子把话挑明了,他说你们来得早不如来得巧,闯军盗毁秦王玄宫,在山上挖出一条深沟,至今仍有。前几天,有两个打悬羊的愣娃走进去,让块石头绊了个跟头,拨开荒草一看,那石头有脸,却是一个镇墓的翁仲。传说翁仲是古代猛将,骁勇无比,秦汉以来,常用于镇墓,有的石俑不是翁仲,也被当成翁仲,民间俗称"瓦爷"。二人贪心,想刨出石翁仲抬下去,怎知翁仲脚下连接一块石板,抠开往下看,黑乎乎一个洞口。其中一个胆大的捆了绳子下去,上来时怀中揣了这个大碗,只说下边很深,还有东西可捡,又带了条大麻袋,点了火把下去。想不到他这次是赵巧送灯台,一去回不来!不知在下边撞见了什么,活不见人,死不见尸。打悬羊的两个愣娃子是哥儿俩,兄长叫马凛,兄弟叫马栓,全是马老娃子捡来的孤儿。马凛胆大进了洞,马栓在洞口等,左等等不上来,右等等不上来,又不敢下去找人,只得跑来告知马老娃子。马老娃子腿不行,上得了岭,下不去洞,但是见到这个龙碗,心知了不得,下边有东西!他告诉马栓:"挡好洞口,千万别说出去,要不马凛可白死了!"他寻思殿门口的人不能找,一来没有那个能耐,二来怕声张出去,消息一旦传开了,他连一个大子儿也分不上。

马老娃子让我们跟他一同上岭,找到下落不明的马凛。如果掏出东西,双方平分,他和马栓分一半,我们分一半。只要我愿意走上一趟,不论有没有东西,他都会把鬼脸儿青让给我,价钱好说,否则给多少钱他也不卖。

我要说我不去,胖子和大金牙也不答应,他们二人死说活劝,好歹过去走一趟,你说不去鬼脸儿青可没了!

马老娃子对我诉苦,他说他干儿子贪心捡宝,在洞中下落不明,扔下他这个一走一拐的老汉,还有马栓这个愣娃,家中没别人了,盆无一粒米,袋无一文钱,往后没了活路,实指望多捡几件明器。

我一看可倒好,他不要鸡不要鸭——要鹅,讹上我了!我这人吃软不吃硬,招架不住苦肉计,吃亏全吃在这上头了。何况我说不去二字,马老娃子的鬼脸儿青我们可别想要了,但是我也没把话说死,走着瞧吧!"

转天一大早,马老娃子和马栓各挎一杆鸟铳,打好裹腿,准备带我们上岭。我问他带鸟铳打什么?他说:"玉皇殿这块风水宝地,几百年前有的是苍松古柏,刺猬、狐狸、金钱豹、草鹿,飞禽走兽可多了,如今仍有悬羊。秦王玄宫也在岭上,山势险阻,一上一下,至少要走两天,深山穷谷,罕有人迹,还要当心披毛煞!"

我心想:"马老娃子爷儿俩带了鸟铳,借口打悬羊倒罢了,又说要对付凶煞,他是吓唬人,还是别有用心?"

出门的时候,我们在里边穿了水火衣鼠皮袄,我还带了金刚伞和黑驴蹄子,同样打了裹腿,背包中装上手电筒、蜡烛、绳钩等一应之物。

进山之前,我对大金牙和胖子说:"关中出刀匪,杀人越货,视如等闲。咱们身上带了收东西的钱,到岭上抬尸必须小心,可别上了马老娃子的当!"

胖子说:"鸟铳还不如烧火棍子好使,你怕他两个放羊娃子?"

大金牙说:"马老娃子贪心是贪心,但还不至于有那么大的胆子,再说他打什么主意,可也瞒不过你二位的火眼金睛!"

胖子说:"我只担心捡不到明器,你听他马老娃子说的话,他们殿门口全是宝,连他妈臭虫都是俩屁眼儿,你让我看这地方,可全是荒山。"

我说:"可能闯军盗毁秦王玄宫之时挖得太狠,破了殿门口的风水龙脉,当年的形势也都不见了。"

三人说罢,让马老娃子和马栓在前边带路,打殿门口进去,一路往山里边走,西北的山,雄险苍凉,单单一条路上去,四下里漫漫都是乱草,说是有狼有悬羊,可走上半天,连只鸟儿也不见到。

第三章　秦王玄宫

1

西北悬崖绝壁上有种岩羊，当地称为悬羊，个头不大，十分罕见。悬羊血非常值钱，一头悬羊放不到三碗血，接到碗中放上半天，上面会浮起一层清油，那可是一宝！不仅有起死回生之效，还可以壮阳，太监吃下去都能娶媳妇儿。一旦听说什么地方出了一头悬羊，立刻会有几十上百个人在崖下盯着，别的野兽也吃它，所以是越打越少。余下的悬羊都被打惊了吓怕了，轻易不敢现身，很难见到，可遇而不可求。如若赶上时运，打到一头悬羊，那也是不小的横财。至于披毛煞，则是说的人多，见的人少。

马老娃子让愣娃马栓背了他，带我们从小路上到高处，望见对面一座山岭，过去称为"玉皇殿"，俗称皇帝台子，正是秦王玄宫所在的位置，绝壁巍峨，奇险无比。我们脚下这座山等于玄宫前的供案，唤作"供台山"。供台对应宝殿，可谓天造地设，又有藏纳之形。在山下看不出什么，非得上了供台山，才可以观望玉皇殿，地势由南自北，逐步升高，后有苍山起伏，可为依托。这么大的形势，埋得下万乘之尊！

在过去来说，王侯将相坟上的封土堆多高，那也有规矩，高出半尺也有罪，秦王玄宫在规模上或许不及皇帝陵寝，龙脉形势却不逊色。明朝山陵，尤其讲究形势布局。门廊前堂、明楼宝城、寝殿祭宫，坐落在一条中轴线上，面南背北，自下而上，前后有序。前后呈龟蛇之形，左右列龙虎之状。整个陵寝按远山近水分布，层次分明，气势森严，有如构成了一幅画卷，令人叹为观止。按《十六字风水阴阳秘术》中的记载，秦王墓山上的宫殿，应该也是这般形势。曾几何时，山上苍松偃柏覆盖，珍禽异兽出没，但是经历了数百年沧桑，宫殿和树木荡然无存，仅余下一个大坑。那是起义军盗挖秦王玄宫，生生挖出来的，如同将大山掏去了一部分，当中荆棘丛生，荒草凄迷，乱石陈横。玉皇殿风水形势全让这条沟破了，而今成了一座荒山。

一行人绕上半山，见这大坑又深又阔，当地虽然干旱，可也不是不下雨，致使坑底泥石混杂，荒草长得比人还高，走进去寸步难行。大金牙走不惯山路，累得上气不接下气，我和胖子架上他，一路拨草前行。愣娃带我们走到一处，乱草中倒了一尊石俑，他扒开下边一个洞口，比画着说是这个地方了。胖子打起手电筒，往里边张望了一阵，说是看不到底。

我看这个位置应当是秦王玄宫的尽头，可以见到墓砖，砖缝也都长了蒿草，不知这下边为何有个窟窿，上头还用石俑挡住了。我寻思马凛下洞之后去向不明，那也不奇怪，洞中晦气沉积，走到深处会把人呛死。正当此时，刮起了大风，风起云涌，播土扬尘，刮得众人灰头土脸，一个个好似刚打土地庙出来，又见阴云低沉，似要变天。

马老娃子迷信,怕是惊动了鬼神,况且天色黑了,要下去也该等到白天。

我却不这么想,月黑杀人夜,风高放火天,倒斗遇上风雨,可谓得了天时,风雨交加,洞中晦气去得快,不至于将人闷死。

马老娃子说:"黑天半夜钻土窑儿?不怕撞了煞?"

2

大金牙说:"我们胡爷当过连长,一身是胆!"

马老娃子说:"连长连长,半个皇上,大炮一响,黄金万两!"

我说:"我哪儿来的黄金万两?穷得老鼠啃房梁,那倒是真的。"

马老娃子说:"原来是咱穷人的队伍,可把你们给盼来了!"

沉住气等到半夜,狂风过后,天上雷声隆隆,黄豆大的雨点子,噼噼啪啪打下来。漆黑的雨幕裹住了一切,偶有一道闪电划过,刹那间映得人脸一片惨白。

马老娃子跛了一条腿,钻不了土窑儿,他让马栓跟我下去,多捡几件明器。愣娃马栓可也没有那个胆子,几个闷雷打下来,已吓得他面如土色。常言道:"一树之枣,有酸有甜;一母之子,有愚有贤。"何况马凛和马栓这哥儿俩,全是马老娃子捡来的,又不是亲哥儿俩,脾气秉性全然不同。

我对马老娃子说:"我瞧不出下边是不是土窑儿,带个愣娃下去,等于多个累赘,还不如让他在上头给我拽绳子。"于是让大金牙在上边等,我和胖子一齐动手,放下一条绳子。我在身上挂了纸皮灯笼,撑开金刚伞,当先下到洞中,深倒没有多深,但觉脚下凹凸不平，用纸皮灯笼往下照，尽是砖石土块，苔痕斑驳，四周看不到尽头，摸不到边缘，一阵阵阴风掠过，灯烛忽明忽暗，但也没有灭掉。我打开手电筒，往上转了几圈。上边的胖子看到光亮晃动，当即顺长绳下来。

胖子下到洞中，点上一根火把，面前明亮了许多。二人仗起胆子往深处走，摸到边缘石壁，但觉腐晦扑鼻。我举起手电筒来看，墙壁以砖石砌成，皆为40斤一块的巨砖，又用三合土抹灰，异常坚固。我们置身之处，似乎是秦王玄宫的一处墓室，里边空空荡荡的，当年闯军盗毁玄宫，可能没挖开大殿尽头的后室。墓室坚固，别无出路，石壁下摆了两个供箱，檀木打造，以铜饰裹边，朱漆脱落，木板腐朽，里边本该放置五供，但是没东西。再往旁边看，有一具死尸倚在石壁下，腰上拴了红裤带子，全身干枯发黑，旁边扔了条麻袋，打扮同马栓一样，不用问也知道，这是下来捡宝的马凛。

胖子说："放羊娃子怎么死在这儿了？他捡了什么好东西？"说话他去看扔在地上的麻袋，里边是秦王玄宫中的金器、银器、玉器，不下十七八件。

我刚要捡起麻袋，忽听两声蛇嘶，石壁裂痕中探出一个扁平三角脑袋，鳞片让手电筒的光束一照，色彩斑斓。关中有这种蛇，俗称"烙铁头"，咬上人没有不死的。胖子手疾眼快，手中火把往前一挥，吓走了烙铁头。我见烙铁头不止一条，头顶上又有碎石崩落，担心墓室会塌，立即用绳子捆上马凛尸首，胖子捡了那条麻袋，二人拽上尸首，迅速退了出去。

我先拎了麻袋上去，风雨交加，山上黑灯瞎火的，面对面看不见脸。我对马老娃子说了下边的情形，马凛让烙铁头咬了一口，毒发身亡，他捡的东西全在这儿了。说罢，我又让大金牙和马栓过来，再扔一条绳子下去，绑上个布兜子，好将尸首吊上来。

马老娃子趴在麻袋上大哭，虽然马凛是他捡来的孤儿，可也有些情分。我听他这哭声不对，干打雷不下雨似的！我发觉不好，转头往后看，刚好一道闪电掠过，瞬间一片惨白，只见马老娃子举起油布下的鸟铳，对准了我正要打！我心念一闪，必是马老娃子见财起意，舍不得分我们一半明器，他可能也不是头一次这么干了，真下得去手！闪电过去，天上一个炸雷打下来，几乎是在同时，马老娃子手中的鸟铳搂响了，他旁边的马栓也放了一铳。我来不及闪躲，急忙打开金刚伞，两杆鸟铳打出来的铁砂、铅弹，全喷在了金刚伞上。我一腔子血往脑门子上撞，心说："你二人跟我无冤无仇，为了几件明器，居然在我背后下黑手，不是天上有道闪电，我又带了金刚伞，岂不成了屈死之鬼？"

穷乡僻壤，人心险薄，因财杀人的多了，我不该一时大意，出来打雁倒让雁啄了眼！奈何相距太近，他们鸟铳中装的火药又足，打在金刚伞上，冲击可也不小，我不由自主往后疾退，一步踏空，竟从洞口掉了下去。当时身在半空，全无辗转腾挪的余地，眼前漆黑一团，怕要摔得粉身碎骨，但听"砰"的一声，正好砸在胖子身上。多亏我手上有金刚伞，坠落之势不快，那也撞得够呛，眼前金星乱晃，犹似天旋地转一般。

胖子说："老胡你怎么又下来了？麻子不叫麻子——你坑人啊！"

3

不等我说话，大金牙从上边掉了下来，撞到金刚伞上，滚到一旁，跌了他一个七荤八素，开口带哭腔儿："哎哟我的屁股，马老娃子他下黑脚！"原来大金牙在上边见到马老娃子突然动手，惊得呆了。下这么大的雨，马老娃子鸟铳打过一发，已经不能再用了，当下拽出刀子，恶狠狠地问："你下不下去？你要不下去，我这刀子可也方便着哩！"大金牙扭头要跑，屁股上挨了马老娃子一脚，一个跟头掉了下来。话没落地，之前放下洞的绳子，已经被马老娃子拽了上去。

胖子这才明白过来，抬头往上骂："老驴别跑，不怕你飞了！"

骂了没半句，又听到一声闷雷般的巨响。原来上边的马栓打了个"崩山炮"，那是殿门口开山用的土雷。马栓是个没心没肺的愣娃，马老娃子让他干什么他干什么，拽走了绳子不说，还要崩塌洞口，将我们活埋在下边。闷雷声中，乱石泥土纷纷落下，三个人抱头躲避，退到石壁之下。我担心让烙铁头咬上一口，赶忙打开手电筒，借光亮一看，他们二人脸上又是土又是血，黑一道红一道，我估计我脸上也是如此，伸手抹了一抹，恨得咬牙切齿，暗骂："该死的马老娃子，无名的老匹夫，真叫绝户人办绝户事儿！你等我出去，倒让你这厮吃我一惊！"

胖子心中不忿，打马老娃子祖宗八代开始，挨个往下骂了一个遍。

我说："你骂上三天三夜，马老娃子也不会少一根汗毛，先出去再说。"

胖子说："怎么出去？往上挖可不好挖，一旦挖塌了窑儿，还不把大金牙活埋了。"

大金牙说："我招谁惹谁了？再说要真塌了窑儿，那还不是咱哥儿仨同归于尽？"

胖子说："你跟你自己同归于尽去，反正有你五八，没你四十，你在哪儿也是多余。"

大金牙说："胖爷你可是知道我大金牙是什么人，我对你和胡爷一片忠心两肋插刀，怎么成了多余的了？对了，我看放羊娃子在下边捡到一大麻袋明器,能有十七八件,全是好东西!"

胖子说:"你看你这点儿出息,怎么还惦记捡东西?真是好吃屎的,闻见屁也香!你也别怪我说话不好听,忠言逆耳啊!你让我腚门上抹蜂蜜——甜话蹿出二里地,那我也会,问题是顶个屁用啊,出得去吗?"

大金牙赔个小心,连说:"是是是,我可没提捡东西……"

胖子说:"不捡东西也不成,因为话又说回来,吃咱这碗饭,忌讳走空,走空则不利,不在乎多少,但是不能空手出去。我不跟你说明白了,你知道城隍庙旗杆子几丈几?胖爷我说话不在乎多少,说的是个理儿!天有天的道儿,人有人的理儿,捡是为什么捡,不捡又为什么不捡,其中全是理儿!不吃饭成,没理儿不成!你还没活明白,悟不透我这个理儿!"

说话这会儿,头顶上仍有坍塌之声,我听得心惊肉跳,想找条路出去,奈何四周全是石壁,无路可走。刚才乱石崩塌,烙铁头都被惊走了,一时不见踪迹,但这玄宫可也奇怪,雨水从洞口渗下来,脚下却没有积水。我让胖子和大金牙住口,往周围仔细看看,或许会有暗道。胖子在之前找到尸首的墙角,捡到一根火把,还可以点亮。三个人在明暗不定的火光之下,见石壁尽头有道裂痕,泥水不住地淌入。

我用手抹去壁上尘土,发觉凹凸不平,举起火把来照,居然是一座地宫石门,面南背北,气势巍峨。石门上有钉石和门环,钉叫乳钉,因为形状和乳头相似,门环衔在兽口之中,使用一整块巨石雕凿而成,浮雕龙蛇、麒麟、海马,石门顶部还有仙人骑乘飞鸟的图案。

玄宫石门紧紧闭合,没有开启过的痕迹。三个人使上吃奶的力气,肩顶足蹬才将石门缓缓推开,里边是一条规模惊人的通道,走势倾斜向下,全部用石砖砌成,两壁直上直下,上方是拱形券顶。置身于其中,恍如走进了一座神秘辽阔的宫殿,有一种摄人心魄的气势,压得人透不过气。

4

我走进去，将手电筒光束照到石壁上，但见灰色巨砖皆有万字纹，心下暗暗吃惊，这是个什么去处？竟是秦王玄宫不成？一想到秦王玄宫，我下巴好悬没掉在地上，秦王玄宫远在明朝末年已经被乱军盗挖过了，山上宫殿尽毁，龙脉无存，开凿于山腹中的玄宫也给挖开了，仅余下千疮百孔的一个大土坑，然而下边又是一座完好无损的地宫！几百年前已遭盗毁的秦王玄宫，居然又出来了？

我对胖子和大金牙说，之前我一直在想，岭上的大坑虽然很深，可是还不够深，当不得此山形势，寻龙诀有言——苍龙入地而玄，深不可知也。玄宫是指地宫，有深埋地下之意，够得上此山形势的玄宫，说不定是座"九重玄宫"！在过去而言，皇帝死了不能说死了，要说成大行，驭龙升天。秦王比大行皇帝还讲究，以玄宫为陵，玄宫又称法宫，九重指的是砖，三块墓砖为一重，三重为一层，上边两层皆为疑冢，仅有从葬的棺椁明器。那些饥民出身的起义军，尽是些吃不上饭的泥腿子，大多没见过世面，个别盗过墓的，也仅仅挖过老坟包子，想不到秦王玄宫规模如此之大，掏了这么深以为掏到底了，岂知上了秦王的当，玄宫下边还有一层，那才是真正的椁室！

大金牙一拍大腿："嘿，我刚才说什么来着，合该胡爷你撞大运！之前我可还说，进山倒斗赶上风雨大作，正应了一个天兆——乃是墓主气数当尽，多半会有东西出土！常言道龙行有雨，虎行有风，殿门口这地方，一年到头湿不了几次地皮，可刚才这阵风雨，早不来，迟不来，等哥儿几个上了山才来，不是征兆有异是什么？我敢说，秦王棺椁中一定有无价之宝，没有我把我脑袋给你！胡爷你是明白人,殿门口那些放羊娃子不是吃干饭的,积祖下来有几个没掏过老坟?你不下手,等到消息传出去,秦王棺椁中陪葬的珍宝可全没了!东西落在咱们手上,不比让马老娃子那些人掏去好吗?"

胖子说:"大金牙这话也对,你不要就得让别人掏走,你舍得让放羊娃子掏了去?明器落在旁人手上倒还罢了,落在他马老娃子手上,你忍得下这口恶气?说实话我也不想蹚这浑水,可是人要走上背字儿,想上吊都找不着歪脖子树,身子掉井里了,耳朵还挂得住吗?"

我说:"你不用撺掇我,吃倒斗这碗饭,见了土窑儿还有不敢进的?但是我有两句话,你们得记住了——留得青山在,不怕没柴烧;加强纪律性,倒斗无不胜。"

大金牙说:"胡爷的话一句顶一万句,挺一般的话,让你说出来都得变个味儿,越琢磨越对,学深学透了够我受用一辈子,真得说是——言语不多道理深,奥妙无穷啊!"

胖子听不下去了,他说:"大金牙你好歹也是胸口上长毛的汉子,你还要不要个脸?是不是他放个屁,你也敢说那叫时代最强音?"

说话又往里走,有三层向下的台阶,台阶下是座长殿,两边各有一排盘龙抱柱,阴森的长殿中没有灯烛,幽深而又空旷,常如三十夜,却似五更黑。

三个人走进空寂的地宫,凭借手电筒的光束四处打量,冥冥中似有一股无形的威慑力,到处漆黑阴冷,充斥着腐朽的气息,越往玄宫深处走,越使人感到压抑。行至尽头,又有一道拱形殿门,是一整块汉白玉雕成,排列九九玉钉,应该是玄宫内门,两边有供奉长明灯的青花龙缸,几尊镇殿兽相对而峙。而在汉白玉墓门两旁,各有一个莲形台座,一左一右摆下两口大棺材,布满了灰土和蛛网。抚去尘埃,显出朱红的棺材头。

胖子问大金牙："怎么有两口棺材？秦王老粽子在左还是在右？另一个是干什么的？"

大金牙说："墓主怎么会摆在殿门前？此乃香楠棺椁，放的是从葬嫔妃。"

我不得不佩服大金牙，别看他为人不怎么样，眼光那是没得说，他不用上手，拿鼻子一嗅，就嗅得出是香楠棺椁，他这两下子，可真没人比得过。

胖子走到近前，伸手去揭棺盖，要看里面有什么东西。

大金牙惊道："不成！嫔妃的棺椁动不得！"

胖子说："你别一惊一乍的，我这不是好奇吗，打开看看有什么大不了的？"

大金牙说："闷死在棺椁中的嫔妃好看不了，那得多吓人！"

胖子说："你掏的是明器，又没让你抱上粽子挨个亲一遍，还在乎长得好不好看？"

大金牙说："大行皇帝下葬，会将嫔妃捆住手脚放进棺椁，直接钉上棺盖，抬进地宫陪葬。活葬的嫔妃棺椁，没有任何绘饰，况且从葬嫔妃棺椁中很少有珍宝，顶多裹上几层黄绫，全是活活闷死在里边的屈死鬼，那有什么可看的？"

胖子不在乎从葬嫔妃有没有怨气，可他一听棺椁中没有明器，登时提不起兴致了。他又问大金牙："秦王玄宫这么大，还有从葬的棺椁，怎么没几件明器？"

大金牙说："不会没有陪葬的奇珍异宝，不过要放也该放在秦王身边。"

胖子说："嘿！你瞧我这暴脾气的，有这话你不早说？"

说完他去推殿门，可汉白玉殿门里边放置了顶门杵，从外边使多大劲也推不开。他带了门穿子，打两扇门当中捅进去，一推一转，即可顶开石杵。胖子将殿门顶开，我挤身进了正殿，正殿又叫椁室。秦王玄宫与明代皇陵布置一致，椁室是安放棺椁的所在，为了聚气，规模相对较小。殿门一开，里边黑得出奇，手电筒的光束，在浮动的尘埃中摇晃，空荡荡黑乎乎的，周围有一股腐烂霉臭的气味，挥不去挡不住，直往人脑袋里钻。在死一般的沉寂之中，连脚步发出的声响，听起来都让人心中发慌、发毛、发怵、发蒙，无法形容的不安直入骨髓，在皮肤上生出一层鸡皮疙瘩，似乎有一股寒意，透胆钻肝。

5

我正往前摸索，猛然发觉有个东西悬在面前，相距殿门很近，再往前走都快撞上了，我以为是积在蛛网上的塌灰，没来得及用火把去照，抬手一拨，那东西晃了几晃，头顶发出"咯吱咯吱"的响动，在阴森的大殿中听来，真使人毛骨悚然。

三个人抬头往上一看，均是汗毛直竖，根本不是什么塌灰，正殿门洞之上，吊挂了一个披散长发的宫女，双脚悬在半空，在拱门下晃来晃去。

悬吊在拱门下的尸首，身穿宫人服饰，锦袍已变质乌黑，长发直披下来挡住了脸，落满了积灰，胸前还拴了一个黄绫包裹，是以玉带自缢，悬在地宫之中不下几百年了，翼冠掉落在地。由于持续下坠，尸首被抻长了许多，四肢奇长，又披散了长发，冷不丁在漆黑阴森的玄宫中见到，真能把人吓个半死。

吊在殿门上的女尸让我这一碰，在半空晃了几下，玉带勒住的脖子突然断了，尸身掉了下来，坠落在地。而长发披散的人头，兀自悬在高处，晃动不止，有如活鬼一般。关中台子戏上有八大绝技，说到惊人之能，当以吊尸为首，俗称"大上吊"，以前吓死过小孩，你想台子戏上的吊尸都吓得死人,何况真吊上这么一个?

胖子说:"真是草地里蛇多,沙窝里狼多,古墓里的粽子多,门上也吊了一个,这是为了吓唬倒斗的?我们是无事不登三宝殿,有事才进你这门,你给我老老实实地还则罢了,敢出什么幺蛾子,老子拿黑驴蹄子招呼你!"

大金牙吓出一身冷汗,没想到一进正殿,会撞上这么一位,可他见了明器走不了道儿,看到宫女一身锦袍,以丝绦拴在身上的黄绫包裹中,掉出一个鎏金铸铁盒子。他低下头看了一看,奇道:"夜来我梦见九宫娘娘显圣,说我福大命大造化大,逢凶化吉,遇难成祥,将来一定会飞黄腾达,万灾俱消,富贵无限,可不是应在这儿了!"

我问他:"九宫娘娘没告诉你,你那是在做梦?"

大金牙说:"那倒没说,可我自己个儿明白。"

我说:"自己个儿明白是做梦你还当真?有鸡叫是天亮,没鸡叫也是天亮,该不该发财,可不在有没有九宫娘娘显圣托梦。"

大金牙说:"怪我说走嘴了,合该咱哥儿仨发财成不成?我跟你二位说,挂在殿门上的大姐,可不是一般的宫女,这是个捧宝官!"

相传帝后下葬,会以心腹宫女殉葬。不是真有这么个官职,古代从葬的宫女跟明器没有两样,捧上陪葬品的宫女随同棺椁一并进入地宫,等到地宫大门闭合,她或吞金或自缢,死在里边。

我和胖子听大金牙说得奇怪,打起手电筒去看女尸挂在身上的鎏金铁盒,只见上下两面铸有纹饰,正面是一个虎爪人首的神怪,长了九个男子人头,底下也有个九首一身的,身子是一条蛇,长了九个女子人头。打开铁盒,内侧同样有奇异图案,上边是九条龙蛇,当中为神、鸟、鹿,首尾相接,盘旋合一,下有一棺二鬼,我从未见过,然而鎏金铁盒之中并没有放东西。

大金牙说:"你还别说我大金牙没用,你们没见过,我可认得,九头兽身的叫陆吾,人面而虎爪,凶恶多疑,擅于守护秘密;九首蛇身的叫彭祸，人面而鳞身，贪婪成性，擅于镇守宝藏。古墓地宫之中，尽有不曾出世的奇珍异宝，说不定是个惊天动地的东西，不在这儿也在棺材中，横不能长腿儿跑了，有你们二位出马，再加上我大金牙这个脑袋，等于是打了双保险，还担心找不出来？"

6

胖子是叫花子剥蒜——穷有穷打算，别等以后了，搂上一个是一个，捡起鎏金铁盒塞进背包，他还有理："摸金校尉在一座古墓中仅取一件明器，包装可不算在内，好比你买鞋，没鞋盒子是一双鞋，有鞋盒子不也是一双鞋？"

我说："你给我把招子放亮了，当心脚底下，别光顾了掏明器。"

胖子说："你放你一百二十个心，我后脑勺都长眼，等会儿你瞧我的，我要不拿出几手来让大金牙瞧瞧，他还以为我在这个行当中是光吃白米饭的！"

说话站起身形，又往椁室中走，但以玉带自缢的捧宝官，死了几百年，尸首悬挂在拱顶之下，枯朽已久，受到晃动，玉带吊住的尸身落地，人头还挂在高处，玉带同门梁之间不住发出"咯吱咯吱"的怪响，晃来晃去这么晃了几下，宫女的人头也掉了下来。

大金牙在门下过，宫女人头正掉到他身上，可给他吓尿了，担心让人头咬上一口，连忙拨到一旁。长发裹住的人头，落在丹墀玉阶上，又滚进了正殿。椁室之中黑灯瞎火，我们手持火把走进去，见这椁室并不大，从风水上来说，可能是为了聚气。椁室上方的穹顶及四壁，皆凿刻往生经文，两边有相配的耳室，尽头为后室，放置无字碑一块，下有赑屃，民间俗称这叫王八驮碑。正当中是一座雕龙刻凤的莲花宝台。有一口漆皮脱落的巨大棺椁，饰以鱼龙变化的彩绘，摆放在三十六品莲形宝台之上。两边也摆了龙缸，上有鎏金宫灯，灯油灯芯俱全，但是早灭了。棺椁周围有五个陶俑，积满了尘土。棺椁脱落的漆皮之下灿如金丝，全是龙鳞纹。生长在深山穷谷中的楠木，或为大风所拔，横埋在沙土之下，经过上千年，呈现紫色，那仍是木料，埋下上万年，变成了半化石，才会形成金丝龙鳞，水不能浸，蚁不能穴。传说当年在云贵深山老林中找一方金丝龙鳞楠木，进去一千个人，仅能出来五百个人。以往说到上好的棺材料，比如阴沉乌、黄肠柏，埋在坟中几百年，出土时仍旧坚硬如铁，称得上"木中瑰宝"，均已绝迹，可遇而不可求，有多少钱也买不到，那还比不上金丝龙鳞，真可以说是万金难求！莲台有双龙盘绕，通称法台，此乃佛道传统，隐含来世超生之意。我们虽然提心吊胆，但是踏入正殿，目光都被莲台上的棺椁吸引住，再也移不开了。

我心说："帝王将相又如何？大限一到，还不是一样吹灯拔蜡成了粽子？"

大金牙是侃爷一个，光会耍嘴皮子，胆子一向不大，身上阳气也虚，一旦犯起喘来，比个抽大烟的好不了多少，他干的是倒卖明器，逞的是口舌之能，卖弄的是眼力见识，十足的贪生怕死之辈，野鸡站门头，上不了天王山，打娘胎生下来，他就是这个样子。走到这气势恢宏的玄宫宝殿之中，不觉两腿打战，匍匐在宝台之下，要给秦王棺椁磕头。

胖子对大金牙说："你给个粽子磕什么头？站起来！"

我说："对，站着说话不腰疼嘛！"

大金牙说："那是没错，可……可这棺椁也太大了……"

胖子说："棺椁太大了抬不出去，值多少银子也没用，你至于激动得直打哆嗦？"

大金牙说:"棺椁上有龙凤纹饰,可见是同棺合葬,还有一个陪王伴驾的主儿!"

胖子说:"两个棺材瓢子?明器岂不是也得多上一倍?"

大金牙说:"凭这阵势,棺中必定有价值连城的至宝!"

胖子说:"又故弄玄虚,价值连城是多少钱?"

大金牙说:"我那是打个比方,您还别嫌我没见过世面,我是说不出价儿,总之是值了大钱了,你想要多少是多少!"

胖子说:"你真拿我当傻子?我想要多少是多少?那也得有人出得起这份钱不是?我这儿想了半天,结果没人出得起钱,我不白想吗我?耽误我时间,浪费我感情,你赔得起?"

大金牙说什么也不是,他不敢再接胖子的话了,只好跟在我身后,伸长了脖子往前张望。

我们上了宝台,举高手中火把,直照到上方的穹顶,才看到伞盖形斗拱藻井之中,浮雕一条口衔宝珠的金龙,忽明忽暗的火光之中,倒悬于头顶的金龙呼之欲出。

大金牙抬头往上看,吃一惊道:"呀吓!好一条五爪金龙!"

胖子说:"你什么眼神儿,分明只有四个爪子。"

大金牙说:"金龙四肢上各有五爪,如同人手,这叫五爪金龙!"

胖子说:"几个爪子也值得大惊小怪?"

大金牙说:"胖爷有所不知,龙爪上的讲究可大了去了,自古以来,皇上用的龙才是五爪金龙,别的龙没有这么多爪子,爪子不够不是真龙,金龙所衔宝珠叫轩辕镜。"

我说:"秦王玄宫不仅形势大,又用了五爪金龙,入土之后还妄想当皇帝?"

胖子说:"皇帝没当成,当个粽子还要这么大排场,这可全是民脂民膏!"他是聋子不怕惊雷响,死猪不怕开水烫,吃着碗里看着锅里，见了玉皇大帝也敢耍王八蛋，说话要上前开棺。

可是明器再好，带不出去那还是死人的东西，正殿到此已至尽头，秦王玄宫深埋在大山腹中，周围山壁之厚，难以想象，你有多大的能耐，可以穿山而出？

第四章　阎王灯笼

1

倒斗的擅长钻土窑儿，会探山中十八孔，进得来也该出得去，而这出路不在别处，十有八九在秦王棺椁之中。因为故老相传，龙脉必有龙穴。龙穴即金井，一条龙脉只有这么一个金井。金井一般不会太大，一寸土值一寸金，所以叫金井。什么是寻龙点穴？真正会看风水的高人，走到一处往下一指，挖下去必有五色土，那就是落棺之处。棺椁下凿穿一个孔，直通水口，称为金井。按风水形势而言，古代大墓中的金井，多在棺椁正下方。水为生气，墓主要乘生气而葬。当年的摸金校尉，擅长避实就虚，避过明楼宝顶、巨石暗券，从金井直接钻进墓中取宝。如果没有这手绝活儿，两三个人如何挖得开帝王陵墓？

金井乃十八孔之一，但是穿过金井，必须在水脉枯竭之后，有水的时候进不去。况且根据形势不同，金井有大有小，小的仅有拳头般大，你会缩骨法也挤不进去。秦王玄宫规模宏大，棺椁下的金井应该不小。玉皇殿龙脉已被当年盗墓的闯军挖毁，山岭崩裂，水脉枯竭，金井中或许可以脱身。

我让胖子捡起宫女的人头，给人家放回去，又把这个计划给大金牙和胖子说了一遍，金井之下，可能会是一条生路。

大金牙听罢一挑大拇指："胡爷你真高，简直有七个脑袋！"

我说："你这话该去跟电线杆子说，电线杆子可比我高多了。"

大金牙说："电线杆子再高，杵在那儿永远是死木头一根儿，怎么能跟胡爷你比？不是我大金牙捧你，因为我真是服啊，过去是有这么一说，皇亲贵胄的棺底，并非一整块棺板，往往嵌有一大块玉璧，那是为了接通金井，合称金井玉葬。摸金校尉讲究玩绝的，打上边下来叫天鹅下蛋，打下边进来叫海底捞月！"

我说："那也得按规矩来，一座墓中仅取一件东西。"

大金牙说："那是胡爷讲究，能讲究的绝不将就！"

胖子说："你们俩穷讲究半天，掏明器还不是得我上？我上是可以，问题只取一件明器，那还不挑花了眼？你要让我说，一个羊是赶，俩羊也是放，倒不如看上什么掏什么，如今这个年头，要脸面没有用，脸皮厚，吃个够；眼皮薄，往上瞧！"

我说："一座墓中取一件东西是为了易于脱身，你有能耐把秦王玄宫端走，我也不拦你。"

大金牙说："掏什么明器你们得听我的，我要连这个都干不成，我还长个脑袋干什么？"

我点了点头，让胖子先到东南角点上一根蜡烛，准备打开棺椁，找出金井。秦王玄宫是南北走向，面南背北。我们三个人打南边进来，尽头在北，宝台上的棺椁则是横置。以墓主人来说，头朝西，脚朝东。东南方位，相当于墓主人的脚旁。

胖子过去点蜡烛，脚下碰到一个东西，但听"啪嚓"一声响，他举火把往下照,却是一个陶土童子,已经长了土锈,色彩斑驳,俑头没有脸,似乎被人刮掉了,又让胖子撞得倒在地上,摔掉了半个头。椁室中空空荡荡,仅有五个陪葬的陶俑,列在宝台四周,面前都摆了一碗饭,胖子撞倒的是其中之一。

2

大金牙说:"土俑不值钱,陪葬讲究真东西,没有真东西才摆放替代品。比如古墓中土鸡瓦犬,皆为陶土捏成。秦王玄宫中的陶俑,应该是多子多福,万世延续之意。"

我说:"秦王玄宫中的土俑不止一个,面目被人刮掉了,摆放的位置也不合葬制,可能不是陪葬的土俑,保不齐有鬼!"

胖子说:"装神弄鬼吓唬人不是?我可不信这一套,那要按你这么说,摆在这儿的陶土童子还不得成了精?"说完他干笑了两声,好给自己壮胆儿,可是秦王玄宫幽深空旷,传来的回声比鬼叫还难听。

大金牙听到这个响动,头发根子直往上竖,低下头一看,见到裂开的陶土中有白乎乎一个小脸儿,已经长出了尸蜡,才知不光是陶土捏造,还封了肉身,这口怨气吐不出去,岂不成了冤魂?他脸上变色,生怕惹上小鬼儿,忙点了三支烟,双手捏住,望四下里拜了几拜,口中念叨:"我等无意冒犯,惊扰勿怪!冤各有头,债各有主,你们要恨也该恨宝台上那位才对!"

据说汉代以来,帝王墓中有一种活俑,是将活人封在陶土中,烧造成土俑,血肉均与陶土化为一体,里边仅余黑灰,到了元明两朝,也有将童男童女烧成陶俑的,以陶土闷死的可不多见。在民间传说中,活殉之人怨气重,往往阴魂不散。人鬼殊途,皆因尘世相隔,鬼看不见人，如同人看不见鬼。特定情况下可以看见，比如古墓中阴气重，活人阳气低落之时，容易让鬼看见，那也非常模糊，不过不分你是谁，只要让鬼看见你，定会当你是生前的仇人，并对你展开报复。俗传活人头顶和两边肩膀上各有一盏灯，那叫三昧真火，有这股阳气的人见不到鬼，鬼见了你也得躲，见到鬼的全是阳气低落之人。倒斗的不带什么也得带上黑驴蹄子，黑驴蹄子对付不了的只有厉鬼。厉鬼怨气太深，死后不入轮回，只想报仇，厉气越重，你看它看得越清楚。反正民间的迷信传说全是这么传，有时候过于迷信不成，什么都不信也不成。

别看大金牙胆小迷信，可不耽误他掘明器。胖子是有多大的马蜂窝也敢捅，大不了兵来将挡、水来土囤，秦王玄宫中殉葬的陶俑，无非一捏陶土，碰一下倒在地上，都能摔掉半个头，即使全是天兵天将，多说也不过五六个，那又有什么可怕？等大金牙拜了一遍，胖子在陶俑前点起一支蜡烛，不知是不是椁室中阴气太重，烛光竟是绿的，照在人脸上跟鬼一样！

我心念一动，对他们二人说："棺椁前五个童子，生前被活生生封在陶土中，应该不是陪葬的土俑，秦王墓是座九重玄宫，椁室壁上凿了密密麻麻的往生咒，再摆上五个以陶土封住的童子，那是要做什么？"我听说在阴阳葬法中，富贵贫贱乃命中注定，没有当皇上的命，穿上龙袍也没用。真龙天子的命是九五至尊，九五乃六十四卦三百八十四爻中至阳之爻，至尊至高，再无上升余地。古代人迷信命格，命格由四柱五行八字干支决定，而龙脉中有极贵之气，埋葬命格相合的人可以借取龙气，且不说是否真有用，阴阳风水中确实存在这种葬法。秦王棺椁埋在龙穴上，摆下五个土龙命的童子，相当于五条小龙，正好凑成一个"五龙捧圣"的形势！

大金牙说："噢！五条龙捧上圣驾，该升天的升天，该投胎的投胎去了，咱再掘明器也不会出来挡横儿了！"

我这话还没说完，以命格相合的童子殉葬，在秦王棺椁前，摆成个"五龙捧圣"的形势，而五个土俑的脸都被刮掉了，古人云"无窍不通灵"，土俑泥塑也该有窍，如果一个两个土俑没有脸，或许是年深岁久所致，可这五个土俑都没有脸，还有让人刮削的痕迹，真让大金牙说中了——怨气吐不出去，棺椁中的圣驾，不仅没有升天，反让这五个鬼缠住了，吉凶颠倒，变成了"五鬼缠尸"，我这么分析到位吗？

大金牙说："到胃吗？我都到肾了我！胡爷你再往下说，我可要尿裤子了！"

胖子说："纯粹胡扯，你祖传那个宣扬迷信糟粕的手抄本儿，糊墙太厚，擦屁股又薄，趁早撕了得了！"

我说："迷信不迷信尚在其次，我是奇怪谁刮去了土俑的脸？你们都看见了，四壁没有盗洞，棺椁也没有打开过的痕迹。"

胖子说："又不是没别人了，汉白玉殿门上不还吊了一位？换了你来陪葬，你不给墓主添点儿恶心再死？"他是跳墙挂不住耳朵的主儿，向来胆大妄为，说话跃上三十六品莲花宝台，将火把交给大金牙，套上手套，使劲去推椁盖。

我不信一个从葬的宫女有这两下子，又想不出个所以然，让胖子先别动手，接过火把再次搜寻，见到后室顶墓室券顶上有个洞口，正对下边的王八驮碑。大金牙倒抽一口冷气："盗洞！"

3

我说那可不是盗洞，盗墓贼挖的才叫盗洞，用行话说这叫"窑口"。墓室俗称土窑儿，窑口是造陵的人，暗中开凿的活路。秦王玄宫如此规模，凿陵的民夫也不会少。有经验的老陵匠会提前挖一条暗道，以免被活埋灭口，几千年来，莫不如此。陵匠偷凿的暗道称为"窑口"，不过很难找到。因为"窑口"会破坏风水格局，并无规律可言，怎么隐秘怎么来，在地宫上打洞，乃陵寝龙脉之大忌，一旦让人逮住，那可是株连九族的罪过。估计墓主下葬之际，将若干陵匠活埋在了配殿。其中一个或几个陵匠之前留了暗道，逃命之时，又顺手凿开后室墓顶，下来刮掉殉葬土俑的脸，为的是报复墓主，然后才从窑口出去，当时陪葬的宫女已经吊死了。陵匠并未开棺取宝也不奇怪，王法当前，没人敢拿当朝的陪葬品出去换钱。通常是隐姓埋名，等到改朝换代的年头，再按原路进入玄宫，盗取棺中明器。逃出去之后，或许落在官府手上脑袋搬了家，或许怎么样，我无从知晓，反正再没下来过。

陵匠暗中凿穿的通道，大多比较狭窄，也不坚固，又过了那么多年，出不出得去可不好说。我正在想该走哪条路，胖子已经和大金牙去开棺了。他们二人憋足了力气，前腿弓后腿绷，摆出跨虎登山的架势，使劲将椁盖推向一旁。金丝龙鳞的楠木椁板，其坚似铁，各人使出全力，肩顶手推，才将椁盖缓缓移开，但听一声怪响，棺中涌出一股子黑气，在阴森的宝殿中弥漫开来。黑气让火光照到，由黑转黄，又由黄转白，如罗网化开，哧哧有声，让这道黑气一冲，殿顶尘土纷纷落下。

我手中的火把碰到浓雾，旋即灭掉。角落处的蜡烛闪了几闪，烛火仅有黄豆粒大小，灭而复明，转眼又灭了，升起一缕烟。

大金牙自己给自己壮胆："不打紧，鬼吹的才是鬼吹灯，不是鬼吹的有什么好怕？"

我心说："大金牙你倒真会找借口，棺椁中刮起一阵阴风，灭了烛光，是没见有鬼出来，但要说灯烛灭了，或者灭而复明，可都不是好兆头，必须对墓主人下拜，再打原路倒退而出。不过走到这一步，即使前边是锅滚油，我们也得闭眼往下跳了！虽然说倒斗摸金之时蜡烛灭掉，必定会有变故，可是我和胖子不在乎凶神恶煞，玄宫中有这么多活殉的童男女，可见秦王残忍贪婪，不掘它一个棺底朝天，对不起祖师爷传下的摸金符！"随即定了定神，掏出手电筒，光束照向棺椁，椁板当中是梓宫，上覆十二条织金蛟龙的棺罩，内棺是一整块水晶。帝后合葬的棺材叫梓宫，秦王不是皇上，但棺椁与梓宫完全按大行皇帝的规格布置。

正殿之中黑气弥漫，有股子恶臭，呛得人喘不上气，手电筒的光亮根本不够，火把又灭了。我想起龙缸中还有灯油，俗传墓室中的长明灯点不得，否则开棺取宝之时，会被墓主见到你的脸，我从来不信这个说法，掏出火柴点上鎏金宫灯，椁室中亮得多了。三个人退到莲台下等了半晌，墓室中并无异状，这才上前抬起椁盖，摇摇晃晃挪到旁边，竖在棺椁一侧。秦王玄宫的大殿，虽是沉寂无声，可尘土封积，五爪金龙悬于头顶，形成了一种无形的威慑，让人觉得背后冷飕飕的，身上生出一层鸡皮疙瘩。

胖子揭去两层长出黑斑的棺罩，又打开梓宫内棺，但见秦王身穿十几层衮龙锦袍，仰面躺在梓宫正中，头顶朝天冠，猪腰子似的一张大脸，周围放置一件件光彩夺目的稀世珍宝，珊瑚宝树、鎏金佛龛、明珠拱璧，各色金银玉器，在织锦龙盖衬托下，闪烁着灿灿荧光。出人意料的是，粽子两边各有一个陪王伴驾的妃子，全是玉美人，全身装裹，缠绣龙凤图案，凤冠上缀满了珍珠，手电筒光束照上去，脸上泛出一抹绿光。

大金牙也没想到，棺椁中竟是一个肉身、两个玉人，当真罕见。我们屏住呼吸，一件一件打量那些明器，直看得眼花缭乱。梓宫中的尸首全套装裹，覆以一条金钱穿缀成的往生锦盖，正中锦绣团龙，周围是海水和蝙蝠图案，那叫"福海无边"，配上万字不到头八宝吉祥徽，轮罗伞盖之间，镶嵌猫眼儿祖母绿各种宝石，又饰以明珠，象征日月星辰，上千枚方孔金钱上皆有"消灾延寿"四字。锦盖两旁塞了十来个金元宝，五两五一个，全是成色十足的滇金。秦王身上挂了一个宝匣，也用黄绫裹了，旁边有念珠、宝剑、玉如意、玛瑙杯、水晶瓶、赤金白银、斑点玳瑁、犀牛头上角、大象口中牙。诸多珍宝，不可一一细数，有很多东西别说我们见过，连听也没听过。按明史记载，珠取于海、金取于滇、锦取于吴，绝不比呈给朝廷的贡品逊色。秦王梓宫摆满了陪葬品，各种珍宝数以百计，放出奇光异彩，晃人二目。

三个人不约而同揉了揉眼，看不过来这么多珍宝，不知该如何下手。

4

胖子说："大金牙你长两个眼珠子又不是出气儿用的，你倒看看该掏什么东西。"

大金牙生怕惊动秦王似的，小声说："粽子还没朽坏，估计有口含，或珠或玉……"

胖子咽了一口唾沫："掏这个我有绝招，你等我给它掏出来！"

大金牙说："无非是个鳌珠，塞进口中几百年，精气尽失，那玩意儿没人愿意收，掏出来也不值钱。咱仨不是说好了吗，掏什么你得听我的！我大金牙干别的不成，明器我可见多了，不是我说大话，棺椁之中一定有一件至宝，一个顶得上一棺材！"大金牙见过不少好东西，但是在打开的秦王梓宫近前，他也看花了眼。你要说金元宝值钱，倒是没错，真金白银不欺人，八十年代初期，一两老金子值三万。过去常说足两纹银、足两元宝，足两乃官称，五两的元宝，打一个要五两五，不够的不是足两。带官印的足两金元宝，那还了得？可在诸多明器之中，最不值钱的又是金元宝。龙盖锦被上穿了上千枚金钱，镶缀的诸般宝石难以计数，况且皇陵之中才有龙盖，多少个元宝抵得上龙盖？而摆在秦王胸前的宝匣，虽然没有打开来看，但也猜得出，其中装的是谥宝、封册，相当于秦王印玺，又不同于印玺，谥宝是给死人带去阴间用的，上有封赐谥号。仅以价钱而言，裹尸的龙盖再值钱，不会有印玺值钱。不过在大金牙这个倒卖明器的行家看来，秦王身边的念珠虽然不起眼，那可是千年老山龙珠，正儿八经的绝品，要是在过去，一个珠子可以换上一座宅子，整整一串又值多少钱？印玺值钱，但是不好出手，念珠好拿，又值钱……

我担心情况有变，蜡烛不灭还好说，鸡鸣灯灭必须尽快脱身，却见大金牙越看越蒙，犹豫不决，我急于找到金井的位置，生怕踩坏了棺中珍宝，只好揣起手电筒，背上金刚伞，纵身进了梓宫，可一抬头，发觉棺材瓤子的脸变了！梓宫当中的一张大脸，已经变成了灰色，而且皮肉收缩，显得指甲格外长。倒斗的开棺取宝，僵尸立而扑人，全是吓唬人的民间传说。其实在开棺之际，见到尸变，大半因为棺椁保存得好。我盯住棺椁中的粽子看了一会儿，不知是不是我看错了，老粽子的脸又动了一动，似乎要开口说话。我感觉头发根子全竖起来了，背上寒意更甚，急忙跳出棺椁，叫胖子和大金牙当心，不要凑得太近。

胖子伸长了脖子，只顾去看棺椁中那些明器："你不要神经过敏！我吹口气儿过去，老粽子的胡须也得动几下，何况你在那儿上蹿下跳的！"

大金牙指向黄绫包裹说："别理会粽子了！我看了半天，掏别的不成，明器之中还得说是谥宝值钱！非是天子可安排，以下诸侯动不得！"说话伸手去摘，可是一扯这黄绫，揭开了遮尸的锦披，下边有个鎏金佛龛，佛龛中竟是一尊珍珠佛，珍珠贝壳中天生有一尊佛，外壳已近玉化，似是而非，越看越真，佛龛装嵌八宝，下边配了翡翠佛座，从上到下有一尺来高。珍珠贝中的佛祖，面容安详，圆润自在，左手掌心向上放在左腿上，发出晶莹剔透的光泽。

大金牙见到珍珠佛，不觉全身发抖，口水直往下淌："这才是无价之宝！谥宝是带去阴间的东西，不怕没人出得起钱，而出得起钱的主儿，不肯担这样的干系，倒不如这翡翠珍珠佛好！"他说话往前凑合，大头朝下扑进棺材，手电筒也扔下不要了，抱住珍珠佛："我的佛爷，我大金牙也是苦命的人儿，三代当牛又做马，汗水流尽难糊口，到今儿个可得了正果了，我给您老上点儿什么供才好？"

5

我和胖子也看得呆了，不是马老娃子将我们活埋在山上，我们可到不了这儿，想不到我们哥儿仨还有这个命，真可以说是因祸得福，掏出这么一尊珍珠翡翠佛，往后说话可有底气了。

胖子说："大金牙你成不成？我看你这一辈子拉上一次好屎，你也得拉到人家白菜心儿上！你可别掉地上摔了，赶紧给我！"

大金牙舍不得放手，双手捧起珍珠佛，他对胖子说道："胖爷你要这么不信任我，那我可是狗熊钻烟囱——太难过了！你不看这是什么，我把祖宗盒儿摔了我也摔不了这个！不是我夸口说大话，我大金牙吃这碗饭不下二十年了，打我手上过的明器，没有一万也有八千。你们二位看没看见我这双手，我这是抓宝的手，明器只要到了我手上，等于是拿502粘上了……"他话没说完，脸色忽然一变，手上的翡翠珍珠佛掉了下去。

我不明白大金牙为何突然失手，不过倒斗摸金，吃的是阳间饭，干的是阴间活儿，鬼知道会出什么岔子，只见他两手一放，珍珠佛直接往下掉，我站在他对面，要去接也来不及了。

胖子大叫一声："阿弥我的陀佛！"话音未落他人已经到了，见过身手快的，可没见过他这么快的，真可以说千钧一发之际，他抢上前去这么一扑，刚好接住了大金牙掉落的翡翠珍珠佛。

我心说一声"好险"，抬手抹了抹额角的冷汗，再看大金牙一动不动，脸上僵住了，目光中又是惊恐，又是难以置信。

胖子气不打一处来，要不是手上捧了翡翠珍珠佛，非得揍大金牙一顿不可。

换成平时，大金牙早找借口开脱了，可他一声不吭，目光惊恐，两眼直勾勾地盯住棺椁。

我心想怕什么来什么，他要说这里有什么不该有的东西，我可不会觉得意外，当即掏黑驴蹄子，跟着大金牙的目光往下看——平躺在棺椁中的秦王，不知何时张开了大口！

我也吓了一跳，出门带黑驴蹄子，完全是为了壮胆，真正用得上的时候不多，当时来不及多想，抬手扔出一个黑驴蹄子，打得又正又准，自己先给自己叫了一个"好"！

怎知黑驴蹄子打在秦王头上，一下崩开了，胖子在对面刚爬起来，他一抬头，黑驴蹄子正撞到他脸上。胖子骂道："你大爷的老胡，黑驴蹄子是用来打活人的吗？你知不知道，迄今为止世界上还没有任何一个人是被黑驴蹄子砸死的，你是不是想让我打破这个世界纪录？我可是三九天喝凉水，一点一滴都给你记在心里了！"

我来不及跟他多说，又掏出一枚黑驴蹄子，要塞进粽子口中。

胖子说："咋咋呼呼搞什么鬼？"

我说："你见过死人开口吗？"

胖子说："那有什么，死人放屁我都见过！"

话没落地，秦王口中吐出一团鬼火，忽呈暗绿，忽呈淡黄。

老时年间，常有鬼火扑人之说，相传那是阎王爷打的灯笼，活人让鬼火扑到，等于是撞了阎王，说也奇怪，鬼火竟似活了，在棺椁上方

057

飘忽不定。以往的迷信传说中，阎王灯笼是死人的怨气，有时走在坟地中遇到，往往会追着人走，你慢它也慢，你快它也快。鬼火常见的地方，比如坟洞、河边、荒郊野地，半夜大多会有磷光，有的很小，忽明忽灭，民间说这个是鬼火。阎王灯笼又不一样，那是厉鬼怨气扑人。不同于常世之火，阴火有什么烧什么，粘到皮肤上，可以直烧至骨。一旦让这阴火撞上，扑也扑不灭，挡也挡不住。阎王灯笼虽然也叫鬼火，实乃墓中伏火。鬼火轻，而墓中无风，有人进来会带动气流，鬼火便会追人。墓主下葬于玄宫之前，必定在尸首中填了磷。如有倒斗之人打开棺椁，见了鬼火不可能不逃，但是你逃得越快，鬼火追得越紧！

我和胖子知道厉害，急忙低下头。大金牙却似惊弓之鸟，转过身要跑，可是脚底下拌蒜，王八啃西瓜似的——连滚带爬。我一把拽住他，按在宝台上。尸首吐出的鬼火，倏然不见了，龙缸长明灯还没有灭，仍发出阴惨的光亮，但比刚才暗了许多，周围一片漆黑。

大金牙抱头趴在莲台上："胡爷……粽子出来了！"

我见四周并无异状，以为大金牙吓蒙了，没理会他。

胖子抱了翡翠珍珠佛，绕过来对我说："大金牙这孙子，他还真舍得扔，得亏我眼疾手快，这要掉在地上，想哭可都找不着坟头了！"

大金牙抱住我的腿，说他见到蟒袍玉带的粽子出来了，看得真儿真儿的！

6

我往棺椁中一望，长明灯阴森的光亮下，老粽子脸上一片死灰，蟒袍上绣的团龙也失去了色彩，蒙上一层尘土似的。

胖子说："你见鬼了？这不还在这儿吗？老胡，接下来是不是得让老粽子挪挪窝儿了？"

我说："金井在棺椁下边，不把秦王抬出来可下不去……"说话正要抬尸，可是看见胖子手中的珍珠佛，我一下子怔住了！打开棺椁之时，让手电筒的光束一照，陪葬的翡翠珍珠佛流光溢彩，抱出来没一会儿，怎么没了光泽，变得跟个泥胎一样？

从前传下一句话——"活人不吃死人饭"，是说盗墓贼进了古墓，有可能见到陪葬的点心果品，过了千百年，仍未朽坏，看是可以看，但是不能吃，吃下去如同吃土，说迷信的话那是让鬼吃过了。实则放置太久，虽然墓室封闭，使得外形不失，却与尘土无异。

不仅古墓中的果品点心如同让鬼吃过，绸缎和彩绘也一样，打开棺椁之后，往往会迅速变得灰暗，而这珍珠佛，不知为何也没了光泽，捧在手上还是那么沉，珍珠上的光泽却已不见。我还当是长明灯太暗了，再用手电筒照过去，仍如泥胎一般。

胖子急了，问我："老胡，刚才还是个珍珠佛，怎么变成泥捏土造的了？"

我说："椁室之中黑灯瞎火的，许不是你抱错了？"这话一出口，我已经觉得不对了，这么值钱的明器，到了胖子手上，那还有得了闪失？何况他根本也没放过手，说不上抱错了。

大金牙说："胖爷，我明白了！"

胖子说："你有屁快放！"

大金牙说："一定让鬼带到阴间去了！"

胖子说："你明白个屁！他妈吃人饭不说人话！"

大金牙说："不信你看看，老粽子、装裹、明器，好似蒙了一层土，抹也抹不掉，其实不是让灰土遮住了，说白了，有形而无质！"

我说："不对，如果说有形无质，明器摆在面前，你摸也摸不到。不仅珍珠佛，周围的一切，似乎都少了一部分，可我一时想不出该怎么形容。"

胖子一拍脑袋:"要说少了什么东西,那是光亮没了!"

周围这一切,如同遮上了一层灰尘,包括龙缸上的长明灯,以及手电筒的光束,光亮越来越暗。我伸手一摸,龙缸长明灯虽然没灭,但是灯火冰冷,可见胖子说的也不对。

大金牙惊道:"死了!"

胖子问他:"死了?死了你还说话?"

大金牙说:"我这抛砖引玉,你们哥儿俩没觉得若有所悟?"

我怔了一怔,大金牙这句话的意思很简单,死人和活人有什么不同?活人比死人多这么一口气儿,有了这口气儿,万般可为。如果没了这口气儿,说好听了叫死人,说不好听只是一堆肉。人分死活,东西也分死活,宝台、棺椁、明器、灯烛、尸首,所有的东西都失去了光亮和色彩,皆如泥土捏造,不是少了什么,而是一切都死了!

胖子说:"抛砖引玉?你别烧香引出鬼来!"他脸上挨了一下黑驴蹄子,这下打得很重,鼻子还在滴血,却恍如不觉,一边骂骂咧咧,一边放下珍珠佛,血滴到了我的手上。

我抬起手背,看不出颜色,用舌头舔了一舔,血和血又不一样,鸡血甜、狗血腥、人血咸,胖子的血没有任何味道。我心中大骇,忙用手电筒暗淡的光束一照,但见胖子一张脸,如同死灰一般,低下头看大金牙也是这样,都变得跟个粽子似的!

大金牙说:"胡爷!咱哥儿仨吹灯拔蜡了!"

我说:"你又没死过,你怎么知道死了是这样?"

大金牙说:"活人的脸可不是这样,这不成了棺材里的粽子了?"

胖子说:"老胡你这脸是快赶上粽子了!"

我说:"不用看我,你也一样!"

胖子说:"我怎么也这样?"

大金牙说:"我说了你们还不信,厉鬼将这玄宫中的活气儿吸尽了!"

胖子说:"你一口一个鬼,你看见鬼了?"

大金牙说:"你没见吗?老粽子吐出一口怨气,那不是困在玄宫中的厉鬼吗?"

我说:"老粽子吐出的是磷火,亮了一下也就灭了,说迷信的话那叫阎王灯笼,实乃墓中伏火。"之前我不该说什么五鬼缠尸,倒让大金牙多心了,但有一点让他说中了,从我们被马老娃子活埋,误入九重玄宫,打开棺椁,掏出珍珠佛,都没出什么岔子,直至老粽子张开口,吐出一团磷火,一下子蹿上了殿顶,接下来就有鬼了!

想到这儿,我下意识抬头往上看,九重玄宫尽头的椁室,上方是个穹顶,五爪金龙悬在高处,正对下方的棺椁。我们刚进来那会儿,手电筒的光束可以直接照到五爪金龙,但在打开棺椁之后,冥殿中黑雾弥漫,光亮越来越暗,即使将长明灯点上,也看不见殿顶的金龙衔珠了。我直起身形,站在宝台上,打开手电筒这么一照,头上五爪金龙张开了怪口,如同一个阴森可怖的大洞,活气儿都被它吸了进去!

第五章　九幽将军

1

我有心开溜，两条腿却一动也不能动，忙掏出一枚黑驴蹄子，使劲往上扔。前边我说过，在以往迷信的民间传说中，黑驴蹄子打的是僵尸，对付不了厉鬼！不过到了这会儿，我可也理会不得了，手上有什么是什么了！

黑驴蹄子一出手，我突然意识到，正殿顶上是那条五爪金龙，龙口所衔的宝珠称为轩辕镜，下边坐的是真龙天子。传说五爪金龙又叫陛，皇帝坐在下边，因此叫陛下，虽说是民间俗传，不太靠谱儿，但是钻土窑儿的老手都知道，金龙衔珠不能动！

据传轩辕镜乃龙气会聚，打破轩辕镜，等于破了龙脉。轩辕镜是琉璃的，借了长明灯和手电筒的光亮，隐约照出老粽子那张脸，张开的大口将手电筒的光束吞掉了。我往上一看，感觉人也要让它吸进去了。那会儿我还不知道，根据佛经记载，古代有一种"摩尼宝石"，光和电波在宝石中永远呈内曲面折射。轩辕镜中可能有这么一颗摩尼宝石，人在五爪金龙口衔的轩辕镜下，脑电波会被摩尼宝石吸收，感官迅速减弱，误以为周围的色彩、光亮、气味逐步消失，直至横尸在地。当时我以为撞见了玄宫之中的阴魂，可顾不上是不是轩辕镜了，一抬手扔出黑驴蹄子，忽听头上"喀喇"一声响！

几乎是在同时，龙缸上的长明灯、手电筒的光亮、棺椁上的彩绘，一切恢复如常。头顶五爪金龙口衔的轩辕镜从中裂开，当中的黑水银落入棺椁，尸首连同明器，都被黑水银淹没了。古墓中常有水银，一来防腐，二来防盗，明器一旦沾上水银，便会长出黑斑，也有灰白斑，那叫水银浸，又叫水银锈，过多久也去不掉。正路上来的东西，不会有水银斑。有水银斑的东西，那不用问，十有二三是从土窑里掏出来的。怎么说十有二三？另外那七八，则是造假的有意为之，称之为"水银古"，不同于"传世古"，普通买主儿大多不愿要水银古，总觉得晦气。

椁室上方的金龙衔珠一裂，尘土碎石齐下。大金牙吓破了胆，从宝台上跌下来，起身要跑，却一头撞在殿柱上，撞破了额头，登时晕死过去。我和胖子还没明白过来发生了什么，汉白玉殿门下已经"咕咚咕咚"冒出黑水，顷刻间没过了腿肚子。我见这势头不对，使劲晃了晃大金牙。可他一动不动，脸上全是血。胖子说："水涨得太快，赶紧走！"

世人皆说关中水土深厚，却不是没有暗泉，只不过泉水极深。古代形容一泉为三十丈，玄宫深达九重，至少在三泉之下。也许玄宫中有水殿，殿顶金龙衔珠裂开，会使积水淹没椁室。那可是玄宫墓穴中的死水，一旦没过头顶，凭你多大水性，终究难逃活命。我们俩拽上大金牙，拖死狗一样往宝台那边拖。仅仅这么一会儿，椁室中的积水齐腰深了。放置棺椁的宝台仅有三尺来高，没等上去已经被淹了。我想起后室有一只赑屃，驮了大德无字碑，比椁室中的宝台高出许多，那上边有条陵匠凿出的暗道。我急忙同胖子将大金牙扛在肩上,涉水进了后室。

我手脚并用上了王八驮碑,又用绳子将大金牙拽上来。一转眼,积水已经没过了后室门洞。胖子浮在水中,还想再去椁室掏几件明器出来,可是水涨得太快,他也没法子了,不得已上了石碑。二人一前一后钻进券顶上的窨口,又拖了大金牙往前爬。常言道"人有逆天之时,天无绝人之路",虽然暗道狭窄逼仄,但是刚可容人,穿过三层券石,又是一个土洞,爬了没多远,下方的土层突然垮塌。陵匠偷凿的窨口并不稳固,下方又与陷穴相连,往下这么一塌,三个人都掉了下去,落在一片黑茫茫的水中。我一发觉落在水中,寒泉阴冷刺骨,急忙闭住气,凭借能避水火的鼠皮袄,尚可抵挡寒泉阴冷,但是身上有背包和金刚伞,拖得我持续下沉。

寒泉深不见底,我没见到胖子和大金牙的去向,手电筒也不知掉在什么地方了,周围漆黑无光。我心想:"一直沉下去怕要进龙宫喂王八了!"正待挣脱背包浮上水面,却被水流卷住,两手使不上劲,仍在水中往下沉。正要设法脱身,猛觉背上一紧,似乎有人拽住了我的背包,迅速将我拖了上去。我吃了一惊:"谁有这么大的水性?"

当时心中一惊,呛了几口水,人在生死之间,意识一片混沌,万物似有似无,似明似暗,忘了自己的存在,也忘了身在何处,没有上下远近。

2

恍惚之际,我已被一股巨力带出水面,感觉到身下有岩石,冰冷坚硬,于是深吸了一口气,尽量让自己清醒过来,掏出备用的手电筒，往身后一照，只见一个形似鼋鼍的东西，嘴如鹰钩，剑戟般的背甲，比八仙桌子小不了多少，咬住了我的背包，正在竭力撕扯。我顺势一滚，扯掉了背包和金刚伞，倚在壁上，双脚蹬住鼋鼍背甲，用力将它蹬到水中。

鼋鼍在水中力大无穷，离开水则行动迟缓，它咬住背包刚沉了下去，忽听一阵水响，我以为又来了一只，叫了一声苦，捡起金刚伞，但见一道光束射过来，竟是胖子和大金牙。之前落下陷穴，大金牙让冷水一浸，恢复了知觉，他和胖子抱住一块朽木浮在水面上，见到这边有手电筒的光亮，当即过来会合。陷穴虽深，但是山岭崩裂，又经过山洪冲击，不难找到出路。我和胖子拖上大金牙，返回坍塌的暗道，忍着呛人的尘土不住往前爬，胳膊肘的皮全掉了，出来是山下一条土沟，风雨已歇，天刚蒙蒙亮。我趴在地上，张开大口直喘粗气。半夜时分，马老娃子将我们埋在秦王玄宫，再钻土洞出来，外边天刚亮，短短几个小时，从生到死，又从死到生，转了一个来回。三个人一步一挪走出土沟，天色已经大亮，全身上下又是血又是泥，衣服也都烂了，一个个狼狈不堪。土沟上边有几户人家，找个放羊的一打听，这地方叫八道梁，相距殿门口有三十多里山路。

哥儿仨一合计，有仇不报非君子，不能放过他马老娃子！

胖子说："逮住这个老驴，二话不说让他进棺材！"

大金牙说："马老娃子将明器看得比命还重，你夺了他的明器，等于是要了他的命。"

我点头同意："狠揍马老娃子一顿，再夺了他的明器，尽可以出了这口恶气，没必要宰了他，我们不是刀匪，人头也不是韭菜，割了可长不出来了，不能真要他的命。"

说要去殿门口掏马老娃子，可是蛤蟆跳三跳还得歇一歇，何况是人？三个人又累又饿，不填饱了肚子可走不动山路，奈何大金牙的背包丢了，我和胖子身上也没钱。看见老乡家有鸡，馋得我们直咽唾沫，山沟子里一共也没几只鸡，公鸡打鸣，母鸡下蛋，各有用处，给人家钱人家也不见得让我们吃，何况不给钱。

胖子对我说："你和我倒还好说，饥一顿饱一顿从不在乎，大金牙可折腾得不轻，丢了半条命，你看他这脸色儿，半死不活的，比不上刚遭了雹子的茄子，你再不给他吃点儿东西，他可要归位了！"

我说："大金牙这情形，不喝鸡汤怕是不成。"

胖子说："可不是怎么着，那真得说是鸡汤啊，乡下这个肥鸡，吃活食儿长起来的，可以炖出一层油，那叫一个鲜呐！"

大金牙抹了抹口水说："谁不知道鸡汤鲜啊，问题不是没有钱吗？进了村子明抢明夺，不怕乡亲们出来拼命？"

胖子说："抢老百姓鸡？亏你想得出，他们这地方老乡盯鸡盯得比命还紧，祖坟好刨，鸡窝难扒，为了给你喝碗鸡汤，我犯得上玩儿命？要不这么着，我冒充下乡的干部，说车掉沟里了？"

我说："你不撒泡尿照照，你们俩整个一猪头小队长带一伪军翻译官，没等进村，就得让老乡打出来。"

胖子说："我还有一高招儿，掰了他的大金牙，找老乡换几只鸡。"

大金牙忙摆手说："不成不成，这个金牙是我的命！我大金牙没了金牙，我还能叫大金牙？"

胖子说："吃不上鸡你可活不成了，你愿意死在这鸟不拉屎的穷山沟子？"

我说："干咱这个行当不挑地方，路死路埋，道死道埋，死在山上喂狼，死在山下喂狗！"

大金牙应和道："正所谓——青山处处埋忠骨，身死依旧化波涛！"

胖子说："德性！我可提前告诉你，我也饿得够呛了，没力气刨坑儿埋你！"

大金牙说:"胡爷,我不喝鸡汤真不成了,咱们哥儿仨什么天灾人祸没经历过,见过多少大风大浪,九九八十一难都挺过来了,总不至于过不去这道槛儿不是?"

3

我说:"穷山沟子不比别处,找不到能吃的东西,山坡上那几只羊也有放羊的看着,进村抢鸡是不成,可偷鸡摸狗这两下子我还有,你要让我说,悄悄地进村,打枪的不要。不是我老胡愿意偷鸡摸狗,今儿个为了大金牙,对不住乡亲们了!"上山下乡插队那会儿,我练过一手绝活儿,人家别人会钓鱼,我会钓鸡,其实这跟钓鱼没什么两样。说来容易,却不可小觑了偷鸡摸狗,偷鸡摸狗也有门道儿,乡下的鸡不好偷,一来乡下的鸡有劲儿,甚至可以飞过墙头,扑腾起来不好抓,二来怕发出响动,过去说有人手无缚鸡之力,那不是夸大,逮鸡不仅要有力气,手脚也得利索,万一有个什么响动,屋里的老乡以为野狸拖鸡,一定拎上棍子打出来。以往吃不上喝不上的时候,我和胖子常用一根线绳,前边拴个小木棍,穿上一条虫子,鸡见了虫子,准会啄下去吃,连同木棍使劲往下吞,那时你往上一拎绳子,木棍卡住了鸡脖子,多厉害的公鸡也挣扎不得,而且叫不出声,直挺挺地任你拎走,神不知鬼不觉。

人饿急了,没有干不出来的事。三个人按这个法子溜进村,趁老乡不注意钓了几只鸡,赶紧找个没人的地方,鸡毛都没来得及拔,搭土灶煳熟吃了下去,这才觉得还了阳。我心想:"八道梁是个穷地方,我们偷老乡的鸡,那成什么话?"走出一半我又掉头回去,摘下手表,摆在鸡窝前边。那块手表是雪莉杨送给我的,也是我身上唯一值钱的东西，虽然不清楚值多少钱，但是绝对抵得过全村的鸡了。我没想好回去之后怎么对雪莉杨交代，等她追问起来，我可没法说钻土窑儿出来饿得眼前冒金星儿，迫于无奈拿去在乡下换鸡吃了，那么说的话，后果不堪设想，而且实在说不出口。好在我这个人心大，习惯了成天顶着炸弹过日子，换了别人要上吊的事儿，我全不在乎，睡一觉扔后脑勺去了。当下赶上胖子和大金牙，直奔殿门口。到地方抬头观看，星移斗转，又是三更时分，正好关起门来打狗，堵住笼子捉鸡！

我们铆足了劲去掏马老娃子，结果扑了个空，破屋之中没有人，多半拎上一麻袋明器直接逃了，他是腿肚子上绑灶王爷——人走家搬，压根儿没回来过，那也不奇怪，换了是我，我也跑了，不跑还等什么？

虽说跑得了和尚跑不了庙，那也得看什么庙，马老娃子这穷家破屋之中，全是些没人要的驴头年画，放一把火烧了都嫌麻烦。胖子咽不下这口恶气，进屋翻了一通，虱子跳蚤有的是，值钱的东西可一件没有。山上千沟万壑，追也没法追，鬼知道他躲到什么地方去了。我们仨扑了一个空，虽不甘心，却也无可奈何。我见了那一屋子黑驴年画，冷不丁冒出一个念头：发丘、摸金、搬山、卸岭，起源于两汉，如果只为了盗墓发财，可传不下这么多朝代，因此才说"盗亦有道"！明代以来，又出了四个氏族，皆擅盗墓，分别是"阴阳端公、观山太保、九幽将军、拘尸法王"，其首领均在朝中任职，受过皇封。阴阳端公统辖窟子军，观山太保督造皇陵，九幽将军镇守龙脉，明朝灭亡之后，也都干上了盗墓的勾当。拘尸法王出在明朝末年，当时旱灾持续，无数饥民成了流寇，朝廷从龙虎山请下一位仙师，封为"拘尸法王"，奉旨禳除旱灾。当时除旱灾，主要是出掏古墓中的干尸加以焚毁，拘尸法王以此作为幌子，借机盗挖了多处古墓。而四族之一的九幽将军，则拜黑驴为祖师，出没于秦晋之地，九幽将军受过皇封，族人曾动咒起誓，虽然也盗墓，却不倒大明朝的斗，否则天诛地灭。我可从没见过黑驴挡门的风俗,马老娃子挂了一屋子黑驴年画,又是个钻土窑儿的,他是九幽将军的传人不成?

我将这个念头在脑中转了一转,见实在找不到马老娃子的踪迹,只好出了殿门口往外走。胖子仍是耿耿于怀:"要不是让马老娃子坑了,何至于落到这个地步,吃到口的肥肉,让狗叼走了!以往全是我们占别人便宜,可没吃过那么大的亏!"大金牙认为吃的亏是不小,可也不是空手而归,秦王玄宫殉葬的宫女身上拴了黄绫包裹,当中是一个鎏金铁盒,有许多神怪纹饰,不见任何锈迹,胖子顺手塞进背包,直到这会儿他才想起来。不过在那么多陪葬的珍宝当中,鎏金铁盒并不起眼,里边又没东西,以大金牙的眼力和见识,竟也认不出鎏金铁盒的来头。他说:"来关中走这一趟,是为了找一两件拿得出手上得了台面的东西,没想到得了这么一个鎏金铁盒,从我大金牙手上过的明器,比山上的乱草还多,你让我说鎏金铁盒是干什么用的,我还真说不上来,咱们这个行当里有个规矩,没人认得的东西,一个大子儿不值!"

胖子一听他这话,心里凉了一半,抬手要将鎏金铁盒扔下山沟。

大金牙说:"别扔别扔!你倒听我说啊,我话还没说完,凭我这眼力,确实看不出个究竟,可我大金牙这鼻子也不是摆设,我拿鼻子这么一闻,嘿!您猜怎么着?这个玩意儿可不下上千年了,说不定值大钱!"

我说:"我也是这么想的,鎏金铁盒之中,必有奥秘!"

胖子说:"老胡你又神经过敏。"

我说:"我们以往的失败全在于轻敌!"

胖子说:"胜败乃兵家常事,这不也是你经常勉励我们的?"

我说:"那全是屁话,我不过是自己给自己找个台阶下,你还当真了?总之这个东西来头不明,完全不同于秦王玄宫中的陪葬品,带到世上不知是福是祸!"

4

返回北京,我让胖子和大金牙不要声张,等我找个明白人问问再说。雪莉杨忙于处理一些事情,并不知道我这几天去了一趟关中。我寻思我要捏造个借口,说我前几天没出过门,以她对我的信任,应该不会多问。不过要想人不知,除非己莫为,大金牙和胖子那两个宝货,成事不足败事有余,他们平时说话又多,言多必失,迟早给我捅出去,到时雪莉杨会如何看我?我还不如提前说了,倒显得我光明磊落,不过一直没找到机会开口。

三天之后,我们将会出发前往美国,我手上还有一些破东烂西,要拿去潘家园儿甩卖。以前这地方叫潘家窑,全是烧砖的,后来说窑不好听,才叫成潘家园儿。当时有很多摆地摊儿的,来逛的人也不少。买卖双方,将那些破东烂西一件件地翻覆认看,言真道假,弹斤估两。上至皇帝的玉佩,下至叫花子要饭的打狗棒,什么都有人卖,什么也都有人买。至于是不是真东西,那又另当别论。有些东西来路不正,或是从墓中掏出来的陪葬品,或是偷抢来的贼赃,不乏鱼目混珠以假乱真的,卖东西的心里没底,买东西的心里也没底。你要是有眼力,甚至可以拿买个醋瓶子的钱买个青花瓷瓶,拿买破铜烂铁的钱买到一件西周青铜器。珍品虽有,却不容易遇到,在这个行当之中,以赝充真、以劣充优的太多了,贪便宜买打了眼,那也是活该。

过了晌午,闲逛的人逐渐少了,胖子去买卤煮火烧,我留下看着东西。正好雪莉杨过来找我,我借这个机会给她讲了一遍经过,又说:"过几天我和你远走高飞,从此远走天涯,再也回不来了,我向你保证，这绝对是最后一次！"

雪莉杨说："且不论你的保证是否有效，而你并不瞒我，这对我来说，实在是意义非凡。"

我说："我要对你没了意义，我也得没着没落的，感觉无限空虚……"

正在这时，胖子走过来说："空虚就够呛，你再来个无限，那还活得了吗？"

我说："你又嘴痒痒闲得难受，赶快吃你的卤煮去。"

胖子说："成天吃卤煮，吃不腻啊？美国顾问团来了，还不给吃顿好的？"

说话这会儿，大金牙也来了。他偷偷告诉我，他将我们从秦王玄宫之中带出的明器拍成照片，到处找人打听，究竟是什么朝代的东西，四下里打听遍了，没有一个人认得，可是这个消息传出去了，过了几天，真有一位识货的大买主儿，请我带上东西去见面。

在雪莉杨面前，我得说我们不是为了倒卖明器，别人给多少钱我也不会卖，但是对方既然愿意出大价钱，一定知道这件明器的来头，出于好奇，我决定去见对方一面，听听对方怎么说，于是问大金牙在什么地方见？

大金牙说："人家来车接了，这不赶上饭口了，我估摸着，一准儿是在哪个大饭店。"

雪莉杨不愿意去见那些二道贩子，我让她先回去。我和胖子收拾东西，跟大金牙出了潘家园，有辆车将我们带到崇文门路西南口。1983年中法外交部牵头，在此开设了一家法国餐厅，前边对外开放，那也不是一般老百姓去得起的，后边必须有关系才进得去。在当时来说，这个地方了不得，门面不大，暗藏凝重，一进去里边，金碧辉煌，仿佛置身于十九世纪的法国宫廷，墙壁上全是鎏金藤条装饰，悬挂临摹罗浮宫的壁画，别致的枫栗树叶形状的吊灯和壁灯，以及望不见尽头的水晶玻璃墙,带有浓郁的异国风情,要多奢华有多奢华。我们是光了膀子吃涮羊肉的主儿,根本不知道这里边吃的是什么,也无从想象,对我而言,这完全是两个世界。

大金牙肾虚,一进门先上了趟厕所,出来给我和胖子吹了一通牛:"我大金牙也算吃过见过,可还真没进过这么高档的地方,简直是厕所界的卢浮宫!"

我心说:"上赶的不叫买卖,八字还没有一撇,至于如此款待?该不是鸠山设宴和我交朋友?"

5

哥儿仨走进去,里边已经坐了个二十来岁的年轻女子,明艳照人,举手投足间有种贵气。

那个女子起身相迎:"不敢拜问阁下尊姓大名?"

我说:"无德不敢言尊,小的我姓胡,在潘家园混口饭吃。"

那个女子说:"摸金校尉,闻名不如见面,见面胜似闻名!"

大金牙忙过来引荐,她说这个女子人称"玉面狐狸",专做古董生意。

我一听这话,登时一惊,吃我们这碗饭的,在外边从不提名道姓,习惯以绰号相称。我以前听说过"玉面狐狸",据传乃皇室之后,不仅家世显赫,而且是一个跨国古董交易的中间商,在道儿上名头不小,不是国宝级的东西,入不了她的法眼。我一来没想到她这么年轻,二来她可不是去潘家园逛地摊儿的人,大金牙怎么把她招来了?论姿色,玉面狐狸也称得上国色天香了,可又让人觉得这是个狐狸精,不得不提防她。我对她说:"我这大名捂着盖着,紧怕让别人知道,还是让你听说了?不过耳听为虚,眼见为实,今儿个见了面我得告诉你,我可不是钻土窑儿的!"

胖子说:"老胡你别这么自卑好不好,你就是个倒斗的,那也不丢人啊,那些穿绸裹缎的老粽子,生前享尽荣华富贵,死后躲在古墓中千百年,它们倒安逸了,可这世上还有那么多受苦人呢,掏它们几件明器,那不是替天行道吗?"

我对胖子说:"不要扯替天行道,年头不一样了,如今这个年头,倒斗挖坟不好干,又吃辛苦,又担风险,又使本钱,又凭本事,历来成少败多,担惊受怕不说,还不一定挣得了大钱,干什么也好过干这个,有那么多挣钱容易的买卖不干,非跟死人较什么劲?"

大金牙生怕砸了买卖,一个劲儿给玉面狐狸赔不是,劝她别和我们俩一般见识。玉面狐狸不动声色,问大金牙:"三位是不是掏了一件明器?"大金牙说:"不是掏的,是我们捡的,捡了一件明器!"玉面狐狸并不在乎明器是掏的还是捡的,只是想买下来,而且志在必得,让大金牙随便开价儿。按规矩,上眼之前,买主儿要给一部分订金,即使买卖没成,这个钱也不必退还。我捏造了一番话,想在对方口中探个底。玉面狐狸说:"没有规矩,不成方圆,等你将东西给了我,我才可以对你说明。"我说:"那你也别看东西了,你先说个价钱,容我们哥儿仨回去商量商量。"玉面狐狸说:"定金你们拿去,至少先让我看看东西。"我说:"对不住了,匆匆忙忙出来,东西忘了带。"玉面狐狸说:"你不妨带我去看一看。"我说:"东西在我手上,又飞不了,何必急于一时,过几年再说不迟。"玉面狐狸有几分诧异:"你跟我说笑不成?"我说:"我可没有那个意思。"

双方没有谈拢,再说下去没好话了,我一拱手,说声"告辞了",带上不明所以的胖子和大金牙,一路回到潘家园。时间才下午两点,三个人还没吃饭,来到路边卖卤煮火烧的摊子前,一人一大碗卤煮火烧,蹲在路边一通吃。

大金牙一边掰火烧一边问胖子:"胖爷你还吃得下去?"

胖子说:"今儿还真吃不下去了,顶多再来五碗。"

大金牙连声叹气:"我也吃不下去了,胡爷你到底几个意思?怎么糊涂也是你,明白也是你?可没有这么做买卖的,好歹让她看看东西,定金岂不是到手了?须知坐吃山空,立吃地陷,喉咙深似海,日月快如梭,空口说白话,眼饱肚中饥,当务之急,咱不是得多挣钱吗?"

我说:"你们没看出来吗,一张人皮遮不住她的鬼脸!"

6

胖子说:"那也得吃了饭再撤,可倒好,没等开吃,你先溜了,好不容易进去一趟,我都不知道那里边是吃什么的!"

我说:"我要提前知道是玉面狐狸,我来都不会来,她是古董交易的中间商,那倒没错,可两边都是什么人?一边是境外盗墓团伙,一边是买卖国宝的财阀,她在中间捞好处,认钱不认祖宗的主儿,你听她这个匪号——玉面狐狸,能是好人吗?不论她出多少钱,这个买卖也做不得,此乃其一。其二,她真以为我是土八路了,不看老子是谁,想对付我,她还得再回娘胎炼上二百年。生意上我不如大金牙,但是我挨的枪子儿比你们吃过的米粒儿还多,对付她这样的牛鬼蛇神,我可比你们有经验。"

胖子说:"你就吹吧你,挨了那么多枪子儿,没给你打成筛子?"

大金牙说:"比起你来,我大金牙还是嫩啊,可胡爷你这不全是挨打的经验?"

我说:"挨打挨多了,是不是也得多长个心眼儿?你仔细想一想,天上掉过馅饼吗?鎏金铁盒的价值,一定比她给的钱多得多,甚至多上百倍千倍!下一步,我们要当心对方明抢暗夺,尽快调查鎏金铁盒的真相!"

我趁吃卤煮的机会,仔细想了一下,决定先回去将东西埋下,怎知还没进屋,雪莉杨已经到了。她急着问我:"你们去见了什么人?"我将见到玉面狐狸的情形大致说了一遍。雪莉杨说大金牙将照片传到外边,惹下的麻烦可不小,不知有多少盗墓贼都盯上了这件明器!她刚得到消息,急匆匆赶回来,还好东西没有卖掉。

大金牙说:"杨大小姐认得?我们想破了头,可也想不出这是个什么玩意儿?"

我让胖子关上门,取出鎏金铁盒,交给雪莉杨辨认。

雪莉杨说:"我刚得到消息,你手上这件明器,并不是用来放东西的盒子,而是一部金书,乃西夏镇国之宝,从里到外铸了四幅图案,用以替代碑文壁画,过去几千年也不会损毁。西夏王朝最强盛的时候,国土东尽黄河,西至玉门,几乎控制了整个河西走廊,直至漠北蒙古崛起,六征西夏,殄灭无遗,料不到这西夏金书,经过改朝换代,成了秦王墓中的陪葬品,又让你们带了出来,得以重见天日。"

俗话说"有没有,一伸手;行不行,一开口",我们也听得出来,雪莉杨这是言之有据,直说得我们目瞪口呆。

大金牙说:"杨大小姐,真给我们长见识了!西夏镇国之宝……那得值多少钱?"

雪莉杨说:"西夏金书的价值,主要在于记载的内容,据古史文献记载,大夏有魔山,山中有坛城,又称密咒伏魔殿,殿中二金阙,相去余百丈,又有明月珠,径二尺,光照千里,西夏金书正是这个神秘宝藏的地图!"

7

西夏金书只是镇国之宝的地图，真正的宝藏在密咒伏魔殿中。西夏贵族笃信佛教，山腹宫殿中供奉的不是造像，而是巨幅壁画，壁画中伏魔天尊一手持九股金刚杵，一手持吐宝兽。西夏贵族相信供养的宗教壁画越精美，供奉之人的功德越大。为了建造伏魔密咒殿，西夏征集了成千上万的画匠、民夫、奴隶，前后造了一百余年，使用了大量珍宝，相传壁画之下，是一座埋葬妖女的古墓。西夏壁画内容甚广，题材丰富，耕获、饮宴、畜牧、对弈、歌舞、杀伐、奴隶。西夏笃信佛教，壁画中不乏虚构的"灵山乐土"，以及"净土变、药师变、地狱变、涅变、密宗曼陀罗变、无量寿经变"等西夏独有题材，穿插"坛城、鸟兽、龙凤、金刚、力士、菩萨"为饰，画风璀璨庄严。西夏佛教壁画，特别擅于使用变，所谓"变"，又叫"经变"或"变相"，意指通过技法精湛的绘画，将深奥无比的经文呈现给世人，让不认识字的百姓直观感受到经文中的佛法。在各处出土的佛窟及墓葬群中，西夏画师们运用了无穷的想象力，下至凡俗，上至神圣，构成了一个佛国世界。雪莉杨手上有一本图册，当中是一幅流失到海外的敦煌壁画，描绘了伏魔天尊端坐在中间的须弥座上，左右有二怪，一为人面虎爪，一为人面鳞身，均有九首，形貌凶恶，四周围绕羽人，剑拔弩张，气势森然，几欲破壁而出。壁画主次分明，有条不紊，衬托出诡异神秘的宗教氛围。西夏密咒殿中的壁画，题材应该与之类似。据说密咒伏魔殿抵近蒙古大漠，位于毛乌素沙漠西南边缘与山脉相连之处，那一带的山脉绵延，峰高崖险，到处是峭壁和断层，从别的方向根本过不去，自古以来，一直被草原上的牧人称为魔山，详细位置失传已久。而在当年，毛乌素还没有遭受流沙侵害，存在多处绿洲、城堡。后来蒙古大军六征西夏，传说中的金阙明珠，连同显赫辉煌的西夏王朝，一同让风沙吞噬了，没有在世上留下任何痕迹。西夏金书记载了密咒伏魔殿的方位，但要找到这个地方，可谓难于登天。因为水脉枯竭，迅速沙化，西夏灭国之后，流沙成灾。从明朝开始，风沙带上的长城，凡是有驻军的，必须年复一年扒沙，不将流沙扒开，城墙都让沙子埋在下边了，可见流沙严重到了何等程度。

大金牙将西夏金书的照片传出去，引起了境外盗墓团伙的注意，这个娄子捅得太大了。雪莉杨决定赶在境外盗墓团伙下手之前，找到这个规模巨大的宝藏，时间非常紧迫，耽搁越久，情况越不利。

我转头看了看胖子和大金牙，他们没吭声，在等我做出决定。我一听雪莉杨这么说，就知道又走不成了。雪莉杨可不是知难而退避艰险的人，我完全明白她为什么要去找西夏古墓，至于其中的原因，在这一时半会儿之间，我还来不及对胖子和大金牙说。不过雪莉杨决定了去西夏古墓，我当然得去，胖子也不可能不去。三个人心照不宣，没什么可说的。于是我和胖子留下准备，雪莉杨去制定行程，约好明天一早出发，途中再讨论具体计划。忙到晚上，我和胖子、大金牙肚子打上鼓了，出门找个涮肉馆，点上一个锅子，坐下来推杯换盏，喷云吐雾。

大金牙问我："胡爷，你真要去找西夏古墓？"

我说："不是你把照片传出去，何至于惹上这么多麻烦，如今想不去也不成了，好在照片拍得不全，主动权还在我们手上，这也是不幸中的万幸。"

大金牙说："那是我大金牙的不是，帮了倒忙了，我自罚三杯……"他连干了三个，抹了抹嘴头子，又问胖子："胖爷去不去？"

胖子说："我不去？我不去他连北都找不着！"

大金牙说："我也想明白了，不拼命吃不上饭啊！想发大财，非得玩儿命不可！"

我说："怎么个意思，你也想跟去？你在潘家园儿混了那么多年，好歹攒些个家底儿，你又有家有口，什么时候变成穷光棍了？不要乱往自己脑袋上扣帽子，扣帽子也得先量量尺寸是不是？"

大金牙说："胡爷这是你不明白了，我那点儿钱够干什么的，西北风都快喝不上了！"他嘬了嘬牙花子，又往下说："去关中掏明器，有我一份，我大金牙捅了娄子，不能让你们替我顶这个雷，你们去找西夏古墓，我可不能不去！"

我说："你趁早别打这个主意，这不比出去收东西，可以预见的危险和困难，已经多得数不过来了，稍有闪失，性命不保！你有多大能耐，我是再清楚不过，不是我不让你去，我不能眼睁睁看你往火坑里跳。一个窝里生的鸟儿，也难在一条道上飞，你还是留下吃口安稳饭吧。"

大金牙又干了三个，喝得脸红脖子粗，他说："胡爷你可忒小瞧我了，患难之处才见交情，到了这个时候我能往后缩吗？命没了怕什么，命才值多少钱？我大金牙这一肚子下水，本来就是捂臭了端不上饭桌的玩意儿，为了你扔了也值了！"

我见大金牙死活非要去，拦也拦不住，他无非是怕捞不到好处，可能也觉得我和胖子够仗义，一旦遇上危险，念在以往的交情上，至少不会扔下他。我心想："好良言难劝该死的鬼，话说到这个份上，那还有什么可说的？"只好对他说："金爷，当初不是我和胖子在潘家园儿遇上你，我们哥儿俩还真未必吃得上这碗饭，咱们之间无分彼此，有什么话都可以直接说，不必拐弯抹角，你可以去，但是有几句话我得给你说在前头！首先，盯上这个宝藏的盗墓贼不少，万一撞上，只怕不好对付。其次，进入西夏魔山，必须穿过蒙古大漠，那一带很少有固定的沙丘，地图完全用不上。最可怕的是没有水，你别看地图上有些星罗棋布的湖泊，那可全是咸水，喝了没有不死的。退一万步说，即使找到地宫，你敢进去？你想过没有，埋葬妖女的古墓为什么叫密咒伏魔殿？我是想不出来，说句实话，此行凶险不言而喻，成功的机会十分渺茫！"

虽然我不放心大金牙，但是该说的话我都对他说了，命是他自己的，愿意扔在哪儿，还不是他自己做主？

三个人说起明天即将出发，寻找大漠尽头的西夏古墓，远走高飞的计划只好先放下了。可是说句不该说的，我们平时无风还想生出三尺浪来，正闲得发慌，难得有这个机会，人都显得格外精神。月光凄冷如刀，哥儿仨坐在小饭馆中，你一言我一语，各抒心怀，又提到西夏密咒殿供奉的巨幅壁画。大金牙问我："雪莉杨为何想都不想就决定前往？"我看看大金牙，又看看胖子，略一沉吟，低声告诉他们俩："西夏魔山中的明月珠，乃是搬山道人祖先世代供奉的圣物！"

第六章　死海幻日

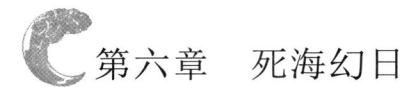

1

搬山道人乃先圣之后，祖先居住于扎格拉玛神山，世代供奉明月珠，年头可比西域三十六国久远得多，大约在两千年前迁入中原，明月珠也在这一过程中被人夺去，又几经辗转，由商贾传入西夏。传说此珠可与天上的明月争辉，故称明月珠，实则是一颗罕见的宝石，类似于佛经中提及的摩尼宝石之祖，蕴含巨大能量，可以"照破一切无明之众，灭尽一切无明之暗"，究竟有何奥妙，我也说不上来。各地盗墓贼闻风而动，目标多半是西夏地宫中的明月珠。如果没人找得到古墓，雪莉杨也不会动这个念头，可大金牙将照片传了出去，搬山道人祖先世代供奉的圣物，说不定会落入盗墓贼之手，所以我们必须走这一趟。

三个人喝罢了残酒，天已经快亮了。当天一大早，会合了雪莉杨，一同搭乘列车西行。头一站在靖边堡沙河峁子落脚，吃了一顿羊肉臊子剁荞面，这才开始商量路线。

雪莉杨已将西夏金书全部拍成照片，夹在一个防水笔记本中，她打开笔记本，拿出四张照片。

我说："西夏金书既是地图，是不是应该有个位置？"

大金牙说："恕我愚昧，我真瞧不出来这是地图？"

雪莉杨掏出第一张照片，铁铸绘卷顶部是一个神怪，样貌狰狞，人面虎爪，有九头九尾，目如铜铃，前脚着地，九尾凌空，呈现奔腾追逐之状。第二张照片是铁铸绘卷的底部图案，鳞身九首，蜿蜒潜行，与陆吾遥相呼应，虽是人面，却仍生着一双蛇眼，贪婪而又凶残。

要按大金牙说的，二怪乃陆吾与彭祸，守护不该为世人所知的秘密与宝藏，那还可以想象，但没有任何指示，怎么看也不是地图。

雪莉杨说："两张照片中的意思很简单——西夏古墓之中，有神怪镇守的宝藏。"

大金牙说："世上真有这玩意儿？"

胖子说："还没到地方你先尿了？这会儿后悔还来得及，别到时候吓得腿儿软，又躺地上装死，还不是得我背你？我可提前告诉你，你别指望我！"

大金牙说："胖爷刀子嘴，菩萨心，你话是这么说，危难之际显身手，又比谁都仗义。"

雪莉杨："世上并没有陆吾、彭祸之类的神怪，这相当于一个诅咒，或者一种震慑，任何接近宝藏的人，都会死于非命。"

我说："危险总会有，该死的活不成，该活的死不了，提前想得太多，全是自己吓自己。"

雪莉杨点了点头，又指向第三张照片，照片中共有九条龙蛇，形状各异，有的是龙，有的是蛇，龙有爪，蛇无爪，正中还有一个环形纹饰，"神、鸟、鹿"盘旋合一首尾相接。雪莉杨说西夏人信奉佛教，"神、鸟、鹿"盘旋合一象征生死轮回，有前生来世的含义，也指墓穴。照片中九条龙蛇，暗指地宫周围的九条河流，地宫凿于山腹，下临深渊，九条河流注入其中。九河或明或暗，龙指明河，蛇指暗河。风水形势中将这个形势叫"九龙照月"。我们要找的那座山，刚好在九条河流的尽头，只需找到其中一条河道，凭寻龙之术，应该不难确定位置。

我心说："你完全是一厢情愿的念头，河道受流沙侵蚀，已经消失了几百年。风动沙移，没有固定的形势。何况我那两下子，不在二五眼之上，也不在二五眼之下，正在二五眼上，我的小姑奶奶，我上哪儿给你找去？"

没等我问，雪莉杨已经说了她的计划，靖边堡土广边长，北接大漠，位于陕甘宁蒙交界，乃三秦要塞，在古代是用兵之地，如今却很荒凉。城垣大半被流沙覆盖，仅见得到一排土墩。当地有句话——门前黑风家点灯，十步之内看不清。形容刮起风沙，天地昏黑，白昼坐在屋中，不点灯看不见人。解放前这地方要多穷有多穷，高粱面刷糊糊，三天喝不上两顿，能出去逃荒的全逃走了，逃不出去的活活饿死，走上多少天，见不到一个活人。当地民谚有云"茫茫沙漠广，远接赫连城"。赫连城也是一座西夏古城，后因蒙古征伐，已被万马踏平。由于杀人太多，死尸扔进河中，阻住了河流，直到河水干枯，仍是白骨如山。放眼一望，嶙嶙白骨，不见尽头，故此称为"白骨河"。虽然过去了那么多朝代，但在风沙过后，仍可以见到流沙下的白骨。白骨河乃九河之一，近几十年来，风沙之灾愈来愈烈，再也见不到那些白骨了，不过靖边堡打黄羊的猎人，以及当年的牧民，大多见过白骨河，根据那些人口中的描述，至少可以有一个大致的方向。从靖边堡出发，越过明长城，进入毛乌素沙漠东南边缘，抵达大沙坂之后，再往西北方向搜寻。

我暗暗佩服雪莉杨，这条路线确实可行，但有一件事始终让我觉得奇怪，按说大金牙已经将铁盒的照片传了出去，盗墓团伙肯定拿到了这三张照片，那些人可不是一般的土贼，不仅有枪支炸药，还拥有顶级技术装备，手上有了照片，去找这九条河比我们容易得多，为什么还有人愿意不惜代价买西夏金书？

2

大金牙："当时胶卷不够，只拍了三张，难道这第四张照片里头还有秘密？"

雪莉杨拿起最后一张照片，正中是个人形棺，竖在当中，左右两边各有一个无脸鬼，似人而无脸，只有两只眼，下铸层层波纹。

众人各抒己见，有的胡猜乱讲，有的据理分析，均不得要领。可也达成一个共识，西夏金书上最后的图案，必定十分紧要！我用火柴烧掉照片，又将西夏金书装进雪莉杨的背包。雪莉杨和大金牙去找进沙漠的骆驼，我和胖子留下看背包，以免让人偷了东西。我见时辰尚早，靠在长椅上打了个盹儿，梦到陆吾与彭祸二怪幻化而出，我们拼命逃亡，山洞突然倒转，雪莉杨坠入深渊，我心中焦急万分，却一动也不能动，一瞬间感觉到了前所未有的绝望，以及绝望带来的恐怖，挣扎中一惊而醒，出了一身的冷汗。抬头一看，胖子正趴在背包上睡得昏天暗地。我明知是梦，可还是止不住的后怕，隐隐觉得征兆不好，心中打定一个主意："此行凶多吉少，不过开弓已无回头箭，如果雪莉杨遭遇凶险，我宁可粉身碎骨，也要让她平安无事！"

我正想得出神，出去找骆驼的雪莉杨已经回来了。进入茫茫沙漠，光凭两条腿不成，沙漠之中跋涉艰难，寸草不生，又容易迷失方向，称得上死亡之海。在诸多牲口中，唯有骆驼适合长距离穿越沙漠。骆驼身上有驼峰，能够忍饥耐渴，可以在大漠之中跋涉十来天不吃不喝，扁平蹄子下又有厚厚的肉垫，不易陷入流沙，平稳如山，奔跑如风，而且比较驯服，拥有很强的识途能力，加之骆驼高大，一峰骆驼可以负重一百八十公斤左右，行走于死海狂沙之上，没有比骆驼更好的牲口了。如果能找来一队骆驼，以及经验丰富的向导，穿越流沙的危险才会降到最低。不过崞子下一峰骆驼也没有，近几十年来，沙漠边缘有了公路，穿行大漠的驼队已经不复存在了。

在没有骆驼的情况下，退而求其次的选择是沙漠越野车，可是地处偏远，车也不好找。我们再次出去，通过一个羊皮贩子的指点，找到一辆四轮驱动的军用吉普，那是部队淘汰下来的，卖给了地方，勉强可以开。四个人尽量轻装，只带了风镜围巾、金刚伞、黑驴蹄子、飞虎爪、狼眼手电筒，压缩干粮，手持照明信号火炬。金刚伞和飞虎爪仍由雪莉杨使用，我和胖子一人一柄工兵铲，各穿水火衣鼠皮袄，车上多装水和燃料，又塞了几大包风干肉。向导同样不好找，过去在靖边堡有不少打黄羊的，后来水源消失，黄羊也绝迹了，大部分人到过沙漠边缘，但很少有人往深处走过。我将羊皮贩子带到一旁，给他塞了两包烟，问他："靖边堡的人以前用什么打黄羊？据我所知，民间常见的鸟铳射程太近，黄羊跑得飞快，鸟铳或砂枪可打不了。"羊皮贩子说靖边堡出刀匪、马匪，刀匪使刀，习惯独来独往，马匪使枪，大多成群结队。以往那个年头，一天一换旗，土匪乱军过后，留下的枪太多了，驼队也带枪。打黄羊都是用马匪留下的步枪，单发的连发的，什么枪都有，如今可没地方找了。

我心有不甘，又问羊皮贩子，没有步枪，有短铳或砂铳也好。

胖子凑上来说："老掉牙的玩意儿我可不用，有没有威力大的？"

我让他上一边凉快去:"洲际导弹威力大,你扛得动吗?"

问了再三,当地没有枪支,鸟铳都没有一杆,向导也找不到合适的。我再次打听了一遍方位,没在峁子过夜,稍做整理,以地图和指南针为参照,驾车进了毛乌素大沙漠。

起初的路还好,沙漠边缘长了很多灌木,甚至可以见到放羊的,但是到了人迹不至的沙漠深处,空气中没有一丝风,冒火的太阳悬在天上,沙子碰到皮肤,都会烫出一个坑,天黑之后又能把人冻死,途中经过的全是苦水海子,无从补给,即使口唇干裂,也舍不得多喝一口水,明晃晃的炙热很难抵挡,遇上沙尘暴也不好受,不知吃了多少沙子,破吉普车颠簸摇晃,一会儿一陷,走走停停,凑合到大沙坂,吉普车冒出黑烟,在一个沙丘下趴了窝。

雪莉杨检查了一番,无奈地耸了耸肩,接下来只有走路了。

大金牙有些慌了:"进入沙漠多少天了,没有吉普车,可走不回去……"

胖子说:"你的脑子跟这破吉普车一样,也坏掉了?走了一多半了,还想回去?"

大金牙晒得口唇干裂,嗓子冒烟出火:"我活不成了,快晒成楼兰姑娘了!"

胖子说:"你坐下不动,屁股还不得烤熟了?"

大金牙说:"歇一会儿是一会儿,往前走不也是这么热?"

我说:"抵达沙漠与山脉交界之处,开车也要开上一天。我在靖边堡打听过,大沙坂以西南方向有条坎儿沟。1949年以前,坎儿沟是驼队上水的去处,如今水脉已经干了,但是相距不远,可以徒步抵达,我们先往那边走。"

大金牙说:"坎儿沟已经干成瓢了,去那儿不等于绕路?"

我说:"好歹也是条沟,进去躲一躲,歇歇脚,等太阳往西落一落再走。"

大金牙恍然道:"原来胡爷是这么个意思!非奇思妙想,不能有此!大有前不见古人后不见来者之势!我胸中又涌出二字感叹……牛啊!"

胖子说:"大金牙,听人说你的舌头可以锯断铁条,还真好使!"

大金牙说:"舌头好使,当不了腿儿啊,还不是得一步一步走过去。"

3

民间俗传坎儿沟又叫沙土沟,其实是一大片西夏贵族的墓葬群,西夏受唐宋影响,笃信佛教,墓葬也与风水形势相合,许多年前,这里是个水梢子,说土话叫水梢子,指发源于远方的暗河,途中涌出沙漠,形成了一个海子,背倚沙土山为固。前有照,后有靠,西夏贵族认为是一块宝地,以壁画墓砖为室,大大小小的墓室,数量极其庞大。当年还有水梢子,穿越大沙漠的骆驼队,通常会在这里上水,后来水源枯竭,又有刀匪、军阀、国民党残兵败将,乃至于白俄,多次进行过劫掠,值钱的东西全被掏空了,但形势尚存,没有被流沙完全埋住,以前毛乌素还有成群的黄羊,打黄羊的人经常去墓穴中躲避风沙。

四个人带上背包,弃车步行,细沙松软,一步一陷,行进格外吃力,在毒辣的太阳下,对照地图和罗盘辨认方位,下了大沙坂,越过几座沙丘,前边出现一条沙土沟。

我们步行抵达沙土沟,扒开几个盗洞,找一处沙土不多的墓室下去,立时感到一阵寒意,古墓中虽然阴森,可比在烈日下暴晒好多了。我喘了几口气，抖去身上沙子，打开手电筒四下张望，西夏贵族墓葬规模相对较小，封土堆多为塔形，以墓砖垒成二室或三室，墓门上雕以水火图，地面的墓砖阴刻花纹，四壁则是一砖一画。

西夏墓葬与中原墓葬的显著区别，在于西夏墓室顶部有一小洞，自上而下，悬挂一盏长明灯，封墓之前点上长明灯，再以七层墓砖封死，长明灯耗尽墓中氧气，形成真空，使壁画保存极好。

墓门前有照壁，浮雕武将、托梁兽，上方彩绘星云纹阙门，各类仙灵异兽，气势森严。墓砖壁画以四类为主，一是墓主人生前骑乘骏马行猎，二是描绘墓主随军征战的场面，三是描绘墓主夫妻奢侈的饮宴享乐，四是奴婢们忙碌于屠宰、炊庖等杂役。墓室当中除了让人眼花缭乱的壁画，仅有四个抬棺的石俑，棺下座台也叫棺础，皆为赤身奴隶力士之形，屈膝跪地，二目圆睁，口中有獠牙，肚大腰圆，两臂粗壮，头肩平齐，呈低首负重之态。从墓砖壁画上可以看出，应该是座夫妻合葬墓，墓主是位将军。

据说其中几处墓室的壁画也有伏魔天尊，以前常有打黄羊的进到墓中躲避风沙，上水的驼队也进来过，当地上岁数的牧民说起墓中壁画，可谓绘声绘色。晋豫两地也有几座伏魔殿，供奉伏魔大帝，以青龙、白虎、朱雀、玄武为护法，那是按道门中的传统，西夏壁画中的伏魔天尊，属于佛教分支，失传于后世，没有多少人见过。我想找到相应的壁画看个究竟，于是吃了些干粮，在墓室中歇了一阵子，又点上火把往里边走。坎儿沟西夏贵族墓葬群，1949年之前被盗墓贼挖开的，不下1400座，皆为壁画砖墓。墓葬群中主要的壁画，不在四壁，而在头顶，完全不同于常见的西域墓葬。西夏贵族观念中，墓主是佛教壁画的供养人，墓中壁画越精美，死后功德越大。主墓室顶壁抹了白膏泥，顶上不是一块一块的画砖，画幅十分巨大，有的甚至使用了金粉。我们用火把照亮，一边往前走一边往上看。墓顶上有少量壁画，并不属于经变题材，从这些壁画中的描绘来看，西夏灭国之前，暗河涌出沙漠的水梢，并不止坎儿沟一处，另有几座佛窟、寺庙，分布在暗河沿线，暗河直通地宫。可惜盗毁严重，金粉均被刮去，大量壁画墓砖残缺不全，许多已经风化剥落，色彩暗淡模糊，估计过不了二三十年，精美无比的西夏壁画都将消失。而且墓室一间接一间，墓葬群中壁画太多了，挨个看过去，三五天也看不过来这么多。

4

经过持续百余年的盗掘，1400座西夏贵族墓葬几乎都被掏空了，由于墓葬群非常密集，埋得层层叠叠，盗墓贼将各个墓室打通，盗洞四通八达。几处墓室中可以见到尸骨，有的是墓主，有的是盗墓者。有些是盗墓的见财起意，自相残杀而亡，也不乏做贼心虚，自己把自己吓死的。

在一条墓道拐角，有两个盗墓贼，死了几十年了，旁边有一个身穿红袍的干尸，带了佩剑和神臂弓。可能这两个盗墓的，用绳子从棺中拽出干尸，掏取明器之时，遭了其余盗墓贼的黑手。

胖子捡起那柄长剑，用火把照了照，剑身长出了土锈，但是锋锐不减。大金牙说："西夏墓中陪葬的刀剑，称为夏人剑，还有神臂弓，史书称射三百步，可洞重札，铠甲系冷锻而成，光滑莹润，弩箭不入。"我说："以前的盗墓贼不要这些东西，搁到如今也值几个，可是带不动了，只背水壶干粮，我都快累趴下了。"胖子见两个盗墓贼身上各背了一个长条包裹，以为还有明器，拆开一看，却是两支俄国造M1891—莫辛甘纳步枪，民间又叫水连珠，形容这是连珠快枪。在过去来说，一支连珠快枪可以换四头骆驼，那已经很值钱了。来沙漠盗墓之人，担心枪支进了沙土，常用布包裹起来，但是没抹枪油，其中一支枪栓已经拉不动了。另一支步枪倒还可以使用,不过子弹仅有五发。胖子将连珠步枪背在身上,又在死人身上掏了半天,摸出一支手枪。那是支俗称"单打一"的土制手枪,民间造枪匠做的,威力一般,而且只能打一发装填一发,射速不快,又非常容易哑火,以前在蒙古大漠,以及黄土高原上,这是土匪常用的武器。我检查了一下枪膛和撞击锤,完全锈死了,根本用不了,而干尸身边的神臂弓,名为神臂弓,实为弩箭,过去几百年,保存依然完好。

我让雪莉杨带上神臂弓,以防万一。

雪莉杨说:"我们带的水粮有限,不能在这里耽搁太久,接下来的两三天之内,如果仍找不到水源,那就必须往南走了。"

我说:"我们已经在途中耽搁了几天,你不怕别的盗墓贼抢先一步找到地宫?"

雪莉杨说:"搬山道人祖传圣物固然紧要,可不值得任何一个人搭上性命。"

我同意雪莉杨的话,1400多座壁画砖墓,实在看不过来,各人歇了一阵子,出了壁画砖墓,又从坎儿沟往西走,天黑下来,云阴月暗,无法前行,原地挖了条沙沟过夜。

第二日一早,继续前行。持续走了两天,举目四望,起伏的沙丘绵延无际,漫漫黄沙,苍凉雄奇,却始终没有发现河流,我想连我们都找不到,旁人又有什么高招?众人见了这等情形,均已死心,准备往南走出沙漠。

一连两天在沙漠中跋涉,我和胖子、雪莉杨三人还可以勉强应付,大金牙真是不成了,一屁股坐在沙丘上,怎么拽也不起来,他让太阳晒得发蒙,以至于出现了幻觉,说上了胡话,他非说天上有三个日头!

大金牙二目发直,绝望地说:"胖爷,咱们完了!"

胖子说:"要完你自己完去,我可是早晨八九点钟的太阳。"

大金牙说:"老天爷是不是觉得我大金牙死得不够快,让三个太阳来晒我?"

胖子说:"你胡扯什么,天上会有三个太阳?"他抬头往上看了看,低下头说:"我也得喝口水了,又干又渴,眼前都冒了金星,看东西都重影儿了!"

雪莉杨对我说:"再不掉头,情况会很危险,应该尽快返回大沙坂,在吉普车处补水,前往西南方的沙漠公路。"

我心说是该撤了,可抬头一看方位,我也觉得吃惊,在天空出现了一种半透明的薄云,当中有三个日头,同时发出眩目的光晕,传说上古之时,九日并出,草木皆枯,那可当不得真,谁不知道"天无二日"?

雪莉杨说:"那是幻日,因光雾折射,天空同时出现了三个太阳。"

我说:"幻日我没见过,但日晕而风,只怕会有一场大风沙,必须找个地方躲一躲!"

胖子环顾四周:"放眼望去全是沙漠,哪儿有什么地方可以躲避风沙?"

我说:"近处没有,躲进坎儿沟才避得过,趁风沙还没到,快走!"

幻日奇观持续了不到十分钟,日晕收拢,明晃晃的日头变成了一个鸡蛋黄,正是强沙尘暴到来的前兆。毛乌素沙漠不同其余几大沙漠,一千年前水草丰美,后来受到流沙侵蚀,若干风沙带连成了一片,沙漠越来越大,至今总面积已超过四万平方公里,边缘有固定及半固定沙地,还有荒漠草原地貌,深处凹地沙层松散,受到风力作用,形成了易动流沙。我们位于风沙带上,流动沙丘密集成片,遇上大风沙,连个躲的地方都没有!我们不该为了争取时间,在靖边堡找了辆破吉普车,贸然进入沙漠,又赶上这一场大风沙,逃去坎儿沟西夏贵族墓葬群，虽然可以躲避风沙，但在正常情况下，至少要走上整整两天，与往南走出沙漠路程相当，现在这种情况，说不定没到地方已经让风沙埋了！

大金牙四仰八叉躺下："胡爷，我不行了，又渴又累，真儿真儿的走不动了！"

我让大金牙赶紧起来，不是装死的时候，风沙一来，真给你活埋了。

大金牙说："反正我也快完了，你让我再往前走，还不如让风沙埋了我……"

胖子说："你要不想活了，我给你这金牙掰走，往后我想你了，时不时拿出来把玩一番。"

大金牙吃了一惊："使不得！给哥们儿留一囫囵尸首成不成？"

胖子说："不是真要你的，等我玩腻了，还给你家里人，放板儿上供起来！"说话撸胳膊挽袖子，上前来掰他的牙。

大金牙知道胖子真下得去手，忙说："千万别动手！不瞒你说，我这心里边儿，实在放不下北京的冰镇桂花酸梅汤，用冰块镇得直冒凉气，下火的天儿，来上这么一大碗，没谁了！死了可喝不上了，与其跟这儿当干尸，那还是得回去！"

一行人只好掉过头往回走，运气好的话，兴许真能回到坎儿沟西夏贵族墓葬群躲避风沙。走了没几步，胖子又不走了，直勾勾往天上看。我说："你也是不见棺材不落泪，非要等到刮起大风沙，两条腿才拉得开栓？不快走还往天上看什么？"

胖子往上一指："你们看见没有，那是个什么玩意儿？"

我按他指的方向看过去，高空是有一个小小的黑点，悬在天上一动不动。

大金牙往上一看，他也张开了口合不上，不明飞行物？赶上那几年飞碟热，我们听说过不明飞行物叫UFO，没想到会在沙漠中遭遇，而早在六七十年代，这类情况也不少，那会儿不叫不明飞行物，通常以为是敌方侦察机。沙漠中一些古老的岩画，居然也描绘了此类怪事。古代称之为星槎，槎是渡海的筏子，星槎是天上的船，那不是UFO是什么？

第七章　西夏妖女

1

毛乌素沙漠，蒙古语意为"坏死的水"，近几百年来，人迹罕至，但也从来没听说有人在这地方见过UFO！

纵是飞鸟或飞机，它也不会悬于高空一动不动，那到底是个什么玩意儿？

我和胖子、大金牙三人大惊小怪，瞪大了眼往天上看，想看个究竟，但相距太远，怎么看都是一个动都不动的小黑点。

雪莉杨带了望远镜，她从背包中掏出来，调整焦距往天上看："是……鹰！"

我接过望远镜看过去，真是一头苍鹰，钉在天上似的悬于高空。

胖子说："吓了我一跳，鹰在上边干什么？逮兔子？"

我说："这地方哪儿有兔子，连耗子都没有。"

大金牙好奇："别说没耗子了，草都没有一根。那这鹰吃什么？"

我说："吃死人呗。"

大金牙说："那是秃鹰，吃死尸，问题是哪儿有什么死人？它是不是想等咱哥儿几个晒死了下来搓一顿？"

胖子骂道："这个扁毛畜牲，可惜离得太远，不然一枪给它崩下来，看看谁吃谁！"

我说："可以让大金牙躺在地上装死，把鹰引下来。"

大金牙顺势往地上一躺说："还用装吗？我大金牙如今跟死人还有什么两样？再晒下去，我都快被烤成人干了我！"

雪莉杨手举望远镜说："不是吃死人的秃鹰，你瞧它身上好像有东西。"

我接过望远镜又再次看了看，高空上的飞鹰金光闪闪，原来在鹰爪上戴了金距。只有猎人放的猎鹰才会有金距，给猎鹰的鹰爪上佩戴金距是古代贵族进行鹰猎时的习惯，当年蒙古人征服中亚时就有"一匹好马也难换一只好鹰"的说法，一只上好的猎鹰还要配上一对金爪，那可不是一般猎人用得起的。凶悍的猎鹰带上金距，遇到野狐、劲狼、黄羊之时，从高空呼啸而下，可以轻易撕开它们的皮毛。如今这年头鹰猎已极其罕见，何况是给鹰爪佩上金距？在这一望无际的大沙漠上，这只猎鹰究竟是什么人放的？

胖子怀疑："那是有猎人来沙漠里打黄羊？"

我说："可这么荒凉的地方，早没黄羊了！倒有可能是去西夏地宫取宝的盗墓贼。"

胖子说："高档啊，倒斗的都配上鹰了，再来只王八，那就海陆空一体了！"

雪莉杨说："盗墓贼利用猎鹰跟踪我们，只怕来者不善！"

我心想那准是冲着我们手中的西夏金书来的，进了沙漠十有八九会碰上盗墓贼,躲是躲不过去,但是我们势单力孤,应当尽量避免与对方展开正面冲突,而且大风沙就要来了,再不走可就要被埋在这儿了!

沙漠中无遮无拦,一旦风移沙动,极有可能被埋在下面,凭你有多大本领也难逃活命,所以一定要找一个可以避风的地方,但是四周尽是漫漫黄沙,根本没有可以避风的去处。

雪莉杨用望远镜往周围观察,手指着西南面:"你看那是什么?"

我接过望远镜一看,远处似有一道沙山,犹如一道黄线,逾出地平线,齐齐整整的,横亘在沙海尽头,我心中大奇:"那是个什么东西?"

我还没看清是什么,蓝天和黄沙的边际已经模糊起来,风沙从西北方向汹涌而来,如同一条卷起妖雾的黄色巨龙。

雪莉杨说:"风沙来得好快!"

我冲他们一招手,说:"别看了!赶紧走!到那边的沙山下边躲一躲!"

大金牙摇摇晃晃地跟在最后:"胡爷,我实在就走不动了,现在这两条腿,就跟灌了铅绑了铁似的,拉不开栓了,风沙这不还在天边儿吗?离得这么远,我看且刮不到咱这儿呐,您瞧这太阳,不还明晃晃的吗,歇会儿再走不成吗?"

我吓唬他说:"歇什么,再歇命都没了!"

胖子骂道:"这个大金牙,一提要走就趴窝!"

大金牙说:"王八还有个壳呢,我可就这层人皮,挡不了风也挡不了太阳。"

胖子说:"你那层皮厚得跟城墙拐角儿似的,拿锉刀都锉不下来,你还怕风吹日晒?"

大金牙见胖子背了背包真要走,还把他的水壶也揣了进去,忙求胖子说:"胖爷,你念在咱们哥们儿弟兄一场,背上我一起走吧,我也为党国立过战功啊,你横不忍心看我在这儿成了干尸了,以后放博物馆里给人参观吧?"

胖子说:"好兄弟,讲义气,借钱没有,帮事儿不去,拜拜了您呐!"

大金牙继续求道:"胖爷,您背我这一回,您就是我的再生父母,救命恩人,赶明儿个回了北京,我给您当牛做马,上香敬茶!"

胖子啐道:"呸,会说人话吗?你见过给活人上香的?"说完背着包跑得远了。

大金牙慌了,又转过头来对我喊道:"胡爷,您可不能不管我死活啊!"

我赶紧装作没看见,对雪莉杨说:"快走,胖子背着大金牙,跑得跟长了膀子似的!"

大金牙一看没辙了,谁都指望不上,不得不拼了命跑起来。

四个人在沙漠中越跑越吃力,吃饱了沙子喝饱了风,那也不敢停留,一路狂奔到沙坡下方,才发现这个沙坡比在远处看要高很多,三丈有余的一个斜坡,齐整异常。此时情况紧迫,众人不及细看,奋力登上沙坡,远处沙尘卷起的黄云正在迅速逼近。

众人在沙坡上往周围一看,心头均是一震!这沙坡竟是一个巨大的圆环形沙山,如同飞碟降落后留下的痕迹,整齐巨大得让人感到诡异。整个圆环仅在正南方有一个缺口,相对比较齐整,西北方则有一个很大的豁口,想来应该是被风沙破坏所致。放眼望去,沙坡中尽是平整的黄沙,好像一个盛满了黄沙的大圆盘一样。

胖子登高望远,见形势开阔,胸襟爽朗,于是一手叉腰,一手举高,摆出一副首长派头,正待作势指点江山,怎知一脚踩到了反斜面上,立足不稳,顺着沙坡滚了下去,这一滚就收不住势,直接滚到了沙坂底部。才不过一眨眼的工夫，这个人就突然不见了。我大吃一惊，沙盘中除了沙子就是沙子，什么也没有，胖子被大沙盘吞掉了不成？

我和雪莉杨、大金牙三人都惊呆了，如果说这巨大的沙环将胖子吃了，那也吃得太快了，怎么连个骨头也不吐？胖子是什么人，他上山下乡革过命，改革开放分过赃，专注吹牛逼三十年，从来都是他占便宜没吃过半点亏的主儿，怎么不明不白地没了？我和胖子从来都是秤不离砣砣不离秤，撒尿都往一个坑儿撒，胖子要是死了，我是不是该难过一下呢？好歹该有个表示不是？

按说我是该难过，可一时半会儿在思想感情上还酝酿不出这个情绪，因为这一切发生得都太快、太突然、太出乎意料、太不可理解、太难以置信了！当时我脑子里只有一个念头，立即冲下去把胖子从流沙中挖出来，他人胖耗氧量也大，一时半刻还憋不死，埋时间长了可不好说。

没等我下去，大金牙突然抱着我的腿，他鬼哭狼嚎，大放悲伤："胡爷，胖爷没了！你说咱哥儿仨好不容易捏到一块堆儿，还都挺对脾气的，这还没发上财呢，他怎么说没就没啦！再说，他包里还有我两壶水呐！这不坑人吗这不！"

我一把推开大金牙，得赶紧下去把胖子掏出来看个究竟。

雪莉杨也十分吃惊，但她一贯冷静，一抬手将我拦住，先扔了一个背包下去。背包滚落下去，并未被流沙吞没。雪莉杨一指背包掉落的位置，我明白她的意思是那个地方可以落脚，当即提了一口气，从沙坂上滑了下去。

雪莉杨和大金牙也从后面跟了上来，站住脚步，定睛一看，背包旁边的沙子上有一个大窟窿，两边细沙不住地往下滑落。我们这才明白，下面不是流沙，而是一层沙壳，胖子从上面滚下来，将沙壳砸了个洞，直接掉了下去。我忙从背包中取出冷烟火信号烛，划亮了往洞下一扔，洞中立马亮了起来，只见胖子四仰八叉地摔在下面，洞口的沙子落下去已将他埋了一半。

我急忙用飞虎爪顺着洞口下去，伸手将被沙子埋住的胖子拽得半坐而起。只见胖子口鼻中全是沙子，话也说不出，仅有两个眼睛对我乱眨。

此时大金牙还在上面哭号，"哎哟，我的胖爷啊，你死得太冤啦！你冤过武穆风波亭，惨过窦娥六月雪啊，叹英雄……生离死别……遭危难……"

胖子使劲吐了吐嘴里的沙子："怎么还唱上了？"

我见胖子没有大碍，觉得腿都软了，顺势坐在了沙地上，又想看看这巨大的圆形沙环是个什么地方，何以砸出这么大一个洞？

还没等我往周围看，胖子忽然说："老胡你怎么背了个大姐啊，你想学雷锋？"

胖子掉下来的这个洞窟深约丈许，四壁都是土坯，由于封闭了很久，空气并不流动，致使晦气淤积，刚一进去呛得人睁不开眼，还有一种难以形容的怪味儿，风从上方吹下来也散不尽。我以为胖子掉下来之后摔蒙了，说什么我背了一个老大娘，不过听他这么一说，我不免觉得背后冷飕飕的，忍不住扭头看了一看，只见在我后边，真有一个贵妇正襟危坐，面部近乎透明，能清晰地看见血管纹路，只不过血液呈现暗紫黑色，服饰鲜明，穿得红是红，绿是绿，头上有驼绒毡帽，配以鸟羽头饰，脚下是一双紫黑色长靴。

贵妇端坐在土坯墙下，双目空洞，看来不是活人。我用手一碰，女尸就顺着土坯墙倒了下去，身上华美鲜艳的衣服转眼变成灰色。而在这个贵妇干尸的侧面，还有两个小孩，似乎是她的孩子，也变成了干尸，但从服饰上看不出具体是哪朝哪代。

我觉得十分意外，流沙之下为什么会有古尸？胖子掉进了一个墓室？

胖子："真该胖爷我吃倒斗这碗饭，摔一跤都能掉进土窑儿。"

我心想："这是古墓吗？按说这大小结构都和墓室相近，但是这些死人怎么都坐着，没有棺椁？"

大金牙见我们半天不上去，又听我们说下边是什么墓室，赶紧下来看个究竟，雪莉杨出于好奇，她也随后下了墓室。大金牙一下来，就给胖子请安："胖爷，您平安无事吧？"

我和雪莉杨没心思听他们在一边胡扯，打开手电筒，往四下查看。我们掉进来的空间比较大，还有个土炕，应该是主室。隔壁还有两个小一点的侧室，其中一个一进门，就可以见到门口趴着一个干尸，身上穿着粗麻布的衣服，没有那位贵妇和两个小孩这么讲究，应该是个仆人之类的，好像正在往外爬。

胖子也觉着不对，他说："我进过那么多古墓，可没见哪个粽子窝是这格局！你们瞅瞅，这儿、这儿，还有这儿，还有旁边这木箱子，里边还放着衣服呢，明器真够全乎的！"

我一看还真是，木箱里还叠放着整整齐齐的丝绸衣物，色彩鲜艳，可在看到的同时，色彩又迅速转灰。

大金牙东嗅嗅西嗅嗅，说道："锅碗瓢盆一样不少，就是没几样值钱的。"

我往他面朝的方向看了看，那边是摆了几件彩绘的陶器和瓦罐，不过瓦罐里的谷物一碰即碎。

墓葬之俗，讲究事死如事生，墓主人生前的起居所用，同样会放在墓室里供鬼使用。墓室中不置棺椁，这情况并不是没有。这可能和坎儿沟的西夏墓葬群一样，也是一个墓室。

我正胡思乱想，但听得外面风如潮涌，如同鬼门大开，无数孤魂饿鬼蜂拥而至，众人就知道风沙到了！

2

抬头这么一会儿，洞口的天光一下子暗了下来。

大金牙吓尿了，他说："胡爷，赶紧跑吧！别让风沙埋在墓里成了陪葬，墓主又不是什么西域美人儿，娃都有俩了，又没什么值钱的明器，死在这儿可太不值了！"

雪莉杨对我说："这可不像墓室，应该是古代常见的民居，也许千百年前的一场大风沙将这里埋了，导致土坯屋舍中的人活活憋死在了家中。"

我说："那么想的话，周围应该还有别的民居，难道那个巨大无比的圆环形沙盘，是一座古城的城墙？"

雪莉杨说："很有可能，我们先出去，到西侧城下躲避风沙。"

无论这土坯屋中是墓室还是民居，这地方都躲不了人，风沙一来准得埋住，我们可不想葬身于此，立即用飞虎爪上去。刚从黄沙下出来，风沙已从圆沙古城的西北方缺口呼啸而至，播土扬尘，形成了一阵强似一阵的旋风，能见度迅速降低，但在与此同时，大片房屋的轮廓逐渐露了出来。谁会想到在这样黄沙之下竟埋了一座城池，想当年也是人口密集、驼队往来，一百二十行经商买卖，而这一切都已被黄沙吞没。

我正招呼胖子和大金牙两人上来，突然听到一阵轰鸣声从沙坂上方传来，只见一辆沙漠越野车穿过风沙疾驰而下。因为沙坂内侧都是一座紧挨一座的民宅，上面积满了黄沙，沙漠越野车的重量太重，当时就陷了下去，半截车头卡在沙洞中。

我忙对大金牙和胖子打了个手势，让他们不要出声。我和雪莉杨合力将胖子和大金牙拉上来。风移沙动，古城各处的屋顶已从流沙中显现。我们四个人躲到一个屋顶后面，戴上风镜往前一看，隐隐约约看见沙坂上面还有三辆沙漠越野车，最前方的越野车陷进沙洞之后，那三辆沙漠越野车都停下来，陆续有几个人从越野车上跳下来，大多穿了猎装，用头巾遮住面，也带着风镜。带着绳索一个接一个从沙坂上下来，接应困在沙洞中的车辆。

我看见一个佝偻的身影，这个人穿了一件黑袄，脸上蒙了面，可是没有风镜，我一见那阴鸷贪婪的目光，不由得牙根发痒："马老娃子！报应来得好快，两座山碰不到一块，两个人没有不见面的，这可真是冤家路窄！上次马老娃子将我们埋在秦王玄宫，等我们从山里钻出来，再去殿门口掏他，他已经不见了踪迹，想不到又在这儿撞见了。正所谓：常吃烧饼没有不掉芝麻的，常赶集没有碰不上亲家的。前仇旧恨也该做个了断了。马老娃子钻过土窑儿，当过刀匪，汪洋大海上漂来个木头鱼——闯荡江湖的老梆子，一向心黑手狠，可他既然得了秦王玄宫的明器，为什么不去吃他一天三顿的臊子面，跑来这个寸草不生的大沙漠做什么？"

又往旁边一看，马老娃子那个半是徒弟半是干儿的闷头愣娃马栓也跟在他身后，一人背着一口刀子，正慌里慌张地四下张望。这时一个全身猎装的女子从沙漠越野车钻出来，一看身形举止，不是别人，正是玉面狐狸。玉面狐狸身边还有一个年轻女子，同样没蒙面，脸上全是图腾刺青，黑衣外衬盘花铜甲，手臂上绑着鹰紧子，比玉面狐狸还要小了几岁，看背影应该也是个眉清目秀的大姑娘，可一转身，脸上的兽纹图腾却显得十分狰狞，目中还有豺狼一般凶狠的光芒。由此可见，刚才在天上的那只猎鹰是她放的。其余人等均穿猎装，肤色黝黑，个个全副武装，身上背着连珠步枪和鱼尾弯刀。

据说境外的武装盗墓团伙，常雇佣骁勇善战的廓尔喀人。玉面狐狸手下这些人正是此辈。而连珠步枪则是在1949年之前散落在民间的枪支，样式较为陈旧。玉面狐狸的手下装备精良训练有素，又有四辆沙漠越野车，显然是有备而来，而且筹划已久。

我心知玉面狐狸等人是冲着我们来的，仅仅一个马老娃子也不好对付，廓尔喀兵更是以一当十，我们不敢打草惊蛇，都躲在屋脊后面，一声不发。

涌入圆沙古城的狂风卷起漫天的黄沙，石子沙土一股脑全飞了起来，玉面狐狸等人无法将沙漠越野车从洞中拖出，只好躲在另一座屋顶旁，暂时躲避风沙。我心想："不入虎穴，不得虎子！"当即匍匐在黄沙中悄悄接近，只听玉面狐狸正在问马老娃子这是什么地方，马老娃子说他也从来没见过。听二人对话，应该是玉面狐狸为了夺取我们手中的西夏金书，一路跟踪而至，同时请了对这一带地形较为熟悉的马老娃子来做向导，那个脸上有文身会放猎鹰的女子——尕奴，是玉面狐狸的亲信，通过飞鹰跟踪我们到此。不承想遇到这样一场大风沙，误入圆沙古城，见到黄沙下埋了如此巨大的一座死城，也不免十分骇异。玉面狐狸说对方那四个人多半也躲进了城中，看来悄悄跟踪的计划是不成了。

马老娃子说："如若撞上，不用多说，一刀一个，全宰了。"

玉面狐狸说："宰了他们无妨，但是必须先把西夏金书抢到手，否则进不了古墓！"

3

我想听听西夏金书有什么秘密，冒着风沙又往前爬近了一些。可是圆沙古城中的旋风愈刮愈烈，说话声都淹没在狂风的呼啸声中。圆沙古城虽然形势奇异，以巨大的圆环形沙坂挡住了大风和流沙，使城中军民人等不受其害，可惜由于圆形沙坂西北方塌一个大口子，风沙刮进城中，反而比外面还要猛烈十倍。此刻，整个古城就像一个大风洞一样，回旋的气流将覆盖古城的黄沙卷到半空，浑黄的沙尘借助风势在古城中不断盘旋。一座大约两千多户居民的巨大城池，有如被风沙召唤了出来，飞沙走石之中，屋舍道路浮现出的轮廓越来越清晰。

旋风几乎可以将人卷上天，玉面狐狸等人抵挡不住酷烈的风沙，准备退进流沙下的一间房屋。马老娃子急匆匆跟在玉面狐狸身后，没承想一脚踩到了我的手上。我心知轻举妄动，一定会被他发觉，只好咬牙忍住，趴在黄沙之下一口大气也不敢出。此时我的头上和后背均被黄沙覆盖，按说不会被人发觉，可马老娃子也不是白给的，一脚踩上去觉得有些不对，低下头来想看看沙子里边埋了什么东西。

还没等我有所行动，躲在我后边的胖子已经沉不住气了，突然一下从流沙中蹿了起来，手里抓了一块从屋顶上抠下来的土砖，直奔马老娃子面门拍了下去。马老娃子被胖子唬得一怔，脸上结结实实挨了一下，土砖都拍碎了。马老娃子挨了这一下，满脸是血，立刻往后倒了下去。

如此一来，可也暴露了我们的行迹，我忙从黄沙中纵身跳起，再看胖子已经拎出工兵铲，正要上去给马老娃子补上一下。但是玉面狐狸身边的廓尔喀兵应变奇快，已经举起枪来对准了我们。雪莉杨手中金刚伞一晃，挡住对方步枪射来的子弹。三个人见势不好，拽上大金牙，转头就跑。

廓尔喀兵举枪射击，子弹在风沙中从我们头上嗖嗖飞过。我看见胖子也背了连珠步枪，心想："我们也别光顾着跑啊，两条腿跑得再快，快得过子弹吗？这么一边跑一边挨打太被动了，不如杀他一个回马枪！对方总共才十几个人，以王司令的枪法，百步之内一枪一个，绝无问题，撂倒一个是一个！"想到这儿，我赶忙给胖子打了一个手势，示意他开枪阻敌。

胖子正有此意，回头"砰砰"放了两枪，往前跑了几步，转身又是两枪，我给他数着，"一个，两个，三个，四个……"结果往后一看，对方还是这么多人，我心说："真是奇了怪了，子弹都打到天上去了不成？"

此时风沙大作，但是相距几十步远，还是隐约看得出对方人数，玉面狐狸、夯奴、马老娃子、闷头愣娃、十个廓尔喀兵，一共有十四个盗墓贼。胖子连开四枪，追上来的还是十四个人，一个不多一个不少。要说胖子的枪法在这个射程之内应该至少撂倒五六个，打得好的话，或许可以一枪穿俩，那还不该撂倒五六个，可是居然一个也没打中！

胖子也傻眼了，还以为是连珠步枪的准星或子弹有问题，一气之下要将步枪扔掉。

雪莉杨打手势告诉我们，是圆沙古城中的旋风作怪，双方距离虽然很近，可是剧烈的旋风和气流使子弹产生了偏移。

胖子枪法虽准，可子弹一出枪口却是失之毫厘差之千里，白白浪费了四发子弹，如今只有最后一发子弹了，不到紧要关头，胖子舍不得轻易使用。玉面狐狸手下的廓尔喀人，个个身经百战，应该也觉察到了圆沙古城中的旋风会对射击造成一定影响，可以明显感觉他们现在正在校正枪口和目标之间的误差，子弹打得越来越有准头。

四个人见抵挡不住，埋下头往圆沙古城深处奔逃。古城中的大量黄沙被狂风卷到半空，白昼如夜，但听风声凄厉，如同被活埋在流沙下恶鬼哭号，在圆沙古城中反复回荡。又如同厉鬼发出惨叫，好似成百上千个亡魂在后边追来，要将误入此处的人永远留在这里，听来使人惊心动魄。

我跑了一阵，转头一望，弥漫的风沙中有几道手电筒的光束在来回晃动，显然廓尔喀人正在逐步搜寻我们的踪迹。对方有十几条快枪，看身上的装备甚至有炸药和手榴弹以及对讲机，可以随时进行战术通讯，一旦让他们咬住绝难脱身，而且廓尔喀人骁勇无比，个个都是使刀的好手，单打独斗我们也未必是他们的对手，何况双方比对悬殊。虽然玉面狐狸等人占了压倒性优势。好在风沙肆虐，使能见度降到了最低，圆沙古城中土屋密集，道路纵横，对方想找到我们也并不容易。众人慌不择路，乱走一阵，已经分不出东南西北了。

圆沙古城中风势太强，几个人要不是互相拉扯，恐怕已经被卷到天上去了。众人逃至一处，见到面前有一个大土屋，逾出常制，比一般的土坯屋大得多，就扒开被流沙埋了一半的屋门，低下头钻进里面。

大屋不知被埋下了多少年，晦气呛得人几乎透不过气，我抹去风镜上的沙土，见脚下有几个扒沙而死的干尸，大屋中同样弥漫了一股说不出道不明的怪味，屋中积了三尺多厚的沙子，我让胖子将屋门处的沙子重新填上，以免玉面狐狸等人发觉异常。

大金牙忙说："用沙子埋住大门的话，我们不也得憋死在这下面？"

雪莉杨说："可以在屋顶掏个洞，追兵只沿道路在圆沙古城中搜索，看不到屋顶的情况。"

大金牙说："高，实在是高，杨大小姐也高明！"

这间大屋显然跟圆沙古城中的其他土屋有明显区别，前屋高三丈有余，屋顶以上好的红柳为梁。我上去在屋顶上扒开一个大洞，大风刮下来，在这死人墓穴一般的大屋中，终于多了一口活气儿。

众人打开手电筒往前摸索，里边的屋舍规模更大，屋内流光溢彩，摆放了许多精致的金银器皿，地面上铺了红底骆驼绒毯子，屋顶垂下彩色帷幔。正中端坐一个长须老者，白色胡须都打了卷儿，头上有黑褐色尖顶毡帽，身着皂底圆领窄袖长袍，腰束白色玉带，脚蹬镶嵌狮子金饰的长靴，怀中抱着一个玉匣。容貌安详，栩栩如生。两旁斜卧两个姬妾，服饰华丽，一个手捧黄金酒壶，另一个手捧切肉的青玉匕首，脸上遮了红色面纱。三人面前杯盘罗列，有鱼肉果品。盘中的烤鱼，好似刚刚才做好，还在冒着热气。各色瓜果莹润欲滴，刚从枝头采摘下来也没有这么鲜亮。

4

三个死人旁边另有一尊白玉酒缸，揭开玉盖，里面的琼浆玉液在手电筒的光束之下呈现出耀眼的琥珀色，缸底沉着一只舀酒的木勺。

胖子说："咱们进了皇宫了，你看这是国王和俩妃子！"

我说："鬼知道这是什么国，即使不是国王，最损也是一城之主，反正是位上马管军下马管民的主儿。"

众人又渴又饿，见了城主面前的瓜果、鱼肉、美酒，不觉直咽口水。大金牙和胖子忍不住伸手去拿，可手指所到之处，不是化为灰土，就是变成黑乎乎的一片，急得大金牙直跺脚。

我说："你们别乱碰，这座圆沙古城中的死人很奇怪，同样是被黄沙活埋在了城中，怎么有的人死状端详，好像什么都没发生一样，而有的人又想扒开沙子竭力求生，死状惨不忍睹。"

胖子说："别说城中居民扒不开沙子，连盗墓的遇到也没脾气，你扒开多少，就流下来多少，要不怎么叫流沙呢。所以被风沙埋住之后，扒不扒沙子都逃不出去，想得开的大概就坐在这儿等死，想不开的就想找条活路。"

雪莉杨难得同意胖子的观点："挣扎而死的大多是奴隶和仆役，端坐等死的那些人，则属于有较高地位的贵族，或许圆沙古城的贵族们相信，吞没天地的风沙之灾，乃是天神降下的惩罚，他们在最后关头，选择坦然接受这个命运。"

我说:"你们别光同情古人了,这些人已经死了不下几百上千年了,你们应该想想风沙过去之后黄沙大概会落下来埋住这座古城。如果在此之前逃不出去……"我用手一指端坐在那里的城主,说道:"这就是咱们的下场!"

胖子说:"风沙持续时间可不好说,那得看老天爷的意思了,刮一会儿是它,刮上三五天也是它,不过我要是被活埋在这儿,我可得把这些瓜果、美酒、烤鱼全填肚子里,要死也不能当饿死鬼啊。"

大金牙也连说:"可惜,可惜!"

胖子说:"吃是吃不成了,这儿不还有酒吗?"他揭开酒缸的玉盖,立时传出一股奇异醇美的酒香,我在一旁都闻得到。胖子又伸胳膊进去捞那只酒勺,谁知手抬起来,就跟猴子捞月似的,什么也没捞到。再用手电筒往下一照,哪里还有什么长柄酒勺。

胖子揉了揉眼睛又看,还是没有,以为是见了鬼了,怒道:"是不是这城中的死鬼,不想让胖爷爷喝他的酒?"他东找西找,放出狠话,要捏爆城主老鬼的卵蛋!

雪莉杨说:"你不用找了,木勺在酒中浸泡了千百年,估计和这盘中的鱼一样,在一瞬之间化成灰了。"

我从那女尸怀中捧起黄金酒壶,想象这两个绝色女子在城主身旁,一个倒酒,一个切肉,过上几天这样的日子,再让风沙活埋在城中那也够本了。再用手一晃,金壶中的琼浆玉液还在,我口鼻中全是沙子,嗓子干得像在冒烟,但我没有立刻打开来喝,而是把金壶交给胖子。胖子拧开盖子,使劲用鼻子一闻,美酒异香犹如醍醐灌顶。他一看大金牙在旁边瞧得傻了眼,口水直往下流。

胖子眼珠子一转,招手招呼大金牙过来:"看你是真不成了,这酒先让你喝。美酒越陈越香,喝一口你就成神仙了。"

大金牙感动得眼泪都流出来了:"胖爷太够意思了!"接过来就往嘴里倒。

我知道胖子这是冒坏水儿,埋在死城中上千年的美酒,喝下去还不要了人命?当然也有可能,变成了千年陈酿,喝下去究竟是死是活,也得喝过之后才见分晓。

胖子自己不敢先喝,才让大金牙喝上两口试试,我和雪莉杨本想拦住大金牙,怎知大金牙渴急了眼,一扬脖儿喝下去两口,就看他这个人呆在原地,脸上青一阵,白一阵,居然从口中吐出一道黑气,咕咚一下,倒地不起。我上去掐了半天他的人中,才缓过劲儿来。再问他那金壶中的琼浆玉液味道如何?

大金牙只说了四个字:"欲仙欲死!"宁可在沙漠中晒成干尸,他也不想再喝这玩意儿了,真不是味儿!

胖子见这城主面前的东西吃也吃不得,喝也喝不得,便想捡几金银玉器,塞进背包,他打开那城主抱的玉匣,还以为里面有什么珍异宝,可那里面只有几张羊皮残卷,他骂了一声,随手扔在一,我见雪莉杨捡起羊皮残卷看了一看,她的脸色就不一样了,问她皮残卷上有什么?雪莉杨神情凝重:"西夏妖女!"

第八章　抛尸庙下

1

胖子和大金牙一听，耳朵也都竖了起来，问道："什么妖女？"

三个人凑上前去，观看雪莉杨手中的羊皮残卷，见那残卷上尽是蝌蚪古文，字的形状和蝌蚪一样，它认得我我不认得他，似乎是年代久远的古代经文。

而在经文之间，也有一些图画，画中一片绿色的波涛之中，浮出一个女子，那个女子半为人形，半为鬼怪。

我怀中的西夏金书上，也有个人形棺椁的图案，不过图案十分简洁，远不如羊皮残卷上描绘得清晰。

传说西夏王朝中的密咒伏魔殿，本是一座古墓，墓主身份众说纷纭，长久以来并无定论。相传埋葬了一个西夏妖女，可没人说得出她是什么来头，羊皮残卷的年代似乎比西夏王朝还要久远，那时候已经有了妖女的传说？

再看羊皮残卷的画，波涛中有许多死尸，我问雪莉杨："能否解读这残卷上的文字？"

雪莉杨说羊皮残卷上的文字，她也无法辨识，但是根据几幅画中的信息推测，这似乎是一个古老而又恐怖的传说，不入轮回的恶鬼将会坠入永恒的死亡之河，半人半鬼的妖女也在其中。

我说："西夏王朝造的密咒伏魔殿，是否正是埋葬妖女的古墓？殿中供奉的巨幅伏魔天尊壁画也是为了镇住这个女子？"

雪莉杨不置可否，这一切必须等到进入密咒伏魔殿才会揭晓。

胖子说："你们一口一个妖女，到底是人是怪？"

我一指画中的女子："一半是人，一半是怪，究竟是个什么东西，那也得打开棺椁才能见到。"

大金牙说："反正要是从字面上来看，那还是人的部分多一些，要是怪的部分多一些，那就是女妖了。当然这都是调侃的话，说不定是哪个王妃犯了什么罪过，遭人污蔑，说成是什么妖女。西夏王朝以明珠金阙来供奉她，可见来头不小。"

众人你说一句，我说一句，正自胡猜乱想，忽听得前屋大门外有人在扒沙子。我一听追兵到了，忙做了个"嘘"的手势，让其余三个人关掉狼眼手电筒，分头找地方躲一下。

大金牙躲在帷幕后，胖子趴在木箱后边，木箱虽然不小，无奈胖子体格太大，屁股还撅在外面，我从后边踢了他一脚，告诉他没躲好。情急之下，胖子只得往脸上抹了沙土，倒在角落中装成了干尸。随后我和雪莉杨分别躲进两厢，屏气息声，都将心提到了嗓子眼儿，接下来可能就是一场你死我活的血战！

城主的大屋已被黄沙埋住，周围没有出口，如果那些全副武装的廓尔喀人冲进来，那也只有拼个鱼死网破了！此时一点灯光晃动，马老娃子和闷头愣娃提了一盏气死风灯，一前一后钻了进来，二人都背了刀子，提灯四下张望。马老娃子见周围富丽堂皇，这儿也好，那儿也好，顿时一张老脸乐开了花。闷头愣娃虽然傻乎乎的，眼中可也闪满了贪婪的光。

二人将灯放在一旁，马老娃子带了一个麻袋，掏出装在里边的两捆炸药，又将空麻袋交给闷头愣娃，让愣娃在前边将金银玉器一一捡起，一件一件扔进麻袋，他跟在后边盯着，显然是怕愣娃捡了好东西自个儿揣起来。

我心想，原来这俩人是背着玉面狐狸来捡宝了，但盼他们捡完了东西赶紧走。

愣娃抹去桌上金盘玉杯的灰土，一股脑全塞进了麻袋，又把两个女尸脖子上手上的项链、珍珠耳环、戒指、玉镯子逐一取下，连女尸束腰的玉带也扯了下来，手脚十分麻利，显然不是头一次干了。马老娃子在愣娃身后，看见一件件宝贝落进麻袋，一双老贼眼滴溜儿乱转。

愣娃很快捡了一麻袋珍宝，马老娃子又往城主身上指了指，愣娃闷着头走过去，将城主干尸身上的金饰逐个摘下。干尸左手握了一只玉杯，杯口有金边，玉杯价值不小，但不罕见，带金边的玉杯却十分少见，至尊至贵之人才可以使用。马灯的光亮之下，我躲在边厢看得分明，但见愣娃从干尸手中抠出金边玉杯，又挪了一步，将马老娃子挡在身后，他装作往麻袋中扔东西，趁机将玉杯揣在怀中。可愣娃伸进怀中的手还没出来，马老娃子已经拔出刀子，从愣娃身后捅了他一个透心凉。

马栓这个愣娃，为人木讷，说话嘴笨，不会和人辩理，别人说上十句，他一句也说不上来，你别看他平时迷信，呆头呆脑，寡言少语，打不还手，骂不还口，三棍子抡不出一个屁来，可是报复心极强，关中人常说"愣娃不吃眼前亏"，他要是觉得斗不过你，任凭你随意欺辱，他绝不会还手，但他沉得住气，仇恨在心中越埋越深，闷不吭声地等上十几二十年，趁你不备，他才在背后给你一刀子，不仅宰了你，你的妻儿老小乃至家中鸡犬他都不会放过。马老娃子说金器全是他的，愣娃在旁边一言不发，阴鸷的目光，一直盯住装了金器的麻袋。这会儿又想趁马老娃子没看见，偷偷将城主的宝石戒指揣入怀中。马老娃子是惯匪，闷头愣娃是他带大的，他一见这愣娃眼神儿不对，明白这个闷头愣娃一肚子阴狠，只在暗中使坏，又看这愣娃往旁挪了一步，故意将他挡在背后，就知道是愣娃在那儿搞鬼，二话不说，抬手一刀，将这闷头愣娃捅了一个对穿。

我们四个人躲在一旁，一是没想到马老娃子说杀人就杀人，何况杀的是他干儿子，二没想到马老娃子的刀这么快，我险些惊呼出声，忙用手将嘴捂住。

闷头愣娃被一刀捅穿，脸上又是惊骇又是愤恨，口中淌出血来，想回头又回不了，想喊叫也出不了声儿，手上一松，装了金器的麻袋和玉杯都掉落在地。

关中刀匪有这样的习惯，也是道儿上的规矩，下手之前不开口，杀人劫财之后，往往得说一说缘由，有什么冤有什么仇。马老娃子口中念念叨叨，抬起一脚向马栓踢去，同时抽回刀子。

闷头愣娃让马老娃子这一脚踹得前扑倒，临死之际两手乱抓，竟一下扯掉了城主身后的帷幔，而大金牙正躲在后面。马老娃子没想到帷幔后躲着个人，而且又是大金牙，急忙退了两步。

大金牙原本蹲在角落，帷幕被闷头愣娃扯落，他同马老娃子一照面儿，跑也不是，躲也不是，不免十分尴尬，咧开嘴，露出那明晃晃的大金牙，使劲在脸上挤出笑来，对马老娃子一抱拳："哎哟，这不马爷吗？"

2

　　大金牙拱手咧嘴说:"老英雄,辛苦辛苦!"
　　见面道辛苦,开口是江湖,大金牙实在是没处躲了,没话找话他跟马老娃子穷对付。
　　马老娃子一愣,一张阴沉的脸上布满了杀机,手中刀子往下一按,恶狠狠地说:"你个胆大的泼贼,吓了我一跳,你出来!"
　　他毕竟是老江湖,见了大金牙,绝不会留下活口。可他也明白,大金牙不可能一个人躲在这儿,刀子对着大金牙,却眼观六路,耳听八面来风。此时躺在地上装死尸的胖子,悄悄抬起手中的步枪,要将马老娃子一枪崩了。枪口上有些许沙土落下,只不过这么一点儿响动,便让马老娃子发觉了。马老娃子作势要劈大金牙,可是身形一转,反手就是一刀,他刀法快得出奇。没等胖子开枪,手中的步枪已经被那快刀削掉了三分之一。
　　胖子大怒,倒转了手中余下的半截步枪,使劲砸向马老娃子。
　　马老娃子手中这柄关山刀子:长不到三尺,宽不到两寸,形制独特,也并没有什么套路,只占了八个字"扫、劈、拨、削、掠、奈、斩、突",又狠又快。他一刀拨开胖子砸下来的步枪,双手握刀斜劈,胖子忙向后闪,但他身后已是夯土墙,根本无路可退,整个人已被刀锋照顾,来不及再向两旁闪避。
　　马老娃子手中那柄刀子虽短,但在这个距离一刀劈下,至少会将胖子的肚子劈开,好在胖子这两天吃不上喝不上,肚子里没货,他猛地一缩气,居然将肚子缩回一寸有余,在电光石火的一瞬间,避过了这开膛破肚的一刀。

避过了刀子却避不过刀锋，刀锋将胖子的衣服划开了一道口子。胖子怒从心头起，恶向胆边生，骂声："老驴，让你吃胡椒面儿！"说话将手一抬，扔出一把沙子。马老娃子发一声喊，抽身往后一跳，躲过了这把沙土。

我瞅准了机会，捡起装了千年美酒的金壶，扔到马老娃子落脚之处，马老娃子往后一跳，正踩到金壶上，摔了他一个老头钻被窝。

胖子一跃而起，一屁股坐在马老娃子肚子上，坐了马老娃子一个一佛出世，二佛升天。

马老娃子发出一声惨叫，真和驴叫没什么两样，他的刀法再快，让胖子坐在屁股下也施展不得了。

我说了声："叫得好，来年的今天正是你的周年！"伸手拽出工兵铲，抡起来要往马老娃子头上拍，满以为这一下要不了马老娃子的命，至少也拍他一个半死，刚要下手，又见门前沙洞里钻进来一个人，那人身手敏捷无比，手中一条黑蛇似的长鞭，那长鞭也似活的一般，单手一抖，只听"啪"的一声响，我的手上已经挨了一下。手背上被抽出一条血淋淋的大口子，疼痛钻心，再也握不住工兵铲了。我担心对方再给我来一鞭子，立即就地顺势往前一滚，左手捡起掉落的工兵铲。

这时我也看出来了，刚钻进来这个人，正是玉面狐狸手下的尕奴。在马灯忽明忽暗的光亮下，她那一张俏脸之上的兽纹刺青显得分外狰狞。之前我在昆仑山时，曾见过脸上有兽纹的人，据说藏边有种风俗，如果有孩子被野兽叼去，或者是被人扔在深山，命大没死，再由虎狼奶大，那就是民间常说的狼子。此类野人，再入人世，僧人会在其脸上遍刺兽纹，那是一种密宗法咒，用以降住此人身上的兽性。

不知这个尕奴是否也是狼孩，但其身手之敏捷迅速，绝非常人可及，似乎并不会说话，只听从玉面狐狸一个人的命令。

尕奴出手如风，一鞭抽中我的手背，手腕一抖，鞭梢一转，又转向胖子。胖子反应绝对够快,手中工兵铲挥出,迎向横扫过来的鞭梢。他以为可以用铲子挡开长鞭,即使挡不开,那长鞭缠住铲子,双方一较力,以他的力量,也总不至于吃亏。

可那长鞭在尕奴手中如鬼如魅,竟从一个意想不到的角度,绕过胖子手中的工兵铲,鞭梢扫在胖子肩膀上,也是"啪"的一声脆响,抽出血淋淋的一条口子,原来这鞭梢上全是倒刺,打在人身上,就带下一块肉来。

胖子可没吃过这么大的亏,一看这情形不对,赶紧往前一滚。他和我想的一样,对方长鞭又快又准,一出手身上就得被扫掉一片皮肉,挡又挡不开,躲又躲不及,在这种情况下,只有以进为退,迅速接近对方,尕奴手中的长鞭就施展不开了。

尕奴见我和胖子冲上前来,也没看见她如何出手,只听"啪"的一声响,我和胖子又一人挨了一鞭。由于长鞭抽得太快,打在二人身上的声音竟重叠成了一响。不过同时我也意识到了,尕奴手中的长鞭虽快,却还不至于一鞭毙命,我们俩豁出去挨上个两三下,猛冲到她身边,那她就没有还手的余地了。

万没想到尕奴不仅手中的长鞭奇快,身法也快得难以想象。她不仅没有退后,反而往前纵跃,如同一只飞鸟一般,从我们头上跃了过去,人一落地,长鞭又即出手,直取我和胖子。

正在这紧要关头,雪莉杨从边厢闪身而出,手中神臂弓一抬,"嗖"的一下射出一支利箭。尕奴长鞭已经挥出,她手法再快也来不及回鞭格挡,但听得利箭破风时,刚一扭脸,这一箭正钉在她面门上,将她射倒在地。

马老娃子刀法虽狠,我们还可以对付得了,但这尕奴身手之迅捷凶猛,几乎不让豺狼虎豹,可以说是玉面狐狸手下中最不好对付的角色。好在雪莉杨一箭将她射倒,等于除掉了一个心腹大患,可我一看倒在地上的尕奴,她竟将利箭用牙咬住,我吃了一惊,急忙叫雪莉杨当心！

这个尕奴，比豹子还要敏捷，我让雪莉杨"当心"的话还没有出口，她已甩头吐出口中利箭，手中长鞭画了一个圈，鞭梢抽向雪莉杨，同时腰腹一挺，从地上跃起。雪莉杨用金刚伞往前拦挡，长鞭同金刚伞卷在一起，瞬间扯得笔直，雪莉杨身不由己，被尕奴长鞭拽了一个跟跄。我和胖子大声喝骂，各抡工兵铲冲向尕奴。雪莉杨临危不乱，手中金刚伞撑开，甩脱了缠在上边的长鞭，抬手又是一箭。尕奴被三个人困在当中，一面有雪莉杨神臂弓射出的快箭，另外两个方向是我和胖子拍向她的工兵铲，她的本事再大，也不可能同时躲过这三人合击。正当这间不容发之际，却见她手中长鞭甩向屋顶，卷住了上边的红柳木梁，身形向上一提，借力跃上了高处的屋梁。

胖子气急败坏地骂道："老子看你还能飞到天上去不成！"手中工兵铲向上一甩，奋力扔向屋顶的尕奴，那工兵铲破风声"呜呜"直响，这要飞到人身上，足能把脑袋削掉半个。

尕奴伏在屋梁上，见胖子工兵铲飞了上来，闪身往旁边一躲，工兵铲将屋顶击出一个洞，沙土纷纷落下，都落在尕奴头上，她忙抬手遮住双目。我招呼胖子和雪莉杨，喊道："趁她迷了眼，先拿下她再说！"

屋梁距地面有三丈多高，我可没有尕奴那两下子，我直接蹿过去，踩住大金牙的肩膀往上一跃，拽住从屋顶垂下的帷幔，又在抱柱上借力上纵，伸手够到屋梁，这才攀了上去。

雪莉杨担心我有闪失，掏出飞虎爪勾住大梁，正要上来策应，那边胖子也急了，不等雪莉杨上去，他先抢过飞虎爪的索子，手脚并用往上爬，爬了半天没动地方，吊在半空晃来晃去，坠得那木梁"咯吱咯吱"作响，雪莉杨惊呼一声："你们快下来，屋梁要断！"

城主大屋的主梁系整根红柳木打造，极为坚固，但大屋埋在黄沙下千年之久，屋顶的椽子均已朽坏，上去两个人还可承受，加上二百

116

多斤的胖子在下边打千斤坠,那屋梁如何承受得住。

椽子断裂声响彻于耳,我一看这屋梁要塌,赶紧跳了下来。雪莉杨也收了飞虎爪,连同大金牙一起退到夯土墙下,以免被落下的巨梁砸中。

没想到屋顶已经破了两个大洞,狂风灌进来,竟将椽子断裂的屋顶掀到了天上,一转眼就被狂风扯成无数碎片,打着转儿四处飞散。漫天的黄沙连同刀子一般的旋风瞬间吞没了大屋中的一切,但听圆沙古城中呼啸来去,沙墙上面一截呈现黄色,越靠下颜色越深,临近地面近乎黑色,漫天风沙卷起,石子沙土一股脑飞了起来,浓密的沙尘遮天盖地,那情形简直像是天塌了下来。尕奴连同那红柳木梁均被风沙卷了出去,如同一条巨龙飞上半空。

3

木梁终究沉重,只在风中转了两转,便又落到了屋外。众人一看这大屋没法待了,也不见了马老娃子的去向,只有那死不瞑目的愣娃横尸在地,很快便被风沙埋没了,于是捡起马老娃子扔下的炸药和工兵铲,迅速从夯土墙爬了出去。

圆沙古城中风沙肆虐,众人抬不起头,趴在地上往前移动,此时已行至古城深处,旋风当中的风力有所减弱。我往周围一看,如同置身在一个滚滚黄沙形成的巨大漩涡中心,四周均已无路可走。

而这古城之中,有一座高大的夯土台,久经风蚀,已不复原貌。如今看来,只是一个大土堆,形状突兀,与古城中的屋舍迥然不同。

旋风吹开黄沙,夯土堆下的圆拱形门洞露出一小半。四个人走投无路,见有个地方可以躲避风沙,当即鱼贯而入。

雪莉杨拿出一枚信号火炬，拉下拉环，"哧"的一声响，白色的烟火，照得面前一片雪亮。原来这拱形门洞下，是一条延伸向下的甬道。我冒出一个念头："这是一座古墓？"但是又一想，绝不会有古墓造在城中。众人往前走了几步，见甬道中有许多带有浓重宗教色彩的浮雕，看来这是一座庙宇。

大金牙担心玉面狐狸手下的盗墓贼追上来，走一步回头看一下。正不知前面是个什么去处，真是前行有狼，后行有虎。各人想起在城主大屋中的一场恶战，以及尕奴鬼魅一样的长鞭、豹子一样敏捷的身手，均觉胆寒。狂风连她同木梁一起吹到半空，又落了下来，那也未必摔得死她。

大金牙拽住我商量："胡爷，玉面狐狸不就是想要那个西夏金书吗？她为了这玩意儿跟疯狗似的逮谁咬谁，咱爷们儿可不能跟她一般见识。依我之见，干脆咱就把西夏金书赏给她，那她还不得对咱感恩戴德？说到底都是吃一碗饭的，凡事以和为贵嘛。"

我说："大金牙你真是个厌货，哪儿还没到哪儿，你就有心写降书纳顺表？你没听玉面狐狸说吗，西夏金书到手之后，要一刀一个把咱们全宰了！我手上的西夏金书，是咱们目前仅有的优势。咱们跟他们双方是敌我关系，势同水火，所以你要趁早放弃和谈的指望，必须铁了心跟他们周旋到底。再说咱们哥儿几个是什么人，那都是顶风尿十丈的主儿，不跟她分个高低，她还真不认识老子是谁！"

大金牙说："可是人家都武装到了牙齿了，咱哥儿几个连铲子都做不到人手一把，拿什么跟人家玩儿命啊！人家那可全是洋枪洋炮，别忘了庚子年义和团是怎么失败的！"

我说："对历史教训我们谁也不会忘记，但是作为一个指挥员，必须善于随时随地判断情况、分析情况，听我给你们分析分析，怎样才可能够化劣势为优势，化被动为主动。这就要求我们的两条腿儿拉得更长，跑得更快，要告诉同志们不要怕逃跑，一边逃跑一边发动群众,让对方陷入人民战争的汪洋大海!"

胖子说:"你这也是屁话,说来说去还不就是一个字——逃!"

雪莉杨说:"我们面临最大的危险并不是那些全副武装的廓尔喀人,而是这场大风沙,如果逃出圆沙古城,我们这几个人会立刻让风沙埋入。而风沙一旦停下来,圆沙古城也会被埋住。出不出去都是死路一条。"

我略一沉吟,对众人说:"你们猜我突然想起了什么?"

胖子说:"你的脑袋长在你身上,我知道你想什么?"

大金牙说:"胡爷必有高见,赶紧说吧!"

我说:"我想到了……鱼!"

胖子说:"什么鱼?西湖醋鱼还是红烧塌目鱼?"

大金牙说:"在这儿提起来,肯定是城主大屋中那条烤鱼,不过想顶什么用,光想也当不了吃啊!"

胖子说:"要是说到鱼啊,那还得说是平鱼,一平二净三塌目!"

大金牙说:"别说一平二净三塌目了,这会儿您就给我一条吃屎长大的胖头鱼,我都能管您叫亲爹!"

我发现跟胖子和大金牙在一块,基本上说不了一句正经话:"怎么连胖头鱼都出来了,长得就跟胖头鱼似的!"

胖子说:"不是你先提的鱼吗?你到底什么意思?"

我说:"我是说,谁吃鱼?"

胖子说:"你是不是让风把你脑袋给刮坏了,谁吃鱼都不知道,猫吃鱼啊!"

大金牙插口说:"嘿,真让您说着了,我们家那猫就不吃鱼,要说我们家那猫,那可真不是一般的猫,我们家那猫,说是狼又是虎,蹿山跳涧它都不粘土,提了到潘家园儿,有人给了五百五,我都没舍得卖。"

胖子说:"嚯,那得多少钱呐?"

我无可奈何地说:"没法儿跟你们俩说话,说了半天,没一句有用的,真不知道你们怎么想的!"我一想,也别跟他们胡扯了,转头要问雪莉杨,没等开口,雪莉杨就对我说:"对了,圆沙古城中那些陶罐玉盘上,不是也有鱼纹作为装饰吗?"

我说:"是啊,这地方的人肯定经常吃鱼,可在沙漠深处,哪儿来的鱼啊?"

胖子说:"呦,合着咱说的不是一件事儿啊?这话儿怎么说的,怎么想岔了?"

4

雪莉杨没理胖子,继续对我说:"毛乌素沙漠当年也曾有很多水草丰美的绿洲,或许在千年之前,这里有湖泊河流,如果没有足够的水源,绝对无法支撑规模这么大的城池。"

我说:"我看这座古城的形制结构,周围应该没有河流,因为一旦发生战争,敌军围住城池,城里的人只有坐以待毙,没了水源,一城军民都得活活渴死。所以凡是这种规模的古城,主要水源一定在城中。"

雪莉杨说:"城中的水源当然来自水井。"

大金牙说:"井里会有那么大条的鱼吗?"

雪莉杨说:"可能水井直通暗河,那正是咱们所要找的九条河流之一,只要从水井进入暗河,不仅可以避过风沙和那些盗墓贼,而且可以穿过暗河,直达西夏地宫!"

众人说到这里,精神均是一振,找到暗河,不仅意味着可以摆脱追兵，更重要的是可以补充饮水。但是古城已被黄沙埋了那么多年，又没有这圆沙古城的地图，如何确定水井的位置？

我说："这坟丘一般的大土台，位于圆沙古城正中，显得十分重要，这条甬道又一直向下，如果我所料不错，这下面一定直通暗河。"

一行人加快了脚步，以信号火炬的光亮开路，行至甬道深处，似乎进入了一座拱顶庙宇之中，至少有一个足球场大小。信号火炬的白色磷光虽然明亮刺目，也无法照明整座大庙。庙宇壁上涂了白膏泥，其上有一层一层的水波纹饰，而实际上这里并没有水，地面也有一层厚厚的沙土。

一行人不敢大意，手持金刚伞、工兵铲，一步一步走进去，高举信号火炬，照射四周。见四角各有一个大石台，周边分别彩绘人面鱼图案，风格奇异，前所未见。

每个石台上都有两个船形棺木，棺中是被鱼皮包裹的干尸，一个男子，一个女子，头部大致向东，均仰身直肢。裹住死尸的鱼皮，整体呈现卷曲云纹机理，边角部分采用细小鳞纹鱼皮拼接，之间用鱼线缝合，保留了鱼皮背鳍，被鱼皮紧紧裹住的尸体，仅露出头部，面目扭曲，仍保持着生前挣扎绝望的样子，凑近一看，十分骇人。

大殿正中是一个长方形的洞口，长约两米，宽约一米，洞口以巨石砌成，下面阴风阵阵，有一股恶臭，往下看，深不见底，也听不到水流之声。

胖子说："这是你们说的那口井？"

我说："八九不离十了，至少是暗河的入口"。

在我以往的观念里，井口都是圆的，长方形竖井则非常罕见，而且穿过这狭窄的竖井口，下面似乎是一个十分巨大的洞穴。

雪莉杨将信号火炬投入井口，只见那刺目的光团缓缓落下，目测从井口到洞底不下四五十米，我们背包里的绳索加在一起应该可以达到这个距离，而且可以确定的是，下面并没有水，暗河已经不存在了。大金牙颓然坐倒，伸舌头舔了舔干裂的嘴唇，他说："一人只有这么小半壶水，再找不到暗河，那真得渴死了。既然是死路一条，那我得先喝痛快了再说。"说着话，他拧开行军水壶的盖子，撒狠儿似的要喝这半壶水。由于太过激动，水壶掉在了地上，他赶紧爬起来，用舌头在沙子上乱舔，我揪住他衣服的后领子，将他从地上拽起来，推到一旁："你吃一嘴沙土，那不是更渴吗？"

胖子走过来说："老胡，走到这一步可没有回头路了，咱也别犹豫了，我先闭上眼下去，你在后面跟上。"他收起工兵铲，揣好狼眼手电筒，这就要放绳子下去。便在此时，忽听雪莉杨说："你们先来看看这个。"我转过头来，见她正用狼眼手电筒照向那摆放鱼皮干尸的石台。我和胖子大金牙走过去，不知这放了鱼皮干尸的石台有什么可看。我说："那几个干尸应该是在生前被人用鱼皮裹住，放在这座大庙中的，而风沙埋没了古城，城中军民均被活埋，所以没人再来理会他们，结果活活晾成了咸鱼，在这儿等死的滋味儿，只怕不大好受。"

大金牙说："这几个男女不知犯了什么过失，以至于受此极刑。"

胖子说："要我说这就是搞破鞋的，你瞧这一对儿一对儿的，不正好四对儿吗，一准儿让人捉了奸了！"

我说："你怎么想起一出儿是一出儿，凭什么说人家是搞破鞋的？不怕这儿阴魂不散，闹起鬼来咬你。"

雪莉杨说："你们不要乱猜，这是一座神庙，棺木中的干尸都是用来祭祀洞神的……生人之果！"

大金牙说："杨大小姐，我们这儿都快渴死了，能不能别再提什么果子了。"

雪莉杨说："生人之果是用来祭祀洞神的活人！"

大金牙说："那我就了然了，拿活人当成供果儿，原来这叫生人之果！"

我问雪莉杨："洞神是个什么玩意儿？还吃得了人？"

雪莉杨说："此处乃是古城中的一座神庙，从石台上的浮雕来看，千年以来，圆沙古城中的军民人等皆以这圣井中的群鱼为食。而在他们看来，那些鱼本该归洞神享用，因此要年复一年用鱼皮包裹着活人扔进圣井，以平息洞神的愤怒。"

我说："古代人就是迷信，哪儿有什么洞神，但是这圣井中既然有鱼，必定是一条暗河无疑，可见我们选择的路线正确无误。"

雪莉杨说："石台上八个包裹鱼皮的死尸，是准备扔下圣井给洞神来吃的。但这世上可没有什么神庙，扔下去的人落进暗河，多半让鱼群给吃了。人吃鱼，鱼又吃人，这大概就是古人对大自然最朴素最直观的认知。"

如今圣井下既没有暗河，也没有鱼群。我们却要冒死穿过这条暗河，前往西夏地宫，事不宜迟，应当立即出发。我一转身，又看到神庙壁上那密密麻麻的水波纹，心中不觉一动："当真是水波纹吗？"

当时并没有多想，又担心玉面狐狸带着廓尔喀人追进来，四个人当即连接长绳，胖子首当其冲，其余三人逐个顺长绳下到洞底。胖子拉开手中的信号火炬照明，但见脚下都是细细的流沙，一踩一陷，头顶几十米高处的岩壁形似穹庐，层层叠叠的巨岩皱褶，足以证明这里至少已经存在了上亿年。庞大的洞穴向前延伸，狼眼手电筒远远照不见尽头。

这个巨大而又深不可测的洞穴，形势虽然开阔，却异常闷热，洞中还浮动着一种刺鼻的腥臭。

我说："大金牙，你鼻子好使，你闻闻这是什么味？"

大金牙用鼻子使劲嗅了嗅，呛得他张口要吐，说道："胡爷，这儿是死鱼的腥臭味！"

我说:"洞中全是流沙,一滴水也没有,哪儿来的死鱼?"

大金牙说:"或许千百年前还有暗河那会儿,洞里那些死鱼的腥臭还没散掉。"我对大金牙的话不以为然,那又怎么可能?

雪莉杨取出罗盘,对照方位。洞穴呈东西走势,如果所料不错,只要往西走,就能抵达西夏地宫,她说:"这是一个大沙洞,往前走可要当心流沙。"

众人不敢掉以轻心,各自将长绳穿进腰带,四个人连成一串,分别装备了携行灯筒,小心翼翼地前进。

在前边开路的胖子自言自语:"又没有水,又没有鱼,这叫什么暗河?照这个情形来看,别说一千年前了,一万年前也不会有鱼,明明是一个巨大的流沙洞!"他只顾说话,踩到流沙上摔了一个大马趴。他怕陷进流沙赶紧挣扎起来,却觉着这沙子下边儿有东西,掏出来一看,不觉目瞪口呆。

我跟在他身后,看不见他从流沙中掏出了什么东西,见他惊得呆住了,忙问他发生了什么情况?

胖子说:"鱼……鱼……真他妈有鱼!"

第九章　沙漠中的鱼

1

我一听胖子在前面说什么鱼？心想他摔了一下，肯定没少吃沙子，脑袋里大概也进了沙子了。大沙洞里怎么可能有鱼，又想，有也只是鱼干，或者是鱼的化石之类的，我可没想到他说的是活鱼！

只见胖子从流沙中扒出一个大鱼头，那鱼嘴一张一合，奋鳍扬鳞，怒瞪鱼目，分明是一条鲜活的大鱼。胖子双手抓住鱼鳃，用力往上一提，拽出门板大小的一条鱼。这条大鱼，有前后两个背鳍，前大后小，尾鳍又短又宽，形如扫帚，鳞片均为褐色，鱼腹呈青色，额顶生有一个白斑。

如果在水下，三五个棒小伙子也摁不住这么大的鱼，此时被胖子从流沙中掏出，那条大鱼摇头摆尾，猛地甩脱胖子，掉落在流沙上，不住翻腾。我们四个人都看得呆了，一千个没想到，一万个没想到，沙洞里居然有如此大鱼，而且还是活的！

我心想："是不是有种我们没见过的鱼，只在流沙中出没？可那还能叫鱼吗？"

我打开狼眼手电筒，将光束照向那条鱼，怎么看那也是河里的鱼，落在沙子上，越扑腾力气越小，张口鼓鳃，就如同从河中刚打出来的鱼一样。所以这话又说回来了，流沙中不可能有鱼。

大金牙目瞪口呆，张开了口合不上，吐出了舌头缩不回去，下巴都快掉到地上了，使劲往自己腿上掐了一把："我这是不是在做梦？"

胖子问："疼不疼？"

大金牙说："肯定疼啊，哥们儿这是人肉！"

胖子挠了挠头说："那就不是做梦，我做梦可也没梦见过这么离奇的事儿！"

大金牙说："胖爷，不瞒你说，今儿个我也开了眼了，开天辟地头一次。"

我记得以前听人说过，有一次大风过后，撒哈拉沙漠从天上落下青蛙和鱼，那是龙卷风将河水中的动物卷到了天上，又从沙漠上空掉了下来。但这流沙中的大鱼，又是怎么回事儿？

古城下面的沙洞，并不存在水流的痕迹，流沙中的大鱼却像刚从水中出来，难道这是洞神在作怪不成？

大金牙躲在我和雪莉杨身后，战战兢兢地问："洞神该不会把咱们几个人当成果儿来吃了吧？"

我想告诉大金牙，这世上本无鬼神，可从流沙中扒出一条大鱼，这要说不是鬼神作祟，那又该如何解释？

这世上有两种理儿，一种叫科学，一种叫偶然。可以重复的叫科学，不可以重复的叫偶然。如果还能从流沙中扒出一条鱼，那就说明这至少是一种现象——我们以前没有见过的现象。

可还不等我们再伸手去扒流沙，周围几十处流沙突然隆起，成千上万的大鱼从流沙中冒了出来。鱼群形成了壮观无比的泉涌，无数大鱼跃上半空，又哗啦啦地掉落在地，一时之间，我们身前身后几乎没有立足之地，这景象不仅壮观奇特，更让人觉得毛骨悚然，放眼一看，狼眼手电筒能照到的地方，到处都有翻着白肚的鱼，大的小的，密密麻麻，几乎没有立足之地！

2

原来，古城下的暗河还在更深的地底，而暗河与上层沙洞之间有许多孔洞相连，每当一个特定时刻，喷发的间歇泉会将洄游的鱼群冲至上层沙洞，待间歇泉停止，流沙又会堵住那些孔洞。如此一来，成千上万的大鱼就都留在了这个沙洞之中，翻着白肚皮等死。四个人宛如置身在一片鱼群形成的汪洋大海中，看着那翻翻滚滚的大鱼，感觉头皮子直发麻。有的鱼泉喷上沙洞，形成了高达数丈的鱼柱，固然旷绝古今，看起来却也令人不寒而栗。

我们怕脚下也有间歇泉，落下去万劫不复，急忙踩着遍地的大鱼逃到沙洞边缘。转眼之间，鱼泉已不再喷涌，成千上万的鱼落在流沙上，挣扎着吐出最后几口活气儿，到处弥漫着鱼腥味。

众人见了这等情境，皆感触目惊心，半晌说不出话来。

过了良久，胖子说："这么多鱼都白白死了，那也太可惜了，咱们是不是可以让它们其中几条死得其所？"

雪莉杨问胖子："什么叫死得其所？"

胖子一拍自己的肚子说："进了胖爷这五脏庙，让它们早脱苦海。你们可有日子没尝我这手艺了吧，且看胖爷给你们露一小手儿！"

我一想也是，古城中风沙大作，玉面狐狸等人一时半会儿未必能追上来，我们疲于奔命，实在是跑不动了，正好趁这个机会让大伙儿歇口气儿。又见沙洞上方有一些干枯的树根，于是捡了几十根，找到一个隐蔽的位置，用胖子背包中的火油，在沙洞边缘的一块岩盘上拢了一堆火，随手捡了两条半死不活的大鱼，插在树枝上翻烤，沙洞地势开阔，岩盘耸出流沙数丈，如果玉面狐狸带领手下追上来，也不见得发现这个岩盘。

大金牙直流口水，可又有些担心，他说："以前的古人在这沙洞中取鱼，还得扔几个生人之果祭祀洞神，咱这儿白吃了两条鱼，该不会遭报应吧？"

胖子说："就你事儿多，老子在城里吃馆子都不给钱，吃两条鱼算什么！"

我说："你瞧你那点儿出息，到处白吃白拿白占，不觉得害臊吗？还有脸说！亏你平时还自称是有文化的人，简直是文明人不办文明事儿。"

胖子还谦虚上了："我那点儿文化，简直是破鞋跟儿——提不上。"说完他从背包里掏出两个行军水壶："光吃烤鱼咽不下去，最后这一壶半水咱们几个人分了得了。"

我接过水壶，递给雪莉杨，让她先喝，同时对她说："接下来可就没水了，找到水源那也是暗河里的水。"

雪莉杨说："你怎么又说这些怪话？暗河虽然在沙洞下面，但是显然在远古之时，沙洞也该是暗河的一部分，只不过水位降低了，往前走一定可以找到水源。"

大金牙从胖子手上接过另一只水壶，一仰脖儿，"咕咚咕咚"喝下最后几口水，感叹道："哎哟喂，我这干涸的心灵啊，都被自来水儿滋润透了，真得说是——如登九霄云里，欢喜不可形容！"

我寻思这鱼也该烤好了，可怎么闻不到肉香？鼻子里全是腐臭，呛得人透不过气来。

胖子早已等不及了，见那肥鱼烤得透了，发出"滋滋"的响声，馋得他直吧唧嘴，忙不迭用匕首扯下一条雪白的鱼肉，放在口边，使劲吹了几下，塞进嘴里狼吞虎咽。我凑近了一闻，这洞中腥臭虽重，可在近处还是能闻到烤鱼发出的那一股奇香，禁不住食指大动，也用刀扯下一条鱼肉。一刀下去，外焦里嫩，肥美多汁，味道称得上销魂蚀骨。大金牙饿急了眼，他也不怕烫了嘴，捧起鱼来一通狂啃。

雪莉杨只吃了几口，就咽不下去了，沙洞中堆积如山的大鱼几乎都死透了，这地方本来就非常闷热，再加上大量死鱼的腥臭，那味道实在让人难以抵挡。

大金牙也吃不下去了，他又想吃，皱着眉头咽了几口，又吐了出来。

我同样忍不住要吐，又舍不得那鱼肉鲜嫩，于是找张纸塞进鼻孔，闻不到那臭味儿，再吃鱼就没问题了。大金牙和胖子一看，也赶紧效仿。

大金牙说："原来胡爷你还有这高招儿，真令我等胜读十年书啊。跟在您手底下干活儿，得涨多大学问啊，累死也值了！"

胖子也说："老胡亏你想得出来，堵住鼻子吃鱼，这也是一大发明啊！"

我们三个正在那一边吃鱼一边调侃，雪莉杨似乎发现了什么，突然站起身。我们赶紧把手中的工兵铲抄起来，在岩盘上居高临下往周围一看，洞中只有弥漫的恶臭，以及堆积成一座座山丘的死鱼，并无其他异状。

雪莉杨说："这么多的鱼，在沙洞中死亡，即使都腐烂掉了，也不该没有留下任何痕迹。"

胖子说："都让洞神给吃了呗，它倒不嫌臭！"

大金牙一听胖子这话，不免有几分胆寒，沙洞中的死鱼何止成千上万，那得是多大一个洞神，才能把它们全吃下去？

3

我说："这么多鱼堆积死亡，可能会使腐烂加速，在下一次鱼泉现象出现之前就已经全烂没了，死鱼的腐臭对人不利，咱们赶紧往前走吧。"

话没落地，忽听这沙洞的洞壁上，传出细碎而又密集的响声，听得众人心中发毛。

雪莉杨说："注意！有东西来了！"

我一手握住工兵铲，另一只手举起狼眼手电筒，狼眼的光束穿过死鱼腐臭形成的雾气，照到洞壁上，只见从流沙中钻出一缕一缕的黑线，从四面八方汇成一片黑潮，又往死鱼堆积之处涌来。

那堆积如山的大量死鱼，一旦被黑潮吞没，就立即消失了。我们在岩盘上看得毛发直竖，流沙中钻出来的是什么东西？那东西显然个体不大，却成群结队，数量奇多，从远处望去，直如黑色的潮水一般。

我们在岩盘上往下看，流沙中一条条黑线汇成一大片黑潮，吞没了堆积如山的死鱼。同时发出密集而又刺耳的啃噬声，"喊哧咔嚓，喊哧咔嚓，喊哧咔嚓"。你听到这个声音，便会觉得身上每一根汗毛打战，四个人不约而同冒出了一个念头——这是古庙中的洞神？

但听咬噬之声由远而近，转眼到了我们立足的岩盘之下，大金牙魂不附体，抱头抖成了一团。雪莉杨又取出一枚照明火炬，扯掉拉环，扔下岩盘，刺目的光亮之中，但见沙洞底部已被黑色的潮水覆盖,一大团黑潮迅速升上岩盘,离我们越来越近。

雪莉杨将另一枚照明火炬插在岩盘上,我和胖子已将树枝捆成三个火把,扔给雪莉杨一个,三个人面朝三个方向,此时一只黑漆漆的大沙蟥当先爬上岩盘,足有一寸多长,腭牙攒动。胖子眼疾手快,手中火把往下一戳,直接将沙蟥摁在沙盘上。沙蟥是栖息在流沙之中的食腐甲虫,身体呈梭行,前方有两个扒沙的掘足,长满了锯齿,两个后足节粗而有力,背甲坚硬,虽不会飞,却有一对透明膜翅,在流沙下集群出没,生命力十分顽强。此时让火把烧到,居然发出"滋,滋"的尖叫之声。

我们三个人均知生死系于一线之间,困在这岩盘上真是插翅难逃,不过也多亏到了岩盘上来吃烤鱼,否则此时尚未走出死鱼堆积的沙洞。如果在下边遇上,那难以计数的沙蟥蜂拥而上,会在一瞬间将我们这几个人啃的连骨头都剩不了。流沙下的沙蟥以食腐为主,按说不会攻击活人。但我们在死鱼堆中走了半天,从头到脚都是死鱼的腐臭,沙蟥多半是将我们当成死鱼了!

三个人从之前隆起的火堆中抽出树枝,在岩盘周围结成一个火圈,凡是虫蛇,没有不怕火的,可是那岩盘太大,区区几根树枝形成的火圈,根本无法阻挡成群结队的沙蟥。我和胖子只好抡起工兵铲,将从火圈间隙爬出来的沙蟥一一拍死。被工兵铲拍扁的沙蟥,肢壳中流出奶白色的黏液,比那些死鱼的腐气还要腥臭。

我们三个人用火把和工兵铲拼命阻挡,但是仍有几只沙蟥爬到了大金牙身上。大金牙上蹿下跳,双手在自己身上乱拨,接连打掉几只沙蟥,却仍有一只钻进了他的口中。我和胖子、雪莉杨也只是勉强自保,此时此刻谁也腾不出手去救他。我心中一寒,大金牙要归位了!

可我忽视了一个人求生的欲望,眼看着沙蟥就要从大金牙的口中爬进他的肚子里。大金牙也是狗急了跳墙,人急了拼命,在这千钧一发的紧要关头,他居然张口一咬,在沙蟥从他口中钻进去的一刹那,用牙咬住了那只大沙蟞，但听"咔"的一声响，已将大沙蟞咬成两个半个，只见那沙蟞一时并未死绝，两条后足仍在大金牙的嘴边乱蹬，奶白色的黏液从大金牙口中淌出。我在旁边见一眼看见，实在忍不住，"哇"的一声，将之前吃的鱼全吐了出来。

4

胖子用工兵铲拍死面前的两只沙蟞，手忙脚乱之余还不忘了幸灾乐祸，对大金牙说："这可全是高蛋白啊！大补！"

沙蟞虽然无毒，却毕竟是食腐之虫，大金牙张口吐出那半截虫子，整条舌头乌黑，嘴唇肿起老高，一个字儿也说不出来。

此时，拥上岩盘的沙蟞已经多得数不清了，我们四周用树枝组成的火圈，有的即将熄灭，有的已被蜂拥而来的沙蟞压灭。胖子做困兽之斗，将背包里的几盒火油全泼了出去，这才勉强将沙蟞挡在火圈之外。我想起当年祖师爷传下的话——"摸金校尉合则生，分则死"，大概也没料到有此一劫，雪莉杨从背包中掏出一捆炸药，那是之前马老娃子落下的。我明白她的用意，宁愿炸成碎片，也不想被大群沙蟞吞噬。我立即掏出她之前送给我的一个Zippo打火机，随时准备点火。我看看雪莉杨，又看看胖子，最后的时刻已经到了！

火圈迅速变暗，眼看就要被黑潮吞没，正当众人绝望之际，忽听那些沙蟞振动翅膜，退潮一般向后退散。

我心中大喜，却不明所以："沙蟞怎么突然退散了？"转头一看，雪莉杨也一脸的疑惑不解。

胖子说："大概咱仨人身上的死鱼味儿都散尽了，沙蟞只吃腐尸，不愿意对活人下口。"

我提起自己的衣领，放在鼻子前闻了闻，仍有一股死鱼的腥臭，但是不管怎么说，这条命终于捡回来了。

雪莉杨说："沙洞太危险了，咱们要尽快往前走！"

胖子拽起大金牙，问他："这味儿怎么样？"

大金牙舌头麻了一半，含混不清地说："胖爷，这味儿真绝了！"

我说："各位别在这儿歇晌儿了，该往前走了！"

拔腿要走这会儿，又听沙洞四周传出一阵阵怪响，震得头上流沙纷纷落下。众人无不大骇，是这沙洞要塌了，还是有什么大家伙要出来？而且这响声不止一处。胖子往前扔出一枚信号火炬，四个人探头往岩盘下一看，均是倒抽一口冷气儿。

只见从沙洞岩裂中出来了几个庞然大物，大金牙说："胡爷，那是……那是……龙！"

信号火炬照明范围之内，能看到的便有两三头，那都是头上有角的怪物，四肢粗如梁柱，头部色呈土黄，身上皮甲如岩，张口呵气，竟发出铿锵之声。在过去来说，头上有肉角的蛇是龙，实乃地底食腐兽，皮甲坚硬，不异于岩石，双目已经退化。

它们在地上匍匐而行，吐气成云，这东西似乎是这成群沙蜥的天敌。成群结队的沙蜥发觉这地底的巨大食腐兽出来，立即一阵大乱，四散逃开。仝身皮甲坚如岩石的地底食腐兽，爬行异常缓慢，但它们的舌头很长，长舌往前一卷，便将成百上千的沙蜥卷入口中。

在这个与世隔绝的地底大沙洞中，虽然看似一片沉寂，除了流沙便是流沙，可在这流沙之下，竟有一个古老的史前生态系统，沙洞中的鱼泉，因腐烂发臭，引来数以万计的沙蜥，而这些沙蜥又为潜伏在地底的食腐甲龙提供了食物。

我招呼其余三人："这可不是看热闹的时候，趁这机会赶紧往前走！"一行人下了岩盘，避过流沙快速前行，忽见一头硕大的食腐甲龙从沙洞边缘探出头来。

可能在它看来，我们这几个人与一般的蝼蚁并没有什么分别，它浑浑蠢蠢，大口一张，一条黏糊糊的大舌头就朝我们卷了过来。

胖子见地底食腐甲龙吐出长舌，顺手将手中的信号火炬向那舌头揿去，信号火炬是照明用的磷火，触到那黏糊糊的大舌头，"哧哧"冒出灼目的白色烟火，那巨型食腐甲龙恍如不觉，长舌仍向这边卷来，胖子连忙趴下，躲过了那条大舌头。

雪莉杨手中还有那捆炸药，我赶紧用Zippo打火机点上引信。雪莉杨抬手往前一扔，刚好被那巨型食腐甲龙卷进口中。

这东西身上有一层厚厚的岩皮，用猎枪也难以击穿。可他将炸药吞进肚里，等于是从里边炸了一个血肉模糊，但听"砰"的一声闷响，巨型食腐甲龙被掀起半米多高，又重重落在地上，从裂开的皮甲中淌出鲜血。

此时其余的巨型食腐甲龙已将洞中沙蝼吃了个七七八八，可能再多也吃不下去了，开始缓缓后退。

却见流沙边缘又出现了无数个漩涡，四个人心惊肉跳，又有什么玩意儿要出来了？

大金牙胆战心惊地问我："胡爷，怎么办？"

我说："怎么办？逃吧！"

胖子说："逃跑可一直是咱的强项，高手全在这儿了，哥儿几个把丫子撒开了，跑吧！"

5

说是要逃，却已无路可走。前后左右都是流沙形成的漩涡，我握着工兵铲的手已经捏出了一把冷汗。借着信号火炬的光亮往前一看，前方流沙中出来一个大活物儿，并无头面手足，腹中獠牙如钩，约有米斗粗细，一丈多长，赤红如血，并有一节一节的金环。而从其他流沙漩涡中出来的东西，也都与这金环怪近似，喷吐出的雾气，形状千奇百怪，或赤若朱砂，或绿如青铜，或白如素练，色彩斑斓，炫人眼目。触人肌肤，便即刻麻木肿胀，如受刀割。

胖子说："这东西怎么长得跟蚯蚓似的？"

我说："蚯蚓可没有这么大的一条，长这么大个儿，那可就不吃土了，该吃人了！"

雪莉杨说："这是金环沙虫，当心它有毒！"

我此时方知，干尸庙壁画中的波纹，暗指沙漠中的死亡之虫，但见四周的金环沙虫多得数不过来，贸然前行很容易遭到攻击，于是对其余三人一招手，迅速退到沙洞边缘的岩壁之下，沙洞的两边有许多岩盘，如果能够上到高处，借助地势，或许可以凭借地形脱险。

金环沙虫纷纷从流沙中钻出，将那几只巨型食腐甲龙围住，吞噬甲龙的血肉。甲龙岩皮虽厚，但一碰到金环沙虫，岩皮就立即腐烂，几百条金环沙虫便钻进其中，吞血嗜肉。顷刻之间，已有两三头巨型食腐甲龙变成了空壳。

我们刚退到洞壁之下，一条金环沙虫绕行而至，昂首直立，它的口部在身子两端，张开布满钩牙的血盆大口，洞见腹腔，从中滴下浓绿色的毒液，落在岩盘上，立即将岩盘腐蚀出一个个坑洞，比硫酸还要厉害。

我和胖子见那金环沙虫接近，各自握住工兵铲，准备一铲子削过去。雪莉杨忙做了一个都别动的手势，这东西看不见，闻不到，它是通过从沙子上传来的振动定位目标！

雪莉杨说的没错，那几头食腐甲龙退得快的，一旦进了岩裂，金环沙虫便奈何不得，退得慢的，都被金环沙虫吃掉了。而我们用炸药炸死的那条食腐甲龙，却还血肉模糊地半埋在流沙中，没有一条金环沙虫去吃它的血肉。我们屏住呼吸，站在原地，一动也不动，那条金环沙虫果然绕过我们，往别处去了。

我指望金环沙虫赶紧吃光了食腐甲龙，赶紧钻回它们的巢穴。没想到怕什么来什么，大金牙在这会儿又犯了喘了，立时有几条金环沙虫发觉这边有东西，掉头奔我们来了。胖子一铲子削出，那工兵铲何等锋锐，"呼"的一声响，将当先一条金环沙虫削成两截，金环沙虫没有绝对意义上的头，一分为二，就变成了两条，分别张开勾牙密布的洞腹向我们袭来。

此物在流沙上行进奇快，一晃就到了近前，众人见情况不妙，拔足便跑，跃上一块较高的岩盘，将金环沙虫甩在下面。四个人还觉得不放心，又上了另一块更高的岩盘，高耸的岩盘，乃系亿万年前，水流将岩柱冲刷而成，下边细，上边粗，壮如伞盖。那金环沙虫只能在流沙中窜行，这么高的岩盘它们可上不来。众人正自庆幸，却见金环沙虫口中吐出的绿色浓酸，在岩盘底部腐蚀出一个个深坑，岩盘顿时摇晃不止，随时都会向下倒去。

众人见这岩盘要倒，均是面如土色，人生自古皆有死，这回死得不好看！

6

正在这个时候，忽然听得几声巨响，沙洞中冒出一大片火光，上百条金环沙虫被烧成火蛇，四处乱窜，发出一股焦臭味儿，其余的都钻进流沙逃走了。

原来是玉面狐狸带领手下到了，她下令让廓尔喀人扔出几枚燃烧弹，赶走了金环沙虫。我借着燃烧弹冒出的火光，可以看到马老娃子和尕奴也在那边,心想:"这老家伙,当真命大,胖子那一屁股,居然没把他坐冒了泡!"

胖子说:"真没承想,倒让这帮人给咱解了围!"

我说:"你想得美,对方是怕西夏金书被沙虫的浓酸毁掉!"

话没说完,岩盘已经塌了,好在下边全是沙子,掉下来也无大碍。我翻身而起,一看对方那些人冲过来了,忙让胖子背上犯了喘的大金牙转头就往前跑。别看胖子平时总挤对大金牙,可他还真舍不得把大金牙扔了,要么以后他挤对谁啊?

我跑出十几步,猛地打了一个愣:"坏了!装黑驴蹄子的背包忘了拿,还扔在倒掉的岩盘之下"。对方离我们尚有一定距离,我让雪莉杨带着胖子和大金牙先往前跑,我回头去捡背包,因为摸金校尉倒斗不能不带黑驴蹄子,没了黑驴蹄子,进西夏地宫的胆子就不够壮。刚捡到背包,忽觉脚下一沉,再想拔腿可拔不出来了,我惊出一身冷汗:"糟糕!陷进流沙了!"

沙洞下面应该存在多处孔穴,所以下层暗河的间歇泉才会将鱼群带入沙洞。间歇泉停止喷涌之后,洞中的流沙又会将这孔穴堵住。如果有人走到这上边儿,会因自身的重量,陷进这个孔穴,要在流沙中拽出一个人,至少需要四五个人,凭我自己是万万难以脱身!

此时,雪莉杨、大金牙、胖子三人已经跑出了几十步,回头往这边一看,见我在流沙中陷住了,雪莉杨就想回头接应。

而在后面追来的玉面狐狸等人距离我也只不过三五十步,只要其中一个廓尔喀人开枪,我这条命就交代了。

我急中生智,向玉面狐狸等人来的方向抛出装有黑驴蹄子的背包,口中叫道:"西夏金书在此!"谁也没想到的是,刚才那几枚燃烧弹惊走了洞中金环沙虫,金环沙虫四处乱钻,将流沙下脆弱的岩层钻得千疮百孔,沙洞中忽然震响不绝,洞顶的岩盘接二连三地落了下来,那些廓尔喀人发一声喊,四下逃开。玉面狐狸却只顾抢夺那个背包,别人都在逃命,只有她快步上前,一伸手抓住了背包,怎知脚下也是一陷,落入了流沙。没等尕奴过来救她,她已拽住背包陷进了流沙深处,流沙眨眼没过头顶,只留下一个不住打转的漩涡。而我刚才扔出背包用力过猛,身子也在迅速下沉。

转眼之间,流沙没顶,口鼻耳朵之中全是沙子,闷住了一口气喘不上来。我心说:"罢了,原来我也是死在这里!"

我在流沙之中持续下沉,没过多一会儿,忽觉周围一空,竟已穿过沙尘下的孔穴,掉进一个空洞,落在阴寒刺骨的暗河之中。那暗河波涛汹涌,宽阔得不见边际,人被水流冲得不断打转,忽上忽下,我身上只有一个便携灯筒,光亮小得几乎可以忽略不计,如同萤烛之光,落进了黑暗的大海。

我连喝了几口冰冷的地下河水,这才清醒过来,心想:"上面的沙洞岩盘崩塌,不知雪莉杨、王胖子、大金牙三个人能否躲过此劫,只要不被乱石砸在下面,那些廓尔喀人未必追得上他们。"

我在暗河之中顺流而下,脑子里胡思乱想,忽然见到不远处有一个信标灯忽明忽灭,我浮水过去一看,原来是玉面狐狸仰面浮在水中,已被呛得半死,意识全无,肩上的信标灯一明一灭。我从后面托起她的头,划水摆脱激流,上了洞壁边缘的一块巨石,思来想去,终究不能见死不救。我寻思我跟她倒也没什么深仇大恨,为了一个西夏金书至于吗?西夏金书中有打开密咒伏魔殿的秘密,也关系到雪莉杨祖上世代供奉的圣物!雪莉杨才是明月珠真正的主人!等将来她过门儿的那一天,明月珠还不是她的陪送?换句话说,往后那就是我家的东西了,当然不能让你玉面狐狸抢了去!除此之外,双方之间并没有什么死过节儿!而玉面狐狸又是武装盗墓团伙的首领,我先将她扣住,从暗河带到西夏地宫,不怕那些廓尔喀人不把枪放下!

我打定了主意,将玉面狐狸拖上巨石,一看她手中还紧紧拽着我那个装了黑驴蹄子的背包,心说:"可真是人为财死,鸟为食亡!西夏地宫中的明月珠再好，那也不值得赔上小命儿！"随即将她身子放平，又掐人中，又按胸口，忙活了半天，可她还是没有呼吸。我一想这该怎么办呢？毕竟是人命关天，我可理会不了那么多了，必须对她做嘴对嘴的人工呼吸！

可正在此时，玉面狐狸咳出一口水，从昏迷中醒了过来。她见我趴在她身上，又羞又急："姓胡的，你要干什么！"

我忙摆手说："我可什么都没干，我这是……"

玉面狐狸不等我说完，抬手一记耳光抽来。

我左手一挡，抓住她的手腕，怒道："你怎么如此暴躁？"

玉面狐狸说："姓胡的，你几次三番羞辱我，不宰了你，难解我心头之恨！"

我说："我看你掉进暗河，把你救上来，你倒把好心当成驴肝肺，我堂堂七尺男儿，一把扳不倒的汉子，我羞辱你做什么！你以为你长得好看？"

玉面狐狸说："早觉得你对我不怀好意，你头一次见了我就色眯眯地往我身上乱看，如今又想趁机轻薄于我！"

我越听越生气："什么叫色眯眯？看你两眼你又怀不了孕，简直是血口喷人！"

玉面狐狸不再说话，她低头一看，见到那个背包，立即抢在手中，同时从背后抽出一柄鱼尾弯刀。

我说："看看你这双无知的眼，我真不忍心再蒙你了！那个背包里没有西夏金书，东西揣在我身上！"

玉面狐狸打开背包，一看果然没有西夏金书，她手持鱼尾刀，对我上下打量，可能是想看看我将西夏金书塞在了何处，伺机过来抢夺。

我并不将她放在眼里，对她说："高山走俊鸟，跟在别人屁股后边儿转的那是狗，你说你跟条疯狗似的追着我咬，死不松口啊，究竟为了什么？就为了西夏金书？"

玉面狐狸说："我看中的东西，还没有到不了手的。"

我说："那个玩意儿有什么了不起，真比你的命还值钱？事到如今，你不想想你的处境，还惦记抢夺西夏金书？"

玉面狐狸退后一步，往左右看了一看，问道："这是流沙洞下的暗河？"

我心想："她还是有些个见识的，一到此处，就看明了这里的地形。"我对她说："陷入流沙居然没死，那已是命大，但这暗河与世隔绝，你有天大的本领也逃不出去！"

玉面狐狸脸上稍稍变色，反问道："你不是也逃不出去吗？"

我说："我可不想跟你死在一处，也不看胡爷我是谁，暗河虽深，可也困不住我！"

我正同玉面狐狸吹着牛掰，就见远处那暗河中射过来一道强光，我吃了一惊，显然是又有人从沙洞上下来了。雪莉杨、大金牙、胖子他们三个人身上，可没有这种强光探照灯，显然是玉面狐狸手下的廓尔喀人！如果只是玉面狐狸一个人，我还不在乎，她那些手下却不好对付，我是不是该三十六计走为上策？

玉面狐狸也看见了那道强光，她对我说："你趁早交出西夏金书，饶你一条狗命！"

说话这会儿，暗河中的强光越来越近，那炫目的亮光，仿佛大地张开了瞳孔，从莫名的深处望过来，深邃、神秘、诡异！

第十章　死亡是一条河

1

　　暗河中莫名出现的发光源，绝不是探照灯和手电筒，而是一种冰冷的荧光，亮如明月。玉面狐狸也看出那不是廓尔喀人的探照灯，预感到有危险，她连忙捡起鱼尾弯刀。我们二人顾不上再拼个你死我活了，捡起背包，躲进一条岩裂。却见那个巨大的发光源，缓缓沉入暗河，眨眼又不见了。

　　我松了一口气，这才发觉，那岩裂十分狭窄，我和玉面狐狸两个人全身上下都是湿漉漉的，挤在一起，我隔着衣服接触到她柔软的身子，心中不禁有些异样。

　　我对玉面狐狸说："你不是想要我的狗命吗，怎么直往我怀里钻？"

　　玉面狐狸的脸"腾"地一下红了，抬手就是一刀，我将身子向左一侧,稍稍避过她的来势,右手按住她握刀的手腕,擒住往下一拧,喝一声:"撒手!"玉面狐狸的鱼尾刀应声落在岩石上。她手腕被我扭住,疼得直吸凉气,忍不住落下泪来。

我心想:"打不过怎么还哭上了?"只好把她放开。怎知她抬手又是一记耳光打向我,我和她离得太近,又看她眼中含泪,好似梨花带雨一般,没料到她突然动手,脸上"啪"地挨了一下,打得我眼前直冒金星。玉面狐狸捡起鱼尾刀,傲慢地挺直腰板儿,转身走了出去。我有心发火儿,又不能摁住她揍上一顿,只好不再理她。

我一看此地不宜久留,打开我的背包,点了一下装备,只有三个黑驴蹄子,两包压缩饼干,一支狼眼手电筒,一捆信号火炬,一个空的行军水壶,以及工兵铲。背包上配有浮漂,所以落在暗河中也没有沉下去。但这暗河无边无际,水势浩大,我如今落了单儿,仅仅凭一个绑有浮漂的背包,如何脱身才好?

我打开狼眼手电筒往周围看了看,正应了那句话:人不该死总有救。不远处的岩石上,有一个船型棺木,只是空棺,以鱼皮缠住的死尸,并不在棺中。

圆沙古城干尸庙下的暗河,分为上下两层,由于水位下降,上层已经成了积满流沙的洞窟,下层暗河幽深湍急,边缘布满了层层叠叠的巨岩。当年从干尸庙中抛入圣井祭祀洞神的棺木,也有若干穿过流沙,落入了暗河。那棺木都是整根沙柳,从中掏出人形,沙柳浮力甚强,正好用来渡河。我将背包扔进棺槽,使尽全身的力气,要将棺木推进暗河。

忽听玉面狐狸在我身后说:"你要把我扔下?"

我转头看了她一眼,说:"你我不是一路人,走的不是一条道儿,暗河中还有别的棺材,各走各的为好。"

玉面狐狸服软说:"我不会水,你带上我,我告诉你西夏金书的秘密！"

我一听这话，俩眼珠子一转："西夏金书中有什么秘密？你先说了，我再带你走！"

玉面狐狸还没开口，忽见暗河中那个巨大的光源又出现了。

我见情况紧急，只好先让玉面狐狸上了木棺，不过我也明确地告诉她："不要想跟我玩儿什么花样，胡爷我往外掏坏的时候，你还不知道在哪儿呢！我身上的西夏金书你也别想看上一眼，怕你一看走不动道儿了，八匹骡子六匹马拉不回去！"

紧接着我用工兵铲在岩石上一撑，木棺落在暗河上顺流而下。二人乘在木棺上随波逐流，在湍急的河流中持续迅速向前。如果我所料不错，暗河的尽头便是西夏坛城，供奉金阙明珠的密咒伏魔殿，同时也是西夏妖女的墓穴，但是很难估计距离，只盼雪莉杨、胖子、大金牙三人也能脱险，抵达那座深埋山腹的地下宫殿。玉面狐狸之前说只要我带上她，就会告诉我西夏金书中的秘密，可她一直也不吭声，我也不想去问，明知问了对方也不会如实相告，而且玉面狐狸也未必全部知道。如若她已经洞悉了其中的秘密，那就没必要抢夺这个西夏金书。西夏金书共有四幅图画，其中三幅的信息不仅玉面狐狸知道，我也知道，只有最后一幅图画——永恒的死亡之河上，两个无脸鬼捧起一个黄金棺材。其中似乎隐藏了打开西夏地宫的秘密，必须揭开这个谜团，才可以进入密咒伏魔殿！

我打头儿想了一遍，又往前抬头一看，见玉面狐狸在前面瑟瑟发抖，两手紧紧抓着木棺，看来她确实不会水，这倒不是装的。

我吓唬她说："你在江湖上好歹有个匪号，手下也不少，是不是没想过会有今天？我可提前告诉你，上了我的船你就得听我的，我让你怎么着，你就得怎么着，别想跟我玩儿什么哩格儿楞，否则让你吃板刀面，要么就吃馄饨！"

玉面狐狸问我："板刀面怎么吃？馄饨又怎么吃？"

我说:"板刀面是我一刀剁了你!馄饨是我直接给你扔河里去!"

玉面狐狸说:"我看你只是咋呼得凶,却不愿意杀人。"

我说:"那你可看走眼了,你也不出去打听打听,我在潘家园儿是什么名号——戳破天的大旗杆子!话虽有点儿悬,能耐不含糊!你是不是以为我能混到这个地步,是光凭我长得英俊?那你可就大错特错了,我这也是拿脑袋拼出来的,如若不是心狠手辣杀人如麻,我敢吃这碗饭?你要是凡尘俗世待腻了,你尽管言语一声,今儿个我发送你一场!"

玉面狐狸扭过头来看了我一眼,泪水在眼眶中打转,她又回过头去,轻轻地发出一声叹息。

我一看这路子不对啊,她怎么还委屈了?不过这么一来,我也不好再吓唬她了。

过了许久,玉面狐狸叹了口气,才开口说:"其实……其实我与你真的没有什么过节儿,只是我必须从西夏地宫中带出明月珠……"

我说:"那也不必说了,各有各的苦衷,谁生孩子谁知道肚子疼。"

玉面狐狸嗔道:"人家好好跟你说,你怎么不听呢。"

我心说糟糕,这会儿怎么连称呼都变了,不说你我了,说成"人家"了!这个"人家"是干什么吃的?我只好对她说:"那你说吧,你为什么要明月珠,不是那些境外财阀出大价钱让你来盗墓取宝吗?"

玉面狐狸低下头说:"我祖上家世显赫,但我父母早亡,自幼是祖父将我带大,前几年他老人家在一次事故中撞到了头……"

我心说:"你祖父不也是个盗墓的老土贼吗,是不是掉进哪座古墓里摔坏了脑壳?"这话我只在脑中想了一下,却没说出口。

这时玉面狐狸继续说道:"西夏地宫中供在密咒伏魔殿中的明月

珠,又称上清珠,那是一件稀世之宝,根据史书记载,人若有所忘,以手抚此珠,则前尘往事历历在目。我祖父头部受损,只有这明月珠才救得了他。所以,不论付出什么代价,我也要在西夏地宫中找到这枚明月珠。"

我说:"原来是这样,怪不得你如此执着。"

玉面狐狸说:"你能体谅我的苦衷便好。"

我说:"我可以体谅,非常之可以体谅。"

玉面狐狸说:"之前是我不好,如今咱们一同落进暗河,多亏你仗义出手,我才没做了这水下之鬼。"

我说:"既在江湖混,都是苦命人,岂有见死不救之理!"

玉面狐狸说:"我可真不知道怎么报答你才好!"

我说:"你想怎么报答?"

玉面狐狸柔声说:"救命之恩,恩同再造,你想让我怎么报答,我都听你的。"

我说:"既然话都说到这个份儿上了,我也不想再死皮赖脸地非要冒充正人君子了。"

玉面狐狸嗔道:"胡哥,你太坏了!"

我一听不好,糟了个大糕,称呼怎么又改了?已经不说"人家"了,改叫"哥"了!

我对玉面狐狸说:"坏人肯定有,不过应该不是我。"

玉面狐狸说:"那是谁啊?"

我说:"明知故问,总共就俩人,不是你就是我。"

玉面狐狸说:"你就喜欢说胡话,真听不明白你在说什么。"

我口中同她对付,心中却说:"你这是跟我揣着明白装糊涂,看来你真不认得我是谁!纵观当今世界,阶级敌人人还在心不死,我一刻也没放松过警惕,连睡觉都睁一只眼,我会相信你这套鬼话?"想到这儿,我对她说:"刚才听了你的身世,我感同身受,我也曾经年少爱追梦，要是说起我的故事，三天三夜也说不完，既然你提起明月珠，那我就不得不说一说我的祖父，说到我的祖父，我真是有一肚子的苦水儿要诉。我们家老太爷，从三岁就给地主放牛，十岁出去放牛的时候，被日本鬼子用刺刀挑起来，摔死在了大石头的上面，留下我太奶奶，含辛茹苦，一针一线缝穷把我爷爷带大。我爷爷小时候那叫一个苦啊，可他从小就要强，从小就发奋为中华之崛起而读书，好不容易当上了人民教师，教了好多学生，桃李满天下，真得说是吃下去的是草，挤出去的是奶，可他打小营养不良，最后挤奶挤太多了，挤成了乳腺炎，我全世界打听遍了，只有上清珠才能治他的乳腺炎！"

玉面狐狸听到这儿又扭过头来，幽怨地望了我一眼，说道："胡哥，你太讨厌了！你爷爷知道你这么说他老人家吗？"

我说："我爷爷打小就告诉我一句话——做贼的心虚，放屁的脸红！"

我们二人正在你一言我一语，互相挖苦对方，暗河中突然亮了起来，那光亮自下而上，迅速接近，我和玉面狐狸都是一惊，一股寒意从脚底心直贯顶梁门，一个握紧工兵铲，一个拔出鱼尾刀，只听"哗"的一声水响，从水中跃出一条头上发光的大鱼！

2

巨鱼从暗河中一跃而起，从头到尾足有三丈多长，鳞片呈一种近乎透明的淡蓝色，头上一个发光器，有如头顶一轮明月，我和玉面狐狸二人瞠目结舌，眼睁睁看它从头顶掠过，竟发出"呜呜"之声，带起的水将我们都淋透了，巨鱼腾空落下，几乎将浮在河上的木棺掀翻，巨鱼似乎并无攻击之意，但它在暗河中形成了一个大旋涡。木棺绕旋涡打转，我急忙用工兵铲划水，想要从旋涡之中逃脱。红柳木棺剧烈摇晃，玉面狐狸一个没抓住，翻身落在水中，她肩上有信标灯，使用化学光源，遇水即亮，一明一暗，闪烁不定，周围虽然一片漆黑，我仍是可以看到她的位置。

我心想："玉面狐狸这个狐狸精，口中没有一句实话，活神仙碰上她都得吃她算计了，让她在这儿淹死也好。可还是那句话，既在江湖混，都是苦命人，我不可能见死不救，何况还要以此要挟她的手下。"这个念头在脑中一闪而过，我立即伸出工兵铲，让她抓住，用力将她拽上木棺，又用铲子在水中一通猛划，逃出了巨鱼出没的水域。

玉面狐狸二次落水，又死里逃生，趴在木棺中吐了几口河水，兀自惊魂未定，忽然转身，一头扑在了我怀中，说："胡哥，你又救了我一次！"

我说："你给我坐好了，听我说，我救过的人多了，可这其中也有很多人，根本不值得我伸手，只值得我伸脚，所以你也不用鸟儿炸窝似的大惊小怪。"

玉面狐狸说："说真的……"

我心想："嗯，这才要来真的，合着之前全是假的？"

但听玉面狐狸说："说真的……其余的人生死不明，咱们从这条暗河一直前进，必定会抵达西夏地宫，有一个秘密我要提前告诉你，否则你我均死无葬身之地！"

我寻思："如此重要的事情你会好心告诉我？好吧，我就当是雷锋同志又复活了，听听你说的这个秘密到底是什么？"

玉面狐狸说："大夏有山，山中密咒伏魔殿，以金阙明珠供奉伏魔天尊，但是伏魔天尊的巨幅壁画是不可以看的，任何人见到那幅壁画，都会立即变成永恒死亡之河中的活鬼。必须破解西夏金书中的谜团，才能打破这个诅咒。"

147

我说:"人要是活着,那就不能叫鬼,要是当了鬼,那就不说是活的,怎么叫活鬼呢?"

说话这时候,暗河水势趋于平缓,而洞穴的走势更为开阔,似乎进入了一个地下湖之中。地底洞穴之中生长着无数长尾萤火虫,在洞中漫天飞舞。岩壁上栖息的长尾萤火虫,自然垂下发光的尾部,像无数条长短不一的半透明细丝,从洞顶倾泻而下,极像晶莹剔透的水晶珠帘,使整个洞内熠熠生辉,灿若繁星。水平如镜,如果不用铲子滑水,木棺便停止不动。萤火虫多得难以估量,有的盘旋飞舞,有的落在洞顶,星星点点的荧光倒映在水面上,将地下湖映成了一片深邃的幽蓝色。四下里幻光浮动,木棺如同航行在璀璨的星空之中,上下左右尽是幻化的星光。此时船底又出现了几轮亮如明月的光源,那是栖息在深泉中的大鱼,正在暗流中潜行,头顶的发光器,发出阴冷的光芒,好似几轮明月在星河中升起。此等光怪陆离的奇异景象,我之前从未见过。

玉面狐狸触景生情:"从圆沙古城遇到大风沙,逃入古城干尸庙,又落进这条暗河,真可以说是两世为人。我到这会儿才明白,争名夺利没有任何的意义,与其等到死后才感到失落,不如趁还活着,好好相爱一场!"

我心想:"在我面前说这个,简直是穆铁柱面前比高低——你还差得远呐!"当即对她说:"光阴瞬息,岁月如流,人生几何,安能常在,你看万里黄河今犹在,古往今来尽是空,历数世间多怪事,高山为谷海生尘,观棋不语真君子,把酒多言是小人,我就这么多词儿,全给你扔这儿了。"

玉面狐狸说:"胡哥,你真没听懂我在说什么吗?"

我说:"懂不懂不要紧,只是这西夏金书决不能让你看!"

玉面狐狸说:"你还是不信我的话吗?如若不解开铁盒中的谜团,我们到了密咒伏魔殿之中难逃一死!"

我说:"我还就不信了,说什么看一眼伏魔天尊壁画会被吓死,我挂符摸金,寻龙取宝,开过多少棺材,见过多少粽子,眼睛也不曾眨过一眨,我倒真想看看有什么东西能把我吓死。"

玉面狐狸说:"别说这样的话,你死了让我怎么活?"

我说:"我倒让你给吓死了,我是死是活与你有何相干?"

二人夹缠不清之际,木棺已行出地下湖,暗河走势再次变得奔涌咆哮,水声如雷。暗河前方的走势急转直下,我听水声不对,忙与玉面狐狸将木棺划到边缘,向前一看,暗河跌入一个直上直下的深洞,我从背包中取出一枚信号火炬,扯掉拉环向下一扔,明亮的烟火不住下落,一个庞大洞穴迷宫的垂直通道,自上而下从黑暗中浮现出来,那是在无穷的岁月中由水流侵蚀形成,暗河奔流而下,仅如一道白线,雾气缭绕,幽深莫测。

我们几乎已经触摸到了传说中西夏王朝的"密咒伏魔殿",但是谁也说不清在这个古老传说的尽头——究竟是"仙境"还是"魔窟"?

3

一条暗河穿过绝壁直坠迷雾,由于这洞穴过于巨大,从高处居然听不到落水之声,我和玉面狐狸攀下绝壁,赴水向前。从风水形势上来说,这就是"九龙照月",九条河流从四周注入这个大洞,虽然有的河流已经枯竭,但这形势尚在,《十六字风水阴阳秘术》之中曾有记载:"九龙照月"埋的是女子,帝主人王不当此葬。可见西夏地宫中确实葬了一个女子,至于是不是"妖女",我还无从判断。

而在这黑茫茫的水中,有一座规模宏大的宫殿,狼眼手电筒照明距离不过二十余米,两边不见尽头,往上看也看不到顶,简直跟一座山似的,外壁走势似成圆形,而且那是三合土,坚厚无比,工兵铲凿上去,只能凿出一道白印。

玉面狐狸说:"西夏地宫是坛城结构。"

我记得《十六字风水阴阳秘术》佛字一篇中,提到过坛城墓室,地宫外形有如土坛,在佛教传说之中,土坛是降魔的法阵,应该有六座石门,暗指六道,天、人、修罗为三善道,畜生、恶鬼、地狱为三恶道,看来玉面狐狸倒不是信口开河,由于这是一座土坛形地宫,所以我们往任何方向走,都可以找到入口。

二人绕行百余步,就见一座巨大的拱形石门,嵌在这土壁之中,石门上一左一右,是两个怒目圆睁的金刚,手执三棱降魔杵,相对而立,胯下各有一头猛兽,猛兽口中衔有一个恶鬼的首级,踏在无头尸鬼之上,当中是一个"神、鸟、鹿"盘旋合一,首尾相衔的图案,象征生死轮回,周围饰以卷云纹。

无首尸鬼以下的部分都没在水中,仅是水面以上的石拱门就高逾五六丈,系一整块巨石从中分开雕凿而成,闭合紧固,又以铁水浇注,几百个人也未必推得开它。

不过石门太过沉重,年久发生沉降,与拱顶之间分开了一道缝隙。我和玉面狐狸攀援而上,从拱顶之下钻进地宫。举起狼眼手电筒往前一照,宽阔的甬道直通深处,两边也有许多门洞,脚下都是刻满经文的大砖,各个窟室中的壁画精美绝伦,廊柱间布满了人油熬成的长明灯,但是早都灭了。我摘下一支长明灯烛,绑了一个火把,用Zippo打火机点上,照着亮往四周看。

我们完全不知道这坛城地宫中有什么危险,不敢贸然前进,玉面狐狸紧紧跟在我身后,几乎都贴在了我身上,她的呼吸吹得我脖颈发痒,我明知这个狐狸精是想对我施展美人计,不免起了要将计就计的念头,可是一想雪莉杨下落不明,我起这个念头对得起她吗?就让玉面狐狸往后边站,别离我太近。

玉面狐狸却说:"不!你在哪儿我在哪儿,有你在身边我才不怕!"

我说:"你在我边儿上我这全身上下都长鸡皮疙瘩。"

玉面狐狸说:"是吗?我摸摸!"

我见玉面狐狸说着话,便将手伸了过来,赶紧进了甬道旁边的一个窟门。之前我以为这甬道两旁的窟室中,绘的都是神佛壁画,可走进去举火一照,原来那壁上绘了一个赤身的仙子,头戴宝冠,酥胸半露,心说:"这也太黄了!"再定睛一看,这个赤身仙子,头顶明珠宝冠,脸型修长,目秀鼻直,眉细舒朗,微含笑意,形象生动,姿态绰约,呼之欲出,看上一眼,就能把人的魂儿勾去。

正看得出神,玉面狐狸突然靠过来,紧贴着我说:"胡哥,你色眯眯地在看什么?"

我一指壁画上仙女半露的酥胸,搪塞说:"白面馒头,剁一刀。"

玉面狐狸笑道:"你可真色!"又问我说:"你觉得是她美,还是我美?"

我一恍惚,觉得壁画中的仙女真和玉面狐狸有几分相似,转头一看玉面狐狸,她眼波流转,身上的香气又软又甜。我急忙收摄心神,再看壁画上仙女的周围,绘有许多相貌狰狞、青面獠牙的鬼怪,心想:"壁画中的仙女竟是这墓主人——西夏妖女不成?"于是顺口答道:"你们俩都够美的,可也得分跟谁比了,让我说,离天仙还差了半截儿。"

玉面狐狸正要说话,忽然有一张大胖脸从窟室外探进来,问了句:"你看我和天仙还差几截儿?"

第十一章　密咒伏魔殿

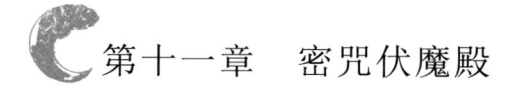

1

我和玉面狐狸都被他吓了一跳,往后一看,原来是胖子,但是却不见雪莉杨和大金牙两个人。

我忙问他雪莉杨和大金牙在哪儿,胖子说在我陷入流沙之后,圆沙古城下的岩层不住塌落,众人都跑散了。他摸黑走了一阵,也陷进流沙,掉到了暗河,这才一路到此,没见到其余那些人的下落。

说话他走进来,看看我又看看玉面狐狸,冷笑了两声。玉面狐狸一脸通红,不知该说什么。我心想我是问心无愧,就问胖子你在看什么?

胖子说:"我是来看热闹儿的,你们俩接着来,别管我。"

我一想:"这个误会必须尽快澄清,否则胖子给我往外一说,我不仅一世英名毁于一旦,而且万一让雪莉杨听到什么风吹草动,那我不死也得扒层皮啊,真是跳进黄河也洗不清了。"赶紧把胖子叫到一边儿,郑重其事地对他说:"王司令,你是了解我的!"

胖子说:"胡司令,我太了解你了。犯了错不要紧,只要你敢于承认,敢于坦白交代,虚心接受批评,以后还是好同志嘛!"

我说:"你了解个屁!我根本不是那样的人!"

胖子说:"你不是哪儿样的人,我这儿还什么都没说呢,你就急于上蹿下跳,拼命澄清,你说你要是什么都没干,你至于这么着急?我明白了,看透不说透,说透不是好朋友!"

我说:"随你怎么说,反正我什么都没干。"

胖子说:"真的什么都没干,为什么你们俩脸都这么红?实话告诉你,我跟了你们半天,刚才又在外面从头听到尾,鸡皮疙瘩都掉了一地,所以说你们俩的情况我已经完全掌握了。现在让你自己说是给你个机会,等到我给你说出来,问题的性质就不一样了。我们的政策你也应该知道,拒不交代,只有死路一条!"

我心想越描越黑,还是先别说了,就对胖子说:"你进去瞧瞧,白面馒头剁一刀,我看了都觉得害臊,太黄了!"

胖子一听这话,立马儿说:"谁的白面馒头?我得瞧瞧!"

他说话进了窟室,我也转身跟进去,这时身后忽然刮起一阵阴风,将我手中的火把吹灭了。

我发觉背后有东西,迅速转过身,携行灯筒的光束照过去,只见半空中有一张尖嘴猴腮的怪脸,双目如同金灯,在口中有三排尖锐的利齿,两个爪子下肉膜如翼。

它往下一扑,带起的阴风刮灭了火把,此时被光束照耀,发出一声尖叫。原来是栖息在洞窟中的壁鼯,又称妖面飞鼯,常黏在绝壁之上,肋下有双翼,可以借助洞窟中的气流飞行翱翔,多以地底的蛇鼠为食,来去如风。西夏坛形地宫外壁多处崩裂,有不少飞鼯钻进来,据此为巢,并不是一只两只,数量极多。我用手中灭掉的火把打在那飞鼯头上，击得它横空飞出，火把也折为两段。

而又有几只飞鼯向我扑来，我和胖子分别抽出工兵铲，往半空乱打，连同玉面狐狸退进窟室之中。

西夏地宫的窟室四通八达，各个窟室中均有精美的巨幅壁画，题材不外乎妖女作怪，天神伏魔，均以西夏文字注明是哪一位皇室宗亲供奉。西夏文字形体方正，笔画烦冗，结构仿汉字，玉面狐狸认得西夏文字，我和胖子可一个大字儿也认不出。

三个人且战且退，穿过一间又一间的窟室，发现西夏地宫确实分为六道，也就是六个部分，按《十六字阴阳风水秘术》的记载，任何一道之中都包括一座大石门，一条甬道，以及数十处窟室，又分为内、中、外三圈，地形如同迷宫，而"密咒伏魔殿"就应该位于地宫的最深处。

我们接连找了几条路，都走不通，只好先在一处窟室中坐下，喘口气儿。

胖子说："这里面跟迷宫似的，明明有路却走不过去，尽在外边儿兜圈子，腿儿都跑断了，金阙明珠就在其中，却又够不着，这不是把人急死了吗！要是有炸药的话，就可以炸开这个石壁直接进去。"

玉面狐狸说："真没想到西夏坛城是座迷宫，还没进密咒伏魔殿就已经被困住了。"

我说："这可挡不住我，你们让我好好想想……"

胖子说："你要有什么馊主意赶紧想，现在可是你戴罪立功的机会。"

我说："我犯什么错了，需要戴罪立功？"

胖子："你这错误还犯得不严重，你知道你将要面对什么后果吗？"

我问他："什么后果？"

胖子说:"不是我吓唬你,我都不敢替你想这后果,简直不堪设想!"

我看现在可不是跟他胡扯的时候,瞑目一想,西夏坛城地宫看似一路纵横,其实还是阴阳风水的布局,六道各有两重,共是十二重缠山,我掏出罗盘,用二十地支一推方位,西北方生门可以进出。

玉面狐狸说:"胡哥,你真厉害。"

胖子一听这话,耳朵就竖起来,说:"她刚才叫你什么?"

我赶紧对玉面狐狸说:"你不要胡说八道,我名声一向清白得很!"

玉面狐狸说:"咱们之前在暗河说的那些话,你怎么都忘了?"

胖子立刻凑过来问:"你们都说什么了?"

玉面狐狸没理胖子,继续对我说:"你若不是真心待我,为何还要那样做?"

我一听这可不能乱说,急忙分辨:"我什么都没干啊!"

胖子追问玉面狐狸:"快说快说,他都对你干什么了?"

玉面狐狸说:"他……他……他……"

我立即义正辞严地一摆手:"一派胡言!我是看你掉进暗河,被水呛得死了过去,准备对你进行施救,没等我有所行动,你就自己醒转过来了,我可没碰过你。"

玉面狐狸把脸扭到一旁,说:"反正你趁我没有意识,对我动手动脚……"

胖子吃了一惊:"啊?"

我说:"你啊什么啊,我什么都没干,别跟这儿起哄架秧子!"

胖子说:"甭甭甭甭甭来这套,别跟我装什么假正经,别人不知道你,我还不知道你,你小子一向道貌岸然,吃着碗里占锅里,饱汉子不知饿汉子饥,平时装得人模狗样,跟大义凛然的烈火金刚似的,背地里禽兽不如,群众白哺育你这么多年了,你对得起慷慨援助

155

我们的美国顾问团吗?"

没等我说话,玉面狐狸突然开口说:"胡哥,你可是顶天立地说一不二之人,你就任凭这个胖子在这儿含血喷人吗?你也太能忍了!"

我闻听此言,怔了一怔,玉面狐狸这话什么意思?想挑拨我和胖子?存心让我二人拼个你死我活?好一个狐狸精,用心太歹毒了!真可以说是"仙鹤顶上红,黄蜂尾后针,两般尤未毒,最毒妇人心"!

胖子还在滔滔不绝地絮叨:"我还含血喷人!他做出这等男盗女娼的勾当,我就得说他,平时他光说我了,我也得逮着蛤蟆攥出尿儿来!"

2

我一想到这里,寻思"见火不灭火烧身,见蛇不打蛇咬人",心下可就动了杀机,暗想:"不如把玉面狐狸宰了,灭了她的口,来个一了百了!将来见了雪莉杨,我也好有个交代!"于是用手一指玉面狐狸身后,对她说:"你看那是什么?"

玉面狐狸不知是计,当即转过头去看。

我趁她这么一回头,握紧了手中的工兵铲,心想:"老子这一铲子下去,还不削掉狐狸精的半个脑袋!"可是又一想:"在背后杀这么一个女子,又叫什么本事?她愿意说什么就说什么好了,反正我身正不怕影子斜,脚正不怕鞋子歪!但是玉面狐狸的心机太深了,现在不除掉她,久后必成心腹之患!这一铲子抡是不抡?委实难以决断!"

正在这时,玉面狐狸突然说:"胡哥,你看这壁画中的妖女!"

我抬头往前一看，壁画中还是那个仙女，但半人半怪，全身是血，不觉奇道："这是什么意思？"

玉面狐狸说："妖女的真身……血魔！"

我问玉面狐狸："密咒伏魔殿是埋葬西夏妖女的墓穴，世上一直有这样的传说，我也听了不少，可这个妖女到底是什么来头儿？是西夏皇族中的一个女子？以前不也有人说慈禧是一代妖后吗？"

玉面狐狸说："我说的话你又不相信，为何还要问我？"

我说："信不信在我，说不说在你。"

玉面狐狸说："那我不说了，因为实在太过离奇，你一听准会觉得我在骗你。"

我心想，你还在跟我兜圈子，你可不知道，刚才你的生死只在我一念之间。于是说："你不妨说一说，你说出来，我自会分辨是真是假。"

玉面狐狸说："密咒伏魔殿中埋了一个女子，但是与西夏王朝没有任何关系。"

我和胖子对视了一眼，这话倒有些出乎意料，西夏王朝造的密咒伏魔殿，居然埋了一个与西夏没有关系的女子，那不是吃饱了撑的又是什么？而且供奉明珠金阙，又有这坛城地宫，无数精美的壁画和陪葬品，拿胖子的话来说——那得多少钱呐！

玉面狐狸说："你看，我就知道我说的话你们不会相信。"

我说："你这话刚说了一半，你再往下接着说。"

玉面狐狸说："在古老的佛经中，有过这样一段记载，或者说是一段预言，有朝一日，妖女会从死亡之河中逃出。到那时，天下大暗，死人无数！"

我知道不入六道轮回的恶鬼，都会坠入死亡之河，那也只是宗教传说而已，岂会真有这样一条河？

玉面狐狸又说："西夏景宗元年，开始兴造密咒伏魔殿，可能在那时候从深山中找到一个女尸,半人半怪,西夏人以为是灭国之兆,于是便在深山中画伏魔天尊图。伏魔天尊手持七件法宝分别是:金刚杵、喷火剑、明月珠、吐宝兽、金翅鸟、照妖镜、辟地斧。并端坐在鲸鱼和龙魔交叉的日月莲花宝座之上,分显两大化身,均为九首一身,一个是人面虎爪,一个是人首鳞身,遍刻密咒,镇住装在棺椁中的女尸。"

我这么一听就明白多了,古人也是迷信,深山中的女子不知是何朝何代的僵尸,出土之后的样子必定十分恐怖,让西夏人当成了妖女的化身,才会在山中造一座镇魔避煞的坛城地宫。妖女不见得真有,密咒伏魔殿中的那几件法宝可不掺假,别的先不说,明月珠我是要定了!不过,玉面狐狸这个骚货,比胖子还能满嘴跑火车,她这番话中,必是有真有假。我该如何分辨哪句是真,哪句是假?

我想了一想,又对玉面狐狸说:"你这番话听来倒也可信,至于你说的,任何人一见到密咒伏魔殿中的壁画,都会活活吓死。那究竟是怎么回事儿?想来世上之人,胆气不同,有胆子大的,有胆子小的,那伏魔天尊纵然可畏,总不至于可以把所有的人都吓死,那也太不禁吓唬了。"

玉面狐狸说:"我可没说密咒伏魔殿中的壁画可以将人吓死,可是任何人见到壁画,都会变成死亡之河中的活鬼!"

我和胖子都不相信,既然是将人吓成鬼,那还不是把人吓死了?但我总觉得玉面狐狸这句话,并不是她在信口胡说。如果她想糊弄我们,应当会找一个相对合理一点儿的说辞。

玉面狐狸说:"初见你时,你对我放刁胡言,我是对你没有好感,甚至想宰了你。可从你在暗河中救了我的命,我便对你另眼相看。咱们同生共死一场,我对你岂会再生二心?如果不破解西夏金书中的秘密,我们再往前走,必定有去无回。不过能和你死在一处,我觉得也没什么可怕的。"

胖子说:"哎哟我的妈呀,你们俩先说着,我上旁边吐一会儿去。"

我听出玉面狐狸又在套我的话,担心胖子口风不紧,当下一把拽住胖子,对他说:"西夏金书中最后一幅图画你也看过,一个字儿你也不许给我说出来。"

胖子说:"我说什么?又没人想跟我死在一处,我说出来,那我不就亏了!"

3

我看了胖子一眼说:"你明白就好!"

胖子说:"你就别担心我了,你还是担心担心你自己,想想你今后怎么办吧,我都不敢想象,而且想来想去实在没有适合的词儿,憋了半天,终于憋出一个四字成语——哈哈哈哈!"

我说:"你不能幸灾乐祸,落井下石,你可是一向义薄云天啊,你可得给我把这个秘密带到下辈子去。"

胖子说:"送你四个字儿——纸里包不住火。"

我说:"你瞧你那副小人得志的嘴脸,数儿都不识了,那是四个字儿吗?"

胖子说:"你还有心思笑我,你个没心没肺的,我倒看看你后面怎么收场。"

我忽然一阵黯然,心想:"雪莉杨生死不明,只要她能平安无事,纵然将我乱刀分尸,那我也心甘情愿。"

玉面狐狸又说:"胡哥,你还不相信我的话吗?"

我一想到雪莉杨不知死活,这可都要怪玉面狐狸带的手下在后面紧追不舍,不由得气炸连肝肺,咬碎口中牙,暗中打定主意,如若雪莉杨有个三长两短,我非将玉面狐狸这个狐狸精的脑袋拧下来不可!

我心里是这么想,脸上可没带出来,对玉面狐狸说:"盗墓的不怕鬼,怕鬼的不盗墓,那些个迷信的传说也能当真吗?我们先进密咒伏魔殿,看看那里究竟有什么古怪。"

当即按寻龙诀找出方位,带上玉面狐狸和胖子,在地宫中东转西绕,进了这坛城迷宫的中圈窟室,此处并没有壁画,取而代之的是嵌在壁上的各种珍宝,砗磲、玛瑙、水晶、珊瑚、琥珀、珍珠、琉璃、赤珠、金银,以及刻的密密麻麻的金刚伏魔咒。看得人眼花缭乱,目不暇接,可这些东西与密咒伏魔殿中的七件法宝相比,却又显得不值一提。

我暗暗称奇,棺椁中的女尸究竟是何方神圣,又显出过何等灵异,竟让西夏人给她造了一座如此规模的阴间宝殿?只怕真如玉面狐狸所说——那个女子是永恒死亡之河中的妖怪!

想着想着,我觉得眼皮子睁不开了,脚步也越来越慢,我们从沙漠边缘的圆沙古城中坠落暗河,又一路来到这密咒伏魔殿,当中一口气儿也没喘过,三个人都已是疲惫无比,胖子走着走着都往墙上撞了,当然,他也有可能是在看嵌在墙上的珍宝,看直了眼了。进了密咒伏魔殿还不知道会遇到什么危险,如果再不歇一会儿,可能就真的有进无出了。我和胖子一商量,他也是这个意思,可又怕我们二人打上盹儿,玉面狐狸会有隙可乘,夺走我身上的西夏金书。胖子说:"咱俩可不可以轮流睡一会儿?"我摇了摇头,不怕一万,只怕万一,稳妥起见,可就得来个狠招儿啊。

我低声问胖子:"有绳子没有?"

胖子说:"不光有绳子,还有乾坤袋!"

我就对他一使眼色,胖子心领神会,他趁玉面狐狸走在前面,抡起胳膊就是一铲子,玉面狐狸闷哼了一声,被这一铲子拍得昏了过去，倒在地上。

我过去一摸，没出血，看来胖子手劲儿拿捏得恰到好处。二人将玉面狐狸捆成一团，塞进乾坤袋，又找了一处较为安全的窟室，坐下啃了几块压缩饼干，闭上眼歇了一会儿。

我上眼皮子下眼皮子不知不觉就往一块儿凑，可是全身紧绷的神经一时半会儿松弛不下来，心中的焦虑、不安、恐惧、疑惑，此刻也是挥之不去，恍惚之际，不知不觉地睡着了。在一个可怕的噩梦之中，我又陷入了流沙，雪莉杨伸手将我拽住，我想挣扎而出，却似被无数只手扯住，身不由己地沉入沙中，流沙没过头顶，但觉憋闷无比，胸膛好似要炸裂开来，我使出全身的力气，奋力一挣，一下子从梦中惊醒。

窟室之中，漆黑无光，感觉不到任何活人的气息，沉寂得吓人。我急忙打开身上的携形灯筒，借亮光一看，胖子并不在这里，而那装了玉面狐狸的乾坤袋也是空空如也！我心说："怪了，胖子或许是出去撒尿，他一向有在古墓中留记号的习惯，那也不奇怪，可是玉面狐狸怎么也没了？她被胖子一铲子拍得晕死过去，手足也被绑了个结结实实，乾坤袋的口子又被我们扎住了，玉面狐狸这个狐狸精会大变活人不成？许不是胖子这小子起了色心？趁我刚才睡觉，将玉面狐狸带走了？这小子也是说一套做一套，刚才还一个劲儿地批判我，他又是什么好鸟儿？"

4

我定了定神，一摸工兵铲子还在，这是我的老伙计，有它在我心里就踏实多了。我要出去找找这对儿狗男女，看胖子他还有什么话好说？于是站起身来，在漆黑的墓道中往前走，可是周围什么响动都听不到，仿佛这莫大的地宫之中，只有我一个人，到了这会儿，我也不由得不怕，又往前走了许久许久，穿过一重重墓室和一条条甬道，来到一座绘有伏魔天尊巨幅壁画的宝殿之中，但见前方摆着一口金丝楠木棺椁。

我又是一惊，竟已走进了地宫正中的密咒伏魔殿不成？我倒要看看这西夏妖女长了一张什么样的脸，又是怎样一个半人半怪！我足蹬肩顶，缓缓推开金丝楠木椁盖，但见一个女尸仰面躺在棺中，脸上有一个覆面。我在东南角点了一支蜡烛，然后深吸一口气，掏出一枚黑驴蹄子，又将工兵铲插在背后，壮起胆子，揭去女尸脸上的覆面，见那女子果然是半人半鬼，一边青面獠牙，一边容颜清丽。

我心想："去你的，世上哪有这样的人？那半边鬼脸一定是画上去的，看老子揭了你这张鬼脸！"于是伸手过去，可是手指还没碰到女尸的脸，女尸突然坐起来，张起口来要咬我的手！

我连忙向后缩手，同时扔出那枚黑驴蹄子，大叫一声："好妖女，看法宝！"黑驴蹄子出手，正打在这女尸头上，只听女尸脖子"咯咯"作响，脑袋向后转了一百八十度，身前是她脑后的一头长发，长发直披下来，竟此一动也不动。我扭脸一看，东南角的蜡烛变成一团鬼火般的绿光，转眼间灭掉，化为一缕青烟，又听那女尸双手抓挠金棺，我下意识地往后一闪，定睛一看，女尸忽又抬起头来，长发向两边分开，而这后边儿还有另外一张脸，当我看到这张脸，胸口像被一块大石头重重一击，几乎要吐出血来，女尸的一张脸，一半是雪莉杨，一半是玉面狐狸！

我说不出我当时是什么感受，如果说看到伏魔天尊壁画会被吓个半死，那我这时候真是觉得还不如死了才好。我实在不能面对这个真相，正要转身逃开，那女尸突然伸手，将我双手的手腕紧紧攥住。再一低头，身下已经陷在一条浊流滚滚的暗河之中，而那河水皆是枉死的恶鬼，无数恶鬼卷成了一个漩涡，将我和这女尸卷入激流。我猛然意识到，那个女子是雪莉杨，至少有一半是雪莉杨。玉面狐狸的死活我可以不去理会，她死了我也等于甩掉一个包袱，可我怎么能让雪莉杨坠入死亡之河？一想到雪莉杨，我心中焦急万分，好似烈火焚身，却在此时，发觉身子落空，不由自主地往前一扑，一下子惊醒过来！全身上下都被冷汗湿透了，一颗心"扑通""扑通"地狂跳不止。

往旁边一看，胖子挺着肚皮睡得呼呼的，玉面狐狸也在乾坤袋中身子一起一伏，呼吸悠长，显然还未醒转。我使劲在自己脸上拧了一把，疼得我直咧嘴，原来之前也是一个噩梦。梦是心头想，是我过于紧张？还是有什么不祥之兆？我不禁又想起之前的那个噩梦，但愿是我想得太多了，我这样给自己吃了一颗宽心丸儿，可还是觉得提心吊胆，甚至不敢往密咒伏魔殿中走了，我真怕这个噩梦成真！

过了好半天，我的心口仍在突突乱跳，等不及要去密咒伏魔殿中打开棺椁，看个究竟。是生是死，是吉是凶，总得有个结果才是。而且如果雪莉杨能够脱险，她也一定会在那里同我会合。

我将胖子拍醒，他揉了揉眼，迷迷糊糊地问道："烤鸭上来了？"

我说："上你大爷！起来，倒斗去！"

胖子吧唧吧唧嘴，抹了抹口水，抱怨说："倒什么斗？你倒是容我会儿啊，烤鸭还没上来呐，我饼上都抹了面酱了……"

我又打开乾坤袋，解开绑住玉面狐狸手脚的绳子，一看她还在昏睡，就用水壶往她脸上倒了点水。玉面狐狸一惊而起，她并不知道发生了什么，一脸茫然地问："我怎么了？"

我随口说道："刚才太危险了！一只飞鼯扑下来，撞到了你的头！"

玉面狐狸说："那又是你救了我啊！"

胖子说："这回可不是他，是我下的手。"

玉面狐狸白了胖子一眼说:"那也多谢你了。"

胖子"嘿嘿"一笑,说:"不客气。"

玉面狐狸揉了揉手腕,发现雪白的玉腕上被绳子勒出来好几道勒痕,奇怪地说:"我这手怎么被勒红了?"

5

我和胖子支吾了一下说:"那什么,我们这不是怕你摔倒了吗,赶紧给你拽起来,手上使劲儿使大了。"

玉面狐狸:"你就是毛手毛脚,不知道人家会疼吗?"

我说:"你快别说了,再说我又要起鸡皮疙瘩了。你昏睡过去已经小半天了,咱们水粮有限,得赶快往前边走了。"

便在此时,忽听西夏地宫之中传来一阵轰隆隆的闷响。我心中一凛,那是什么响动?由于相距太远,听着不太清楚,或许是这座西夏地宫的外壁开裂了,又或许是玉面狐狸的手下进来了!

我一想到有可能是廓尔喀人进了西夏地宫,立刻抬头往玉面狐狸脸上看,她神色如常,看不出有什么变化,我对她说:"你的手下快到了。"

玉面狐狸说:"那又如何?咱们合力进入密咒伏魔殿,取下明月珠,治你爷爷的乳腺炎。"

我说:"那你爷爷让门夹了的脑袋就不治了吗?"

玉面狐狸说:"你我二人何分彼此?"

胖子插口问:"这是什么段子,我怎么没听过?"

我说:"你别打岔,我们要抢在廓尔喀人之前,从密咒伏魔殿取走明月珠。"随后不由分说,拽上玉面狐狸便走。

三个人穿过甬道,来到坛形地宫正中,这里是一个圆形大殿。西夏地宫分成外、中、内三圈,又有上、中、下三层,暗指"过去、未来、现在",此乃三时迷界,又象征"前世、今生、来世"三世,上面这座圆形大殿,应该是我们常说的前殿,一条宽阔的石阶走势倾斜,通往下一层地宫。

往下走了三十六层石阶,中层地宫的石门赫然出现在面前,上面浮雕一个三头六臂的神灵彩绘,上有红白蓝三个面孔,每个头上都有一只纵目,手持刀剑宝杖,身后有日月、火焰簇拥。

神灵手中还有一红一黑的两个皮袋,那就是古代传说中的"收气袋",故老相传,"收气袋"可以吸进人死前最后一口怨气,以防死人的怨气化为鬼怪,为祸人间。单凭这石门上的手持长袋的神灵就可以知道,这一层地宫中可能会有不少含恨而死的殉葬者。三个人推开地宫石门,腐坏之气扑面而来,一闻这股子味儿,地宫里的死人就少不了!

胖子手持信号火炬,走在前面开路。我让玉面狐狸跟在胖子后面,我和胖子一前一后将她夹在中间,以防她搞出什么名堂。我一边往前走,一边四下里观看,这一层地宫的墓室中不再有珍宝、壁画,而是摆满了层层叠叠的枯骨,许多大老鼠在其中钻进钻出,头骨大多有裂痕,这成堆成堆的枯骨,似乎都是在安置好西夏妖女的棺椁之后,被活活打死塞进墓室殉葬的,其中不仅有奴隶,也包括大批僧众。

三个人见地宫中的枯骨如此之多,均是胆寒,而且从过去的葬制上来说,这其中有很多人没必要殉葬,为了保守这座地宫的秘密,居然杀了这么多人,我想破头也想不出这是为了什么。

我不忍多看,快步走到尽头,又是一层层倾斜向下的石阶,宽约十丈,形制宏伟,平整异常,再往下走到尽头,当中是一座巨大的石拱门,各有一座金阙分立左右,极具大唐遗风。金阙并不是金子造的阙台，而是对地下宫阙的一种称呼。当中的巨门，一左一右彩绘两个神怪，分别是陆吾、彭祸，与西夏铁盒上的图案一样。

我心想："这一路出生入死，终于见到了密咒伏魔殿，在这石门之后，有神秘的宝藏，以及西夏妖女的秘密，诸多的谜团，能否在我们进入地宫之后揭晓？噩梦中的征兆，会不会成真？我真的做好准备，面对真相了吗？"

我将心一横，发昏当不了死，是福不是祸，是祸躲不过，不论是否真如玉面狐狸所言——见到密咒伏魔殿中的壁画之人都会变成恶鬼，我也得打开西夏地宫的最后一道大门！

第十二章　活人变鬼

1

之前我和胖子受了大金牙一通撺掇，前往关中殿门口收宝，结果叫马老娃子给我们活埋在了岭上，这才误入了秦王玄宫，带出一个陪葬的鎏金铁盒，谁承想后边儿引出这么多麻烦，如果雪莉杨有个闪失，你让我怎么活？可要说到底，这事儿还得怪大金牙，要不是他贪得无厌，撺掇我和胖子出去收宝，能有今天这个结果？大金牙这个人，为人着三不着两，人嫌狗不待见，见钱眼开，真遇上事儿就成了缩脖儿坛子，我怎么会信了这家伙的话？但愿他也能平安脱险才好，否则我可没法儿跟他算账了！

来到密咒伏魔殿前，我这儿又一通胡想，胖子说："怎么着，老胡，有计划没有？"

我一时间没有回过神儿来，问他："什么计划？"

胖子说:"待会儿进了地宫,怎么打开黄金棺材,怎么抠壁画上那明月珠?要有计划,咱们就按计划来,要说走一步看一步,那就有什么是什么了,咱进去,给它来个猫洗脸儿——一划拉!"

我说:"雪莉杨和大金牙如果能逃出来,一定会来到这里跟咱们会合,而且这密咒伏魔殿十分凶险,不可轻举妄动。等会儿进去之后,往上往下往左往右,拿什么不拿什么,碰什么不碰什么,你可都得听我的。"

胖子说:"你只管放心,那俩也都是命大的,准没大事儿。咱还是赶紧进地宫抠宝吧。"

我点了点头,看了看这座大石门,使劲儿一推,蚍蜉撼柱一般,纹丝儿不动,看来只好在两边的阙台上去了。

这时玉面狐狸说:"我再说最后一次,密咒伏魔殿中的壁画会让人变成鬼。"

我仍是不信,我问胖子:"你信不信?"

胖子想了想说:"真备不住,你没听经常有人这么说吗?旧社会可以把人变成鬼,这壁画里画的许不是万恶的旧社会?"

我心说我真是多余问他,我虽然不相信此事,但是既然有这个传说,我们还是应该多加小心。

玉面狐狸说:"总之我该说的话,都已经对你说了,你当好自为之。"

各人用头巾遮了口鼻,让玉面狐狸在前边儿,三个人攀上阙台,胖子虽然怕高,但在这黑灯瞎火的地宫里,爬得再高,低头往下看都同样是一团黑,所以他勉强克服了这一障碍。

揭开出阙外檐上的琉璃瓦,从橡檩之间钻进去,眼前豁然一亮,密咒伏魔殿穹顶上悬挂九盏琉璃长明灯,虽然均已灭掉,但是壁画中高悬一颗明珠,照得大殿亮如白昼。

我们往前一看,整座大殿宏伟庄严,正北壁绘有伏魔天尊巨像,端坐在鲸鱼和龙魔交叉的日月莲花宝座之上,赤发上冲,须眉似火,卷舌獠牙,三头六臂,分执六件法宝,分别是"金刚杵、喷火剑、吐宝兽、金翅鸟、照妖镜、多宝幡",胸前是毒蛇穿过死人头骨绕成的项圈,口衔一颗明月珠,显得这件法宝非同小可,远高于其余六件法宝。正殿穹顶之上盘金轮三匝,东西两壁为伏魔天尊两大分身,东壁为人面虎爪的陆吾,长了九个头,西壁是人首鳞身的彭祸,也长了九个头,二怪皆呈张口吃人之状。壁画并非平面,神怪法宝均往外凸起,似要破壁而出。

我们从阙台探出身子,观看大殿中的情形,整座大殿宏伟无比,是将石窟扩凿而成。佛魔天尊及两大分身绘在东、西、北三面峭壁上,居高临下,镇住了当中一个金字形法台。法台层层叠叠,完全以死人头骨砌成,头骨上涂了金漆,竟是一座人骨法台,顶部放置了棺椁,当中有一条狭长的台阶,从法台顶端直通殿门。

三个人没想到一进大殿,便会见到伏魔天尊壁画。再想闭眼不看,可也来不及了。但这壁画虽然画幅巨大,形态惊人,不过要说能把人吓死,那也太夸张了。我和胖子都没觉得有什么不对,可见玉面狐狸所言并不属实。

我问玉面狐狸:"密咒伏魔殿中的壁画,不仅你看见了,我和胖子也看见了,我们这不还都活得好好的,为何说这壁画可以将人吓死?"

我想她可能会说,她这也是道听途说,怎么听来的怎么说。想不到玉面狐狸说:"密咒伏魔殿中,古怪之处颇多,我们在殿门上往下看这壁画,离得太远,自然不会出事,而相距越近,这壁画上的威慑力便会越大,至今没有人可以走上摆放棺椁的人骨法台。"

我见那石台被伏魔天尊的几件法宝罩住,心想:"难道是壁画中的那些法宝作怪?故老相传,凡是发光的宝石、明珠,皆为阴阳失衡,于人有损。"

以前打开古墓中的棺材，如果墓主人口中含了能发光的珠子，脸部便会凹陷一个大坑，里边全是清水，珠子则沉在清水之中。相传古时有避尘、避火、避水三颗明珠，避尘珠可以使人出入往来不沾尘土，搁到如今这不算什么，可在以前，路上全是土道，骑马步行不沾尘土，这要让人一说，实在是太玄了。避火、避水也均属此类，说着是很玄，其实并不见得没有，但这些明珠之中都含有放射性物质，带在身上对人损害很大。至于搬山道人祖先世代供奉的"明月珠"，并不是一颗明珠，而是一颗罕见的宝石，属于佛经中记载的摩尼宝石之祖。相传宝石中有宇理之光，能放万丈光芒，照破一切无明之众，灭尽一切无明之暗。

　　我记得雪莉杨曾说过，明月珠对一般人并无损害。那么想来，密咒伏魔殿中，使活人变成恶鬼的东西，并非此珠。

　　我问玉面狐狸："伏魔天尊共有七件法宝，其余六件都是什么来头？"

　　胖子说："你还当真了，什么玩意儿也不可能把人吓死。赶紧点支蜡烛，开棺取宝，那才是真格的。"

　　我说："密咒伏魔殿非同小可，而今一切不明，不得不谨慎行事。"

　　玉面狐狸说："凡是你问我的话，我都不会隐瞒，必定以实情相告，只盼你相信才好。伏魔天尊口中的明月珠之外，密咒伏魔殿还有六件法宝，依次是——金刚杵、喷火剑、吐宝兽、金翅鸟、照妖镜、多宝幡。九股金刚杵无坚不摧，喷火剑又称喷火转轮剑，吐宝兽口吐宝雨，金翅鸟为天地间的凶禽猛兽，力大无穷，以龙为食，照妖镜能照破三界，多宝幡可以招魂。"

2

我问玉面狐狸："这些事情你是怎么知道的？"

玉面狐狸说："西夏史书上均有记载。"

我说："你为了治你爷爷让门夹住的脑袋，可真没少下功夫。"

胖子说："你还真信她的话，她说一看这壁画就会被吓死，可这不都好端端的，她又说要走到近处看才会被吓死，这要是个远视，走到近处不也什么都看不见吗？"

我想了一想，在殿门上面相距太远，倒也看不出什么端倪，于是攀壁下行，来到密咒伏魔殿正中的法台下方，走了几步，发觉脚下凹凸不平。伏魔天尊口中的明月珠照不到这里，我打开手电筒往地面一照，原来脚下有一张人脸，那也是一个死人的头骨，皮肉犹存，二目陷下两个大洞，张开了大口，整个头骨都被涂了金漆，而且在密咒伏魔殿中，不只是我脚下这一个头骨，周围密密麻麻的不知还有多少，样子大多相似，皆为口部大张，面对石台。

胖子说："这是搞什么鬼，怎么有这么多死人头骨？"

密咒伏魔殿中有许多头骨，而且这些头骨都张开了大口，仿佛在发出惨叫，而且往前一走，便会感觉到密咒伏魔殿中有一种回响，犹如进入了一个无数高僧诵咒的巨大转经筒，让人觉得头皮子发紧，心跳也不由自主地加剧。

我说："这些头骨应该不是殉葬之人。"

玉面狐狸说："他们是修行人。"

我问她："什么叫修行人？"

玉面狐狸说："是历代持咒修行的护法，西夏在沙洲、凉州两处，斩修行人首级数万，可能全用来造这密咒伏魔殿了。"

我心想："原来如此，怪不得称为密咒伏魔殿，密咒是这些持咒修行人的头骨，伏魔则是指伏魔天尊壁画。"

我们正往前看，忽听空旷的墓道中传来一阵阵脚步声，我听来的人不少，多半是玉面狐狸手下的廓尔喀人到了，忙对胖子打了个手势，关闭了手电筒，拽上玉面狐狸，躲到殿门一侧，同时用手捂住了玉面狐狸的嘴，让她不要出声，可是玉面狐狸一点儿也不抗拒，反而顺势倒在我怀中。

我见胖子用古怪的眼神打量着我，赶紧对他说："你别惦记着给老子乱扣帽子，我这可是为了不暴露目标！"

胖子说："你不用跟我说了，你的情况我都已经掌握了。"

我说："你掌握了什么你？我这问题不都已经有结论了，还是好同志嘛！"

胖子说："是不是好同志，得先取决于你交代问题的态度。你看看你现在这态度端正吗？你小子欠了一屁股桃花债，可别指望我替你擦屁股！"

话没说完，只听"轰隆"一声巨响，闭合的巨大石门被炸药崩开一个大洞，但见手电筒的光束乱晃，七八个手持连珠步枪，身背鱼尾刀的廓尔喀人鱼贯而入。

在他们之后，是背了关山刀的马老娃子，还有腰悬长鞭的尕奴，另有一个剽悍魁梧的廓尔喀壮汉，约有三四十岁，跟在队伍最后，似乎是这些廓尔喀人的队长或首领。

我紧紧捂住玉面狐狸的嘴，躲在暗中数了一数，除了尕奴和马老娃子，廓尔喀人只剩下九个了，可能其中一个已经在路上死亡或是失踪了，而且这些人当中多了一个——大金牙！

由于始终没见到雪莉杨的踪迹，我不免心中起急，奈何我和胖子手上只有工兵铲，遇上这些全副武装的廓尔喀人，我们仅有两个选择——要么躲，要么逃，好在这伙人的首领玉面狐狸在我手上。

我示意胖子别出声，先沉住气看一看，密咒伏魔殿中十分空旷，尕奴虽然敏锐，应该也不会发觉我们躲在这里。我抬头往前张望，只见大金牙赔着笑脸儿，对马老娃子恭恭敬敬，屁颠儿屁颠儿地跑前跑后。

我心想："大金牙这家伙不像是让人抓住了，倒像是给鬼子带路的伪军翻译官！"我和胖子看到他这副嘴脸，又听到他那些溜须拍马、阿谀奉承的屁话，不禁"三尸神暴跳，五雷怒气飞空"，恨不得冲上去一铲子劈了大金牙这孙子。

我早看大金牙不是个好玩意儿，可是又一想，大金牙无非就是混口饭吃，见人说人话，见鬼说鬼话，他落在马老娃子那些人手上，再不赔个笑脸儿，那还不让人给灭了口，这么一想，倒也情有可原。不过大金牙这孙子的一举一动，让人越看越生气，屎壳郎钻烟袋——拱火！

马老娃子等人进了密咒伏魔殿，抬头四处观看，这一干人都是偷坟抠宝的土贼，但见这大殿之中宝气冲天，一时之间，人人眼中冒火。

大金牙凑到马老娃子身边说："马爷，您瞧，这就是西夏人绘画的伏魔天尊壁画，伏魔天尊口里的那珠子，就是明月珠，姓胡的还说这珠子是他的，我呸！他一个土八路，他也配！正所谓'红粉赠予佳人，宝剑送给烈士'，物有其主，各有所归，只有老英雄您，才能让这明月珠出土！"

马老娃子是收了玉面狐狸的钱，声称熟悉大漠中的地形，玉面狐狸才让他当向导，带领武装盗墓贼，前往西夏地宫抠宝。虽然他有可能是九幽将军的传人，但是以他的所作所为，"九幽将军"这个封号肯定没落在他头上，只不过是关中一个放羊娃子，卖年画为生，掏过几座坟包子而已，没见过多大世面。不过这个老贼会看形势，这么多全副武装的廓尔喀人在旁,他可不会说他在打明月珠的主意!他转头对尕奴说:"这个长了金牙的屄货,比娘们儿还让我心烦!真不如让我一刀宰了他!"

大金牙忙说:"马爷,老英雄!您要是一刀捅了我,从此以后,潘家园儿就没有我这一号人物了,这倒不打紧,可按江湖上的规矩——牛逼不打服的,没的再脏了您这口宝刀。您就当我是个屁,放了我得了!"

3

马老娃子揪住大金牙,提起刀子要捅。这时,那些廓尔喀人争相爬上法台,要去抢夺棺椁中的明器,他们可不在乎什么伏魔天尊壁画,见了明器便如苍蝇见血一般。马老娃子是见钱眼开的主儿,一看廓尔喀人上石台去抢明器,他也顾不上要杀大金牙了。

死人头骨砌成的法台,当中有一条狭长的台阶,仅容一人通过。这些人你争我挤,倒是那个队长抢在了前头。其余的一个接一个,跟在他身后,手足并用,迅速往法台上爬。

我见那些廓尔喀人在法台上越爬越高,相距伏魔天尊殿上的壁画也越来越近,却没见他们有何异常,心想:"玉面狐狸不是说,无论任何人接近壁画都会变成鬼吗?活人变鬼,那又怎么可能?那些盗墓贼不是没有变吗?"低头一看被我摁住嘴的玉面狐狸,她的双眼都瞪大了,显露出恐惧的神色!

我顺着她的目光,又往上看,此时在密咒伏魔殿中,出现了让人难以置信的情形:前边的廓尔喀队长,将连珠步枪和鱼尾刀背在身后,手足并用,爬上长阶,速度越来越慢。在爬到三分之二的地方,忽然停住不动了,直勾勾地盯着伏魔天尊的巨幅壁画。他是这些人的队长,素有威望,他这一停下,其余的人也都没法儿再往上爬了,也不知道他在那儿看什么,等了半天还不动。跟在他身后的廓尔喀人,抬手拍了拍他的后背,可能是想问问他发生了什么情况。那队长缓缓扭过头,只见他二目猩红,瞪目欲裂,居然从眼中流出血来。在明月珠阴冷的寒光下,他这一张脸怎么看也不像活人,倒似刚从老坟中出来的僵尸。他后边的那个廓尔喀人吃了一惊,心生惧意,身不由己地往后退,可是长阶上的人一个接一个,挨得甚紧,他一步也退不下来,又转不得身。

正当此时,队长突然将手一挥,身后的廓尔喀人就像断了线儿的风筝一样,翻着跟头,从石阶上滚了下去,摔了个大头朝下,脑袋直接撞进了腔子,当场死于非命。其余的廓尔喀人还没明白发生了什么,那个队长已经扑了下来,又扭断了一个廓尔喀人的脖子,尸身从法台上滚落下去,没等落地,已然毙命。这一下子,其余的廓尔喀人才发觉不好,这些人一向骁勇,其中一个廓尔喀人拔出鱼尾刀,往上一抬手,一刀捅进了队长的肚子,再看那个队长,伸出两只大手,揪住这个廓尔喀人的武装带,往外一甩,那个廓尔喀人就从石台上被扔了下去,口吐血沫儿,瞪目而死。而那鱼尾刀顺着队长的肚子上一豁,翻出粉白相间的脂肪,白花花的肠子也流了下来,队长却恍如不觉,又要来攻击其余的人。

那几个廓尔喀人,终于有反应快的,同时端起步枪,只听"砰、砰"两枪,队长心窝子上及肩头各中一枪,同时被步枪子弹的贯穿力击得向后倒下,顺石台滚落下来。可这个中了两枪的队长,落地之后,又立即起身,拖着好几米的肚肠子,张开五指,抓向站在石台下的马老娃子,好似有密咒伏魔殿中的恶鬼,附在了他的身上,众人无不心寒胆裂。

马老娃子为人迷信怕鬼,据说,九幽将军的传人盗墓,与别的盗

175

墓贼不同，绝不自己开棺，历来是躲在别的盗墓贼后面，等别的盗墓贼到手之后，他才来下黑手。所以马老娃子并没有急于往石台上爬，没料到这如同恶鬼上身的队长，转瞬之间到了他的面前。马老娃子无路可退，只好一刀削出。他这柄刀，真叫一个快，刀锋过处，队长人头落地，血喷出一丈多高，无头尸身又往前抢出几步，扑倒在地，两手指甲"咔哧咔哧"地抓挠地面，过了好半天才一动不动，彻底死绝了。

大金牙看得都快吓尿了，可还不忘了拍马老娃子的马屁："马爷，使得好刀法！当初那俩坏小子在背后给您抹黑，说您是活驴成精！我大金牙当时就跟他们急了，有这话你们敢当着马爷的面说，早把你两个坏小子的脑袋一刀一个当成西瓜剁了！"

马老娃子听大金牙连拍马屁，却无动于衷，不是他不想说话，而他也吓呆了。

我躲在殿门一侧，看得心惊肉跳，玉面狐狸没有胡说，密咒伏魔殿中的壁画可以让活人变鬼！

我这么一走神，忽听胖子叫了一声："哎哟，谁踩我的脚！"

我心想："我一动没动，胖子总不可能自己踩自己的脚，那准是玉面狐狸出幺蛾子！"这个念头刚转过来，那边的孥奴就到了，我和胖子还没来得及拽出工兵铲来，就一人挨了一鞭子，我怀中的玉面狐狸也被孥奴抢了去。此时，还剩下五个廓尔喀人，他们闻声赶来，五只连珠步枪黑洞洞的枪口对准了我们，大金牙和马老娃子也走到跟前。马老娃子说："这两个驴屄，原来躲在这里！"

大金牙说："哟，胡爷、胖爷，您二位平安无事啊！"

胖子骂道："大金牙你个孙子，吃里爬外！"

大金牙说："二位爷可得多担待，我大金牙往常是跟您二位后头混饭吃，那倒不假，可是大将保明主，俊鸟登高枝！我也有弃暗投明的这一天！"

我问大金牙雪莉杨在哪儿,大金牙说众人在流沙洞里走散了,他没见到雪莉杨的去向,我这才稍稍安下心来。

玉面狐狸整了整衣衫,走到我面前说:"姓胡的,这一来你可信了我的话吧,还不快把西夏金书交给我,看你还敢再耍滑头!"

我对玉面狐狸说:"怎么又不拿我当哥了?"

玉面狐狸说:"反正我是落花有意,你是流水无情。"

我说:"好妹子,你哥我脸皮儿忒薄,之前我心里乐意来着,就是没好意思承认,要不你再给我个机会?"

胖子在旁边说:"早看出你小子居心不良,还他妈不承认!"

玉面狐狸俏脸一沉,用手一指胖子:"不准你们俩再跟我油嘴滑舌!给你们两条路,要么交出西夏金书,要么一枪一个把你们崩了!"

我说:"那你崩了我得了,能死在你手里,我做了鬼也快活。"

玉面狐狸一脸杀气,冷冷地说:"你以为我真下不了手吗?"

大金牙蹿上来说:"咱跟这俩坏小子废什么话啊,要什么东西直接在他们身上搜不就成了?"

玉面狐狸抬手一个耳光,抽得大金牙在地上转了三圈,又一脚将他踹到胖子身前,不屑地说:"你又是什么东西?"

大金牙一看人家不要他了,看看我,又看看胖子,脸色十分尴尬,想了半天,说了一句:"胡爷,我本来寻思着忍辱负重打入敌人内部,结果让人给识破了!功败垂成,差了一步,就差一步啊!"

我根本就不想理会大金牙,我对玉面狐狸说:"西夏金书不在我身上。"

玉面狐狸一震:"胡说什么?你明明说过在你身上!"

其实西夏金书一直放在雪莉杨的背包中,不过我可不会对玉面狐狸说实话,我说:"你一路上跟在我身边,我怕我一不注意让你将西夏金书偷走,索性来了个一不做二不休,趁你没注意,直接扔进了暗河。"

玉面狐狸的脸都气白了,她让尕奴上前一搜,果然没有,就说:"西夏金书一共有四幅图画,其中三幅被大金牙拍成了照片,另有一幅图画的内容是什么,你们也该看过,想活命就给我说出来!"

大金牙忙不迭地说:"西夏金书一共有四幅图画,其中三幅我都拍了照片儿,还有最后一幅图画,上边儿也没画什么,仅有一口人形棺椁,两个没有脸的鬼,下边儿是条河。"

我一听坏了!没料到还有这么一手儿,大金牙不说则可,他把这个秘密一说出去,我们三个人一个也活不了!

玉面狐狸听了之后,蹙眉一想,她也是一头雾水,反复追问大金牙,可也问不出什么。我心说:"好险,多亏玉面狐狸也想不明白其中的暗示,否则我们已经吃了黑枣儿了。"

我和胖子出了一头冷汗,狠狠地瞪了大金牙一眼。

大金牙说:"不要紧,我谅她也猜不出来!"

4

玉面狐狸眉头一纵,计上心来,她说:"姓胡的,你自己刨坑儿自己跳!要不是看你们三个还有多活几分钟的价值,早将你们一枪一个全给崩了,尤其是王胖子,一肚子坏水儿!还在后边儿拍了我一铲子,你当老娘不知道吗?"

胖子指着我说:"冤有头债有主,是他让我下的手!可我也特后悔,你知道我后什么悔吗,我后悔我当时怎么他娘的就没多使点儿劲,一铲子给你这狐狸精脑袋拍腔子里去!"

玉面狐狸的脸冷若冰霜,没有理会胖子,她对我说:"既然是你将西夏金书扔了,那你就给我到法台上抠下明月珠!"她又看了大金牙和胖子一眼,说:"你们俩也一块儿去!"

哥儿仨一想,这下死到临头了,牙崩半个不字儿,那就要吃枪子儿,不想去是不成,只好硬着头皮上了。

三个人一步一蹭,走到摆放棺椁的法台之下,我说:"胖子你先上!"

胖子忙摆手:"哪次都是我垫后,这次怎么我先上了?"

我眼珠子一转说:"那就让大金牙先上,这个吃里爬外的东西!"

胖子说:"对!老太太的夜壶——挨嗞的货!他不去谁去!"

大金牙"咕咚"一下跪倒在地,说:"二位爷,你们饶了我吧!我大金牙一辈子胆小怕事儿,省吃俭用,没过上一天好日子。我要这么死了,那我也太屈了,家里还有老婆孩子呢。"

我说:"不是我不饶过你,是那些人放不过咱们,人生自古谁无死,多活几天少活几天,原本没多大分别,哥儿几个都拿出点儿末路英雄视死如归的劲头来,别让玉面狐狸小瞧了咱!"

大金牙的脸色如同死灰一般,他说:"当初干什么不好,非干这个,来钱是快,送命也快啊!早知今日,当初我就不省钱了!"

胖子一听急了,说:"大金牙,看来你没少跟我们哥儿俩玩猫腻,卖明器的钱是不是都让你小子吃了回扣?"

玉面狐狸等得不耐烦了:"你们仨还有完没完?快给老娘上去!"

一行人都集中在密咒伏魔殿法台之下,我们明知道往上走是肉包子打狗——有去无回,但是被逼无奈,不得不踏上长阶。我抬头往上一看,伏魔天尊壁画没什么变化,为什么会在一瞬之间将一个活生生的人变成恶鬼?

我心想:"是死是活,可就看我们能不能在这一时半会儿之间破

179

解西夏金书中的秘密了！我闭上眼也能想起那幅图画中的任何一个细节，一个人形棺材，左右两边各有一个无脸鬼，下边儿是一条大河，图案只是这么简单，这其中究竟有怎样的暗示？"

我和胖子将大金牙夹在当中，一步一蹭，上了长阶。我知道不能上得太快，上得越快，死得越快。所以我磨磨蹭蹭地耽搁时间，上两阶，退三阶，脑中飞速旋转，一个念头接着一个念头。

我寻思："西夏金书中两个无脸鬼，当中一个人形棺材，是否有什么隐晦的含义？"之前躲在殿门上往前张望，密咒伏魔殿的法台上，仅有一个棺材，却没见有什么没有脸的鬼怪，那是什么用意？

玉面狐狸在枯骨砌成的法台下，可能也看出我正在思索对策，她倒没有一再催促，这就给了我一定的时间，不过我们也别想回头，一只脚跨进了鬼门关，形势岌岌可危。

胖子给我出馊主意，他说："老胡，密咒伏魔殿中的壁画能把人吓死，那你说是怎么能把人吓死啊？"

之前一直装死的大金牙说："什么叫怎么能把人吓死，要是知道怎么能把人吓死，那不就吓不死了吗！"

胖子说："你别跟着捣瞎乱，我说的那个'怎么能把人吓死'，不是你说的那个'怎么能把人吓死'。"

大金牙说："你没瞧见前面那位吗？那也不是吓死了，他往上这么一走，看见伏魔天尊的壁画，可就变成鬼了！"

胖子说："咱俩说的是一个意思啊，他为什么变成鬼了，他是怎么变成鬼的？"

大金牙说："这话不又说回来了，要是知道他怎么变成鬼的，不就不会变成鬼了。"

我说："你们俩上这儿说绕口令来了？在这节骨眼儿，能不能说两句有用的？"

胖子说："我说的这个就是有用的呀，你说你们俩也不傻也不蔫的，怎么这会儿就听不明白了呢，可急死我了。"

我说："那我还真是听不明白了，你能不能把话说清楚了？"

大金牙说："这要怪啊，就要怪咱老祖宗留下来的话，固然博大精深，可这描述形容的词儿实在太多了，稍一铺垫，那就离了谱儿了。"

胖子说："要不我用洋文跟你们说？"

我说："德性，你也会呀！"

胖子说："嘿，小瞧人，听我给你说两句啊，好肚的油肚儿！八格压路好拉哨儿！"

大金牙说："胖爷你可以啊，这两句半已经扔出来好几国鸟语了，还都带法国口音，当年跟八国联军议和，就该请您去啊。"

我真急了："你们俩别侃了，净说这些个屁话。"

胖子说："我好好说来着，你非不让我好好说，跟你们俩说，我这真是一绝招儿！你说玉面狐狸那狐狸精贼不贼？她都想不到，我这招儿一说出来，你们有一个是一个，都得脑子'嗡'一声傻半天。"

大金牙说："胖爷那你可给我出了气了，她刚才这一巴掌给我抽的，好悬没给我这大金牙打掉了。要不是咱爷们儿讲究，好男不跟女斗，要不然我非给她脑袋揪下来！"

胖子说："大金牙你个孙子，我还真不信你敢还手儿，你要真是个站着撒尿的，现在下去抽她也不迟啊。"

大金牙往下看了一眼说："太远了，够不着。"

我问胖子："你一个多余的字儿也别说，赶紧给我说，你到底想出什么招儿了？"

胖子说："我好不容易想出这么一高招儿来，你们都不容我铺垫铺垫？看见伏魔天尊的壁画，就会变成鬼，那你闭上眼不看不就行了吗！"

大金牙说："妙计！要不我怎么经常说，咱胖爷，文能安邦，武能治国，擎天白玉柱，架海紫金梁！"

5

我一想还真是,我怎么就没绕过这个圈子来,见到密咒伏魔殿中的壁画会变成鬼,那我们可以不看啊!

想到这里,我闭上眼,往上又爬了两阶,可是一上去就觉得不对,不看也没用,身上的每一根汗毛都感觉到战栗,整座大殿似乎变成了一个巨大的经轮,连绵不绝的回响无孔不入,捂住耳朵也没用。

这个响声,似乎是从心中发出,由内而外,我能清楚地感觉到,有一个"东西"要从身上出来,可见并不是不看那伏魔天尊的壁画,便可以躲过此劫。

紧紧跟在我身后的胖子和大金牙,同样有这个感觉,大金牙说:"哎哟,坏了,我这里边儿有东西要出来了!"说话他用手捂住自己的胸口,吓得抖成一团。

我心想:"这里面有什么?什么也没有啊!无非是五脏六腑,那些零碎儿横不能自己蹦出来!"

大金牙突然说:"胡爷,我知道为什么一见着伏魔天尊的壁画活人就会变成鬼了!"

我不敢再往上面走了,对大金牙说:"你有话就快说,有屁就快放!"

大金牙说:"你们二位有没有发觉,这里面这东西是活的?"

胖子说:"咱仨大老爷们儿,肚子里也不可能怀上孩子啊,除非是有鬼胎!"

我说:"有道理,这就是心怀鬼胎的感觉。"

大金牙说:"那是一比喻,岂会真有鬼胎?"

我问他:"那你说,这里面要出来的是什么玩意儿?"

大金牙说:"是个婴儿。"

胖子说:"那不还是鬼胎吗!"

我说:"跟你们俩说话真费劲儿,到底是什么意思?"

大金牙说:"我不是怕你们二位听不明白吗,我得把这个理儿给你们说透了。道门儿之中有这么一种说法,肉身死、元神出、显化婴儿!"

我和胖子是丈二和尚摸不着头脑,但是大金牙这话我倒也听过,得了道的人会炼气,肉身死后,元气凝而不散,化为元婴出壳,相当于胖子死了,又出来个小胖子,长大了还是这个胖子,反正大概是这意思。问题是,我们仨有一个是一个,谁得过道啊,或者说有慧根,不知不觉得了道了?

胖子说:"我这人悟性高,兴许一不留神就得了道了,可你们俩一个贪心昧己,认钱不认人,还有一个男盗女娼,你们俩凭什么得道!"

我说:"你把话说明白了,谁男盗女娼?"

胖子说:"就冲你这装傻充愣的劲儿,你也得不了道。"

我明知大金牙说得不对,什么肉身死、元神出、显化婴儿?如果真是那样,刚才那个队长,也不至于变成活鬼!可这胖子一个劲儿地攻击我,我越不愿意提这事儿,他就越拿这事儿敲打我,到底是什么居心?他从来都是多吃多占,游手好闲,没出过一个好主意,捡便宜没够,吃亏难受。再说那个大金牙,这孙子真不是好鸟儿,两面三刀,见风使舵,全然不讲道义。我要不是看他上有老下有小,我早就一铲子把他拍死了。

一想到拍死大金牙,我不由得咬牙切齿,眼中冒火,觉得心里这个东西就要爬出来,我甚至想拍死大金牙再把胖子脑袋给铲掉。但是就在这个时候,我的潜意识告诉我,大事不好,是有东西要从我心里出来了,这个东西是——"魔"!

第十三章　摩尼宝石

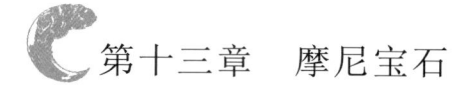

1

我发现在密咒伏魔殿中，相距巨幅壁画越近，心中的恶意就越多，整座大殿犹如一个巨大的转经筒，发出无数高僧念诵密咒回响，将人心中的"魔"逼了出来！

大金牙心中的魔以贪为主，恨不得立刻爬上石台，打开棺椁，掏出明器，抠下壁画中的明月珠，将一个死字抛到了脑后，口中自言自语，咬牙切齿地说密咒伏魔殿中的西夏国宝只能是他一个人的，别人谁也别想动。好比是希特勒看地球——全是他的了！最下边的胖子情况稍好，可他也动了杀心，责怪大金牙扒灰倒灶、背信弃义，扬言要将大金牙的脖子拧断。

我感觉到再往前走出一步，可就抑制不住这个"魔"了，赶紧向下退了几层台阶，心想："我们是被密咒伏魔殿中的壁画误导了，也许密咒伏魔殿中可以让活人变鬼的东西,根本就不是伏魔天尊壁画,甚至西夏金书的暗示中都没有出现过壁画,之所以称之为密咒伏魔殿,是以'密咒'来伏魔。在西夏金书中的图案,棺材的边上有两个无脸鬼,脸上只有双目,那似乎是在暗指接近棺椁的人,要用双眼来看到真相,而非传说中一见壁画就会变成恶鬼。"

我想到这里,如同在乌云密布的天空中划过一道闪电,眼前豁然一亮。

胖子说:"老胡,你上还是不上?你要是不敢上,我们就下去,和他们拼个鱼死网破,干掉一个够本,干俩赚一个!"

我说:"等一等,我可能已经发现了密咒伏魔殿中的秘密!"

大金牙本来都已经绝望了,一听我这话,他就见到了一线生机,忙说:"那还得说咱胡爷,红光罩顶、紫雾随身,天子不得以为臣,诸侯不得以为友,绝品的高人……"

胖子说:"大金牙,你再多说一个字儿,我把你从这上边儿扔下去!"

玉面狐狸在下边儿等得不耐烦了,端起步枪向上瞄准,叫道:"姓胡的,你到底上还是不上?"说话一扣扳机,"砰"地打了一枪,子弹"嗖"地一下从我头顶上飞了过去。

我说:"妹子,就知道你舍不得往哥脑袋上打,你再容我们一会儿,我们哥儿仨还有几句遗言没交代完!"

胖子对我说:"你小子准有奸情,要不她怎么不一枪把你崩了?还给你留了个枪下留情,这一个情字,可大有名堂啊!"

大金牙听直了眼,说:"啊?胡爷你又拿下了一个?"

胖子说:"大金牙,你还不知道呢吧?趁这会儿还没死,我得把他的光辉事迹给他全抖落出来。"

我额头上青筋直蹦,此时此刻的处境有如临渊履冰一般,一步走错,尸骨无存,身后有好几支枪对准了我,身边这两块料又是成事不足败事有余，不但帮不上忙，还一个劲儿给我捣乱，煽阴风点鬼火。我从未感觉如此孤立、绝望，好不容易想到一点儿头绪，让这俩人一打岔，我又无法集中注意力了。

我赶紧收摄心神，接着刚才的念头往下想——如果说密咒伏魔殿中可以让活人变鬼的原因，是所谓的"密咒"，那么"密咒"又从而来？"密咒"是声音？是这整座大殿如同经轮转动一般的轰鸣声？那为什么堵住了耳朵，仍可以听得到？

巨大经轮轰鸣一般的声响，从四面八方而来，越往石台上走，声响越是巨大。然而密咒伏魔殿深处山腹，置身其中感觉不到四周有风，如此巨大的声响，究竟是从何而来？

如果说，捂住了耳朵，仍然挡不住经轮一般的轰响，那么这个"密咒"就不是寻常意义上的"声响"。大殿中有成千上万持咒修行人的头骨，难道是这些亡魂一直在吟诵法咒？

我问胖子和大金牙："你们知不知道什么叫密咒？"这话我主要是问大金牙，胖子不可能知道这个，可我还是得给他留个面子。

大金牙告诉我，他在很多年前听过这个说法，可你要说什么叫密咒，那他还真说不上来，他说："是不是字儿特别多的咒，密集的咒？"

我说："你说了等于没说。密咒伏魔殿中将人变成恶鬼的东西，并不是壁画，而是诵咒一般的轰鸣之声。"

山腹中的宫殿结构非常拢音，越往高处去，声响越大，但是这个声音似乎又并不存在，将耳朵塞住也没用。咱们要想活命，必须找出密咒的来源。

胖子说："你们俩连这都想不明白，什么叫密咒，那就是秘密的咒的简称，知不知道什么叫秘密的咒？"

大金牙说："胖爷你倒是说啊，什么叫秘密的咒？"

胖子说："那可不能告诉你，告诉你了，那还能叫秘密的咒？

不告诉你的,才叫秘密的咒!"

我一听还真对,胖子他真是一语道破,我以前在昆仑山上,听寺庙里的人讲过,也是隔的年头多了,我给忘了,密咒乃是在心中暗诵的咒文。那又说回来了,谁在密咒伏魔殿中暗诵咒文?又将密咒灌注到我们身上?

大金牙说:"胡爷,你这可真说到点子上了,大殿中有这么多持咒修行人的头骨,那还能不闹鬼?难怪我觉得阴风阵阵!也就咱哥仨看不见,这地儿指不定有多少鬼呢!"

2

胖子说:"净胡扯,鬼还会念咒?那怎么没把自己超度了?"

正当此时,有几只倒粘在墓道顶上的飞鼯,嗅到那几个廓尔喀人死尸上发出的血腥之气,飞进来争抢死人肚肠。

余下的五个廓尔喀人见飞鼯在吃自己同伴的尸首,喝骂声中挥动鱼尾刀驱赶飞鼯。飞鼯受惊,展开膜翼,在密咒伏魔殿中到处盘旋。有两只飞到壁画前,却似一头撞到了一堵看不见的石壁上,直直掉落下去,在石台上摔得血肉模糊,却仍张开满口利齿,在法台上乱啃,过了许久,方才死透了。

我们三个人正位于法台坡道的二分之一处,玉面狐狸等人站在法台底部,见到飞鼯死状恐怖,尽皆胆寒。

胖子说:"飞鼯也让密咒吓死了?"

我心想:"如果说人有心魔,而密咒伏魔殿中的密咒可以将这个'魔'放出来,使人变成恶鬼,飞鼯如何也听得懂密咒?原来密咒并不是密咒!"

这个恐怖的密咒，绝不是持咒修行人暗诵的法咒，法咒对人有用，对飞鼯可没用。将人置于死地的，只是密咒伏魔殿中来源不明的回响！

如同巨大经轮转动发出的回响，又如同无数持咒修行人暗诵法咒，发出海潮一般的巨大轰鸣，为什么会出现在本不该有任何响动的地宫之中？

正在走投无路之际，我忽然记起雪莉杨曾对我说过，即使在一片死寂的古墓之中也不是没有"声响"。从久远的过去，到无尽的未来，有一个任何人都听不到的声响，一直存在于世。

我们听不到，并不表示没有声响，那是大地自转发出的回响，只不过经历了亿万年的衍变，人类和所有的生物乃至于植物，都已经适应了大地发出的回响及震颤，所以才会"充耳不闻"。

密咒伏魔殿中的海潮一般的巨大轰鸣，是因为形势构造将这个声响扩大。任何人都无法承受这个声响的频率，从而变成恶鬼，那几只飞鼯也是因此死亡！

古代阴阳风水中也有此类记载，称之为"龙鸣"，乃龙气聚合所致，西夏地宫的形势称为"九龙照月"，寻龙诀有云："寻龙先要认龙穴，龙来千里只一穴，若是九龙同穴聚，必有九龙归一处。"

我在法台上居高临下，以分金定穴之术向周围一看，密咒伏魔殿在我看来即是龙穴，穴依龙以城内气，龙依水以城外气，若干持咒修行人口部大张的头骨，破掉了这九龙归一的形势，扩大了大地的回响，使密咒伏魔殿中密密麻麻的头骨产生共鸣，只有破坏那些位置上的头骨，才能打破这个恐怖的"密咒"。

我用狼眼手电筒将那些位置上的修行人头骨一一指出，又让玉面狐狸在下面用步枪将头骨逐个击破。持咒修行人的头骨，分布在地宫各处，有的在殿门上，有的在法台上，两侧巨幅壁画上也有，位置十分隐蔽。但是摸金校尉寻龙定穴，百不失一，随着将这些位置上的修行人头骨击碎，我们再从台阶往上爬，发觉那如同巨大经轮转动发出的回响，开始迅速减弱。而伏魔天尊壁画前的回响仍然存在，我又用分金定穴之法一看，还有一个头骨应该在这法台上的棺椁之中。如果不将这个头骨击碎，还是无法抠下伏魔天尊口中的明月珠。

玉面狐狸见我们三个人上了法台，她带领手下上到法台二分之一处便不再前进，示意我们将那个棺椁打开，以防再有变故发生。

我和胖子、大金牙无不暗骂，这是将我们当成在前面蹚地雷的了，可是人在矮檐下又不得不低头。三人抬头往前看去，分持七件法宝的伏魔天尊更具威慑，而法台上有棺座，摆了一个树椁，整个一根合抱粗的楠木，上边树皮还没剥去，仅用中间一截，从当中掏出人形，装进死尸之后，再将树椁合拢，两边扣上两个大金箍，金箍上以独角犀牛为纹饰，共有九牛，两头各有一个大铁环，以人臂粗细的铁链钉在棺座上。

我虽然没见过西夏古墓中的棺椁，想来却不该是这样，我问大金牙："见没见过？"

大金牙摇了摇头，只说了一句："奇了怪了，树椁中的女子是从海中而来？"

我问大金牙："从海中而来？何出此言？"

大金牙说："树椁金箍上的独角犀牛纹，叫海犀，乃是治水之兽。"

胖子说："西夏周围没有海，大概是从河中浮上来的女尸！"

大金牙说："河中的女尸，那就不该用海犀了，那得用河犀啊……"

我问大金牙："海犀怎么说？河犀又怎么讲？"

大金牙说："河犀两只角，海犀一只角，都是治水的。"

我心想："西夏地宫如此规模，以密咒困住这树椁之中的女尸，该不会连金箍上的纹饰都搞错了？"

可是连胖子都知道，西夏国位于河西走廊，这一带没有海，我又问大金牙："树樟上以治水之兽作为纹饰，这里边儿有没有什么讲儿？"

大金牙说："治水之兽也无非是用来镇水的，过去水旱之灾频繁，水灾也好，旱灾也好，老百姓赶上哪个都够呛。古代传说中，犀角可以通天，入水可以降服蛟龙，不过棺材上拿这做纹饰可当真罕见。除非棺材里这位……是个兴风作浪的主儿。"

胖子说："兴风的没见过，下面那主儿倒是够浪的。你瞧她把咱胡司令迷得神魂颠倒的，俩眼都直了！我说老胡，你把招子放亮了，可别一脑袋撞棺材上！"

我正在想之前在地宫中做了一个噩梦，棺樟中的女尸一张脸分成两半，一半是雪莉杨，一半是玉面狐狸，那是一个预兆吗？念及此处，我也不免胆怯，生怕这个噩梦成真。可是转念一想，那又怎么可能？我们的处境已经凶险至极，实在没必要自己吓唬自己。这么一分心，就没在意胖子在说什么。

胖子说："你就别犯嘀咕了，赶紧打开树樟，看看这里边儿的粽子究竟是人是怪，顺手掏它几件明器，再从壁画中抠下明月珠，明月珠一拿到手，密咒伏魔殿里就得变得黑灯瞎火。咱们趁乱抢他几条枪，给玉面狐狸那个狐狸精塞进棺材，让她当个粽子，方才出得这口恶气。你们看我这计划怎么样？"

我一拍大腿，说："好，这就叫作置之死地而后生！"

玉面狐狸在台阶上盯住我们的一举一动，叫道："你们三个不赶快开棺，又在那里嘀咕什么？你小子胆敢搞鬼，老娘就将你乱刃分尸！"

大金牙说："胡爷，她冲你这么吆五喝六的，连我都听不下去了，你居然还忍得住！"

我说："忍不住也得忍啊，否则脑袋可就搬家了。先忍她一时，有跟她算总账的时候！"

胖子说："我就怕你到时候下不了手！"

我说："她就是天王老子的心头肉，我也该割就割，该剁就剁！"

胖子说："别吹牛了，先开棺材吧！"

我看见胖子的背包还没扔，问他："你还有没有蜡烛？"

胖子从中掏出一支蜡烛，往东南角点上。

我让大金牙下去，问玉面狐狸要回我们的工兵铲，三个人在树椁上一通撬，使出九牛二虎之力，那金箍终于松动了。三个人又合力推动，将上边的椁盖缓缓移到一旁。树椁之中并没有腐尸的恶臭，明月珠的寒光照下来，树椁中金光晃动，金丝装裹的尸身仰面躺在内棺中，从头到脚都是黄金美玉，看不到女尸的样子。

哥儿仨凑近一看，女尸头下是金花银枕，脸上有个覆面，头顶垂珠金冠，身穿金丝殓袍，坠五彩玉佩，脚踩银花金靴，双手套在金丝手套之中，怀抱金册，佩戴玉柄金刀，镂雕金荷包，双鱼金镯，尸身两旁塞满了诸如"金链水晶杯，黄金琥珀杯，翡翠鸳鸯壶……"之类的明器。

大金牙趴在树椁边上，口水都流下来了，这孙子真是见了明器，连命都不要了。我将他拽回来说："你之前不是已经吓尿了吗？怎么一往这法台上走，你又死人放屁——见缓？"

大金牙说："胡爷，之前我真以为我要玩儿完了，说吓尿了那都是轻的，眼前已经转上走马灯了。都说人死之前眼前要过走马灯，往事历历在目，悔不该省吃俭用，真得说连肠子都悔青了。可我一看见你们二位，寻思咱们哥儿仨死在一起我就不怕了，下到阴间之后多少有个照应。跟在您二位后头，到了阎王殿上也吃不了亏。"

胖子说："你可真够孙子的，合着你是没安好心，想拉上我们俩给你当垫背的？"

大金牙说:"不是。您容我把话说完,到了这会儿我可不那么想了。咱胡爷那是多大本领,破了密咒伏魔殿,又有您胖爷反败为胜的奇谋妙计。你让我看,咱哥儿仨,不但不会把命扔在这儿,还能掏了明器,逃出升天。这可都是西夏的奇珍异宝啊,从今往后,咱们是荣华富贵,吃香的喝辣的。我媳妇儿跟了我那么多年,没过上一天好日子,死到临头我才想起来对不住她,这回我大金牙要是发了,我让她一年四季都穿貂毛!"

胖子说:"你不怕把她捂死?"

3

我对大金牙说:"你那都是后话了,这会儿脑袋可还都别在裤腰带上,稍不小心,脑袋就没了。树樟中的女子大有来头,你先给我看看给她陪葬的这些都是什么明器?"

大金牙抹了抹口水,伸手一指说:"这都了不得啊!单说粽子金冠旁的这些簪子,这叫龙凤簪、麒麟簪、云雀簪、游鱼簪、梅花簪、莲花簪、云形簪、龙纹簪、凤凰簪,再说这钗头,还有这些珠子⋯⋯"

我说:"打住!你不用一个一个地给我报,你就说这是不是西夏的东西?"

大金牙说:"不是西夏的也差不多,前前后后吧,也有宋、辽、吐蕃的。"

我心想:"那可真是怪了,西夏人从什么地方找来这样一具女尸?给她造了一座密咒伏魔殿,还放置了这么多当朝的珍宝作为陪葬?也就是树樟中的这个粽子不会说话,否则我真想问个究竟!"我又对大金牙说:"你不是鼻子好使吗,你给我闻闻,这粽子死了多少年了?"

大金牙说:"胡爷,我这鼻子闻明器那是不成问题,粽子我可闻不出来,这不是我大金牙的强项啊。"

我说:"那就只好揭开她的覆面,看看这粽子到底长什么样子,当真一半是人,一半是鬼?"

大金牙说:"胡爷,你瞧这粽子怀中抱着的金册,说不定金册中会记载这女尸从何而来!"

我正要伸手,忽听胖子"哎哟"一声,我转头一看,见胖子一指东南角的蜡烛说:"你看,居然没灭!"

我说:"蜡烛又没灭,你一惊一乍的干什么?"

胖子说:"咱倒了这么多斗,还头一次赶上蜡烛没灭。这要不多掏几件明器,那可太对不起祖师爷了!"

我让胖子先将女尸怀中的金册掏出来,打开一看,竟如我们在圆沙古城中看到的经卷相似,也是一个半人半怪的女子,从死亡之河中出来,致使天下大暗、死人无数。记得雪莉杨说过,这是一个古老的预言。

如此看来,西夏妖女是深水沉尸,树樽上也有治水兽的纹饰,而西夏人十分相信这个预言,这才造密咒伏魔殿,以密咒困住树樽中的西夏妖女。

这个所谓的密咒,不仅是为了镇尸,还将盗墓贼挡在外面,以防有盗墓贼进来倒斗,偷出棺材中的女尸,到现在为止,我还无从知晓关于西夏妖女的预言是否属实。但是西夏妖女摆放于九龙归一的形势要冲,不将西夏妖女的头骨击破,可没人拿得到伏魔天尊壁画中的明月珠。

不知我们这么做会有什么后果,但是不抠出壁画中的明月珠,我们也无法脱身。

我往法台下面一看，玉面狐狸已经沉不住气了，带领手下正一步一步往法台上走。我心说机不可失，时不再来，我倒要看看西夏妖女长了一张什么样的脸！当即伸手过去，揭开了女尸脸上的覆面。

胖子和大金牙也都瞪大了眼，好奇地在我身后张望。但见覆面之下，仅是一个枯骨，皮肉俱消，长发犹存，张着大口，根本看不出之前的样子。尸骨形态虽然可怕，我倒松了一口气，对我来说，密咒伏魔殿中的西夏妖女是人是鬼，并没有多大分别，只要与雪莉杨无关即可。

不过树椁闭合了八百余年，西夏妖女的枯骨一见活气，登时变成一片黑灰。我们三人急忙往后退了两步，再看树椁中的西夏妖女，已经形骸无存，壁画前巨大经轮转动的回响声，终于随之消失。

我没想到，西夏妖女尸骸说没就没了，而玉面狐狸等人正快步抢上法台，我心知肚明——不抢在她们之前抠下明月珠，我们三个人一个也活不了！

我立即招呼胖子和大金牙行动，三个人抬起上边的椁盖，往石阶下奋力一扔，楠木椁盖从上而下，撞上人就得是一溜血胡同儿。玉面狐狸等人急忙躲闪，跃上台阶两边的斜坡。我看下面那伙儿人一乱，让胖子赶快上去把明月珠抠下来。胖子这会儿却变成缩脖儿坛子了，他说："太高了，不敢上！"

我一想大金牙更指望不上了，还得是我去。伏魔天尊壁画相距大殿正中的树椁尚远，但是伏魔天尊分持六件法宝的手臂，均从壁上探出，而殿顶倒悬九盏长明灯，则是兽头口中所衔的琉璃盏，距离法台顶部仅有一丈左右。我踩在胖子背上，使劲往上一跃，双手抓住其中一个琉璃盏，只听得下面乱枪齐发，好在那琉璃盏荡来晃去，打过来的枪弹难有准头，又听玉面狐狸喝道："当心！不要打坏了明月珠！"我见他们投鼠忌器，心想："那可别怪老子不客气了！"当即拽住琉璃盏，使出腰腹之力往前一荡，倒悬在大殿穹顶上的琉璃盏

"呼"的一声,向前摆了过去。

这时候我完全不敢想,我要掉下去是不是会摔成烂冬瓜,只听耳畔"呼呼"生风,迅速接近了密咒伏魔殿北侧的壁画。我借势放开手,刚好扑住伏魔天尊手持的金翅鸟,但听胖子在下边对大金牙说:"我早跟你说了,这孙子是神风敢死队的!"

我攀到金翅鸟背上,这才觉得手脚都在发抖,身上全是冷汗,可是一秒钟也不敢耽搁,脚踏伏魔天尊的大手,爬向壁画中的明月珠。法台下边的玉面狐狸也急了,命尕奴上来抢夺。而其余几个廓尔喀人眼中只有棺椁上的金箍,拥上法台,争抢金箍和棺中的明器。胖子和大金牙只得从法台另一边逃了下去。

五个廓尔喀人,各自掏出金光灿灿的明器塞进各自的背包。想不到马老娃子悄无声息地上了法台,从背后一人一刀,将这哥儿几个都给捅了,他一个人拖了装在五个背包中的明器,拼了老命也拽不动。

此时玉面狐狸也上了法台,她见马老娃子接连捅死了几个廓尔喀人,抬手给了马老娃子一枪。马老娃子见她开枪,急忙闪身躲避,却一步踏空,滚下石台。

再一说那个一脸兽纹的尕奴,来得好快,几个起落登上了伏魔天尊的巨手,手中长鞭向我挥来,还好我躲在金翅鸟旁边,这一鞭抽在金翅鸟上。可我只慢了这么一步,尕奴已纵身跃上壁画,伸手去抠伏魔天尊口中的明月珠。怎知那明月珠死死嵌在壁上,她接连用了几次力,都没有将明月珠抠得松动。

我叫了一声:"我来给你帮帮忙!"手中工兵铲掷出,带起一股疾风,直奔尕奴头上飞来,工兵铲来得快,尕奴躲得更快,她向后一闪,工兵铲正击在明月珠上。史书上记载:"明月珠,径二尺。"本来我还不相信有如此之大的明珠,可到近前一看,二尺是至多不少,寒光射目,我并没想用工兵铲去打明月珠,结果歪打正着。我当即一闭眼,心说:"完了!"

这一来，密咒伏魔殿中的几个人可都看呆了，而那明月珠被工兵铲击中，立时裂开，原来外面是一层珠壳，当中有一颗一握大小的宝石，原来这才是搬山道人世代供奉的圣物——"摩尼宝石之祖"！

4

尕奴正要伸手抠下摩尼宝石，忽然飞来一只利箭，从她面前掠过，"嗖"的一下，钉在壁画上。只见一个人用飞虎爪勾住大殿穹顶，从半空中飞了过来，捷如飞燕，正是雪莉杨。始终压在我心口的那一块大石头，直到此时才完全移开，不由得精神一振，爬上壁画要抢摩尼宝石。手还没伸出去，屁股上先挨了一鞭子，连皮带肉扫掉一片，鲜血淋漓，疼得我一龇牙："打哪儿不好，偏打屁股，让老子怎么坐？"

雪莉杨借助飞虎爪，登上了伏魔天尊的肩头，问我："老胡，你要不要紧？"我说："这就是给我挠痒痒！"

雪莉杨说："好！先取摩尼宝石！"

玉面狐狸在法台上端起步枪就要打，却被胖子冲上来，一铲子将步枪劈成两半儿。玉面狐狸自知不是胖子的对手，只好抽出鱼尾刀，虚晃一招，夺路跑到壁画下方，高声叫道："阿奴，快把摩尼宝石抠出来！"

尕奴长鞭出手，分击我和雪莉杨，一将我二人迫退，她就用力去抠摩尼宝石，摩尼宝石的外壳碎裂，里面的宝石也随之松动。她将摩尼宝石抠出来，顺势一放手。玉面狐狸正站在壁画之下，眼看着摩尼宝石落下去，便会被她夺走。

说时迟那时快，只见雪莉杨疾奔而前，这可不是在地上，她身子与地面平行，几乎是在壁画上垂直行走，不等摩尼宝石落地，已在半空中被她接住！

雪莉杨脚上穿了吉莫靴，相传古时剑侠多穿此靴，可以在壁上行走。其实吉莫靴底部，有若干倒刺，可以借助一冲之势，在垂直的绝壁上飞奔几步。雪莉杨伸手将摩尼宝石接住，轻轻跃上了伏魔天尊另一边的肩头。密咒伏魔殿中的一干人等，都看得瞠目结舌。我刚要叫好，尕奴长鞭已经出手，卷向雪莉杨的手臂。明月珠的外壳碎裂，余下当中的摩尼宝石，光华渐渐收敛。此时密咒伏魔殿中已变得黑灯瞎火，雪莉杨看不到尕奴的长鞭，但听风声不善，只好缩手一闪，尕奴的鞭梢儿如同长了眼，卷住了摩尼宝石，同时她从壁画上一跃而下，如同一只大鸟，无声无息地落在法台上。

雪莉杨扔出一枚信号火炬，整座大殿又亮了起来。我往下一看，尕奴已将摩尼宝石握在手中，正要扔给壁画下的玉面狐狸。马老娃子忽然从法台一侧转出，从尕奴身后一刀捅了个对穿。

众人齐声喝骂，这也是玉面狐狸没有知人之明，她并不知道马老娃子是什么来路，这个老土贼比大金牙还贪，又是九幽将军的传人，专从背后捅刀子，只要是他看上的东西，亲娘老子他也下得去手。他一定是觉得密咒伏魔殿中的明器过于沉重，壁画上的摩尼宝石才是世间至宝，于是趁尕奴不备，在后边捅了一刀，抢了摩尼宝石在手。

可惜尕奴身手了得，到头来遭了马老娃子的黑手。正当众人一愣之际，忽听壁画中发出轰然巨响，伏魔天尊破壁而出，手持六件法宝，往这石台上压了下来。众人见状不妙，再不走可就被伏魔天尊砸在下面了，只得分头逃窜，我捡了工兵铲和一个廓尔喀人的步枪，与雪莉杨一同逃向殿门。

马老娃子夺了摩尼宝石，原想趁乱逃走，怎知尕奴并未气绝，从后一鞭卷住马老娃子的脖子，将他拽了回来。马老娃子让长鞭勒着直翻白眼儿，手中的刀子和摩尼宝石都掉在了地上。尕奴抬脚将摩尼宝石踢向玉面狐狸，玉面狐狸张手接住，叫了声："阿奴！"夘奴忽然张开口，发出狼嗥般的叫声，而伏魔天尊手上的金刚杵也落了下来，结结实实将夘奴和马老娃子砸在了下面，血肉横飞。殿中法台被伏魔天尊往下这么一砸，居然从中裂开一个大口子。

玉面狐狸手握摩尼宝石，她面无人色，怔怔地站在地裂边缘。胖子手持工兵铲将她的去路挡住，大有要痛打落水狗之势。大金牙在胖子身后，拎了一背包明器，手中还举了一支信号火炬。我终于会合了雪莉杨，心中惊喜欲狂，可是看到夘奴和马老娃子的下场，又如同打翻了五味瓶，也说不出是个什么滋味。当即走上前去，对玉面狐狸说："摩尼宝石到了你手上，却死了这么多人，这东西真值得用人命来换吗？如今你孤身一人，插翅也逃不出去了！我劝你把摩尼宝石交给我，我让胖子看在我的面子上，给你留条活路，不搞满门抄斩。"

玉面狐狸说："胡哥，你从来都不信我说的话，我要说摩尼宝石值得用所有人的命来换，你会信吗？"她这话一出口，我不用回头也能感觉到雪莉杨目光从玉面狐狸转向了我。而胖子和大金牙也在不怀好意地朝我脸上看。我立即对玉面狐狸说："你不要花言巧语，赶紧把摩尼宝石交出来！"

我一看胖子和大金牙两块料儿正在一旁幸灾乐祸地看着我，而玉面狐狸也使出她惯用的伎俩，想挑拨我和雪莉杨的关系。

我心想："我从来都是直道而行，没干过出格的事儿，但我也有我的问题，很多时候习惯信口开河，嘴上没有把门儿的，说话没个正形，如果换作别的情况，雪莉杨当然会相信我，不过今天这个情况可太不一样了。"

今天也是我的报应到了，我是正经体会了一把什么叫作百口莫辩，什么叫作蒙冤不白，真是掉进黄河也洗不清了。可恨的是，胖子和大金牙明知我不是那种人，这俩孙子却想看热闹。按理说，我该对雪莉杨如实相告，可这密咒伏魔殿已经开始崩塌，我有一说一有二说二的话，反而让玉面狐狸逮到了机会，干脆我来个一不做二不休，这一个念头转上来，我就对雪莉杨说："胖子和玉面狐狸有奸情！我掉进流沙洞，顺暗河而下，在密咒伏魔殿中意外撞见了胖子，原来这小子在暗河中救了玉面狐狸，二人勾搭成奸，俩人在看妖女壁画的时候，玉面狐狸还问胖子，胖子哥，你看我美不美？胖子趁机摸了人家的小手儿。这对儿狗男女见我撞破了他们的好事，便想诬陷于我，我老胡顶天立地，会怕他们俩诬陷我？"

我这话一出口，所有的人都听呆了，胖子原想看我的好戏，结果让我这一番话把帽子直接扣在了他的头上，他这脑子一时半会儿转不过来了，骂道："老胡你这孙子，还有比你更损的吗？"

我说："你不要气急败坏，犯了错误不要紧，何况你只是中了美人计，将功补过，还是好同志嘛！"

雪莉杨对我说："这都无关紧要，先把摩尼宝石拿回来。"

胖子说："这还无关紧要，这关系到我的名声啊！"

我对胖子说："你只管放心，我会给你保密，一定不会说出去。"说完，走向玉面狐狸，对她一伸手，"你还不把我们家的摩尼宝石交出来！"

玉面狐狸冷冷一笑，说道："你真绝！"说罢突然转身，纵身一跃，跳进了密咒伏魔殿中裂开的石台。那下边好似无底深渊，她这么跳下去哪还活得了命，摩尼宝石我们也别想再要了。

此事大出我之所料，没想到她会轻生，再伸手想拽她已经来不及了。正在此时，雪莉杨突然从我身边掠过，在地裂边缘将已经跃在半空的玉面狐狸拽住，没想到那脚下砖石受不住力，在她落足的同时塌了下去，她和玉面狐狸两个人落入深渊，转眼不见了踪迹。

第十四章　照破一切无明之众

1

　　这一切发生得太快，我和胖子、大金牙三个人呆若木鸡，没等回过神儿来，密咒伏魔殿穹顶上的砖石已经开始崩塌，殿门外的墓道都被碎石埋住了。我打开狼眼手电筒，跑到地裂边上，低头往下一看，但听深处似有波涛奔涌，我让大金牙将信号火炬扔下去，闪了几闪就看不见了。胖子问我："下面是个什么去处？"我想起之前听过的传说，密咒伏魔殿下是古老佛经记载中——永恒的死亡之河！

　　哥儿仨一想，掉水里淹死总好过让乱石砸死，既然左右是个死，那也没什么豁不出去的，我和胖子插好工兵铲，各背了一支步枪，拽上大金牙，纵身跃入了深渊！

　　在持续坍塌的密咒伏魔殿中，我和胖子正和大金牙三个人将最后的信号火炬分了，纵身往下一跃，直坠深渊，下落速度越来越快，我从风镜中往下一看，下边黑乎乎的似乎没有底，这么掉下去还不得摔成馅饼？又往下掉落了百余米，但听风声呼啸，剧烈的气流一下子将垂直坠落的人揭了起来。

三人让风吹得在半空中横向翻滚着落在地上，深渊之下都是细细的黄沙，松软无比，又有狂风将垂直摔落的势头改变，所以三个人均无大碍，在地上打了几个滚，随即爬了起来，口鼻之中全是沙子。

我们没想到地底会是一片沙海，又从高处落下来被摔得晕头转向，半天才回过神儿来，我看前面有两道光亮，隐约晃动，立即招呼胖子和大金牙跑过去。

原来玉面狐狸和雪莉杨坠入深渊，一个跑一个追。玉面狐狸的身手虽然也不错，终究不及雪莉杨敏捷，摩尼宝石已经被雪莉杨夺了回来。她将摩尼宝石装进一个金盒，塞进背包。

相传明月珠乃搬山道人祖先供奉的"圣物"，可以"照破一切无明之众，灭尽一切无明之暗"。说实话，我根本不明白这是什么意思，可是失传了上千年的圣物，又回到雪莉杨手中，我还是替她感到高兴。

玉面狐狸失魂落魄，坐在一个沙丘下，一言不发，周围尽是无边无际的流沙，我们倒不怕她飞上天去。我简单包扎了一下屁股上的伤口，随即清点装备，信号火炬是一支也没有了，这几个人一共还有三只狼眼手电筒，两支步枪，几个黑驴蹄子，背包里还有几根火把，我和胖子一人一柄工兵铲，雪莉杨身上还有金刚伞。四个行军水壶都装了地下河中的水，另有两包干粮，凭这些东西顶多坚持一两天。

我说："这一趟总算没白忙活，从西夏地宫中掏出了摩尼宝石，各人也没什么折损，全凭祖师爷保佑，下一步就是从这儿出去了。"

雪莉杨说："这里是什么地方？地底应该不会有这么多沙子。"她捏起一把流沙，用狼眼手电筒照亮看了一看，她又说："这是海砂……"

我说:"可能在很久以前这地方还有水,后来陷入地底,水脉都干枯了,只留下这么多沙子,可是风吹沙动,认不出东南西北,想要从此脱身只怕不那么容易。好在此处存在剧烈的气流,卷起漫天的风沙,找到气流进来的位置,应该就可以出去。"

胖子说:"你小子别想瞒混过关,那件事儿还没说清楚呢,不把话说清楚了,谁他妈也别想出去!"

我心想:"反正我是先下手为强了,你再怎么解释那也没用。"

胖子对雪莉杨说:"这小子胡说八道,他说的那个人根本就不是我,是他们俩人干柴烈火勾搭上了,还告诉我有什么白面馒头剁一刀,我压根儿也没看见有馒头!"

我说:"你这叫反咬一口,我是什么人,那可是有目共睹。"

胖子说:"我的为人也是有目共睹,别说有目的了,连没目的都睹。"

雪莉杨说:"这个玉面狐狸心机很深,你们不要被她挑拨得反目成仇。"

我说:"没错!她在道儿上是有匪号的,为什么叫'玉面狐狸'?你们要是能想明白这个,我真就不用再多说了!"我心中暗暗佩服,还得说是雪莉杨见识明白,这个问题没有必要再争论下去了,胖子却还在说着片儿汤话,什么叫片儿汤话啊?片儿汤没有不咸的,取这个谐音,又叫甩闲话,后来看到我不理会他,他也觉得没意思,只好闭上口不说了。

我问起雪莉杨是如何从流沙中脱险的?原来雪莉杨在我陷入流沙之后,她也与众人失散了,一路跟在那伙儿盗墓贼后头,进了密咒伏魔殿。时间上也就是前后脚儿,正赶上玉面狐狸等人要从壁画上抠出摩尼宝石。她说玉面狐狸不惜代价进入西夏地宫盗取摩尼宝石,应该不会是因为有哪位买主出了大价钱。我说:"我也是这么想的,多少钱抵得上她的命,宁愿跳下深渊,也不交出摩尼宝石,那她的目的究竟是什么？"

雪莉杨说："之前我也以为玉面狐狸只是为了盗取西夏地宫中的摩尼宝石，但此时看来，她的目的可不止于此。"

我想了一想，对雪莉杨说："很难从此人口中问出真相，即使她说了，我们也无法轻易相信她。不过我们要想脱险，那就必须带上她。"

雪莉杨点头同意，众人身上带的水粮有限，尽快走出这茫茫流沙才是。

我过去将玉面狐狸拽起来，让她走在前面，一行人逆风而行。

一路往前走，深渊下的沙海，无边无际，松软的细沙使人一步一陷，行进格外吃力。众人走得口干舌燥，走不到半天，已经将行军水壶里的水全都喝光了。

大金牙实在支撑不住了，一头栽倒在地，我和胖子吓唬了他半天，他仍是不走。雪莉杨让玉面狐狸先停下，转头问我："大金牙的情况怎么样？"

胖子说："大金牙又在装死，甭搭理他，咱们先走，你看他跟不跟上咱。"

雪莉杨说："你们怎么知道他在装死？"

胖子说："根据他的一贯表现，我们有理由相信他在装死。"

2

雪莉杨说："我看他有脱水的迹象，恐怕真是走不动了。"

我一看大金牙，他是渴得够呛，但还没到脱水的程度，终究不能把他扔下，便对胖子说："要不你再辛苦辛苦？"

胖子说:"不成,背黑锅是我,背死倒又是我。你们怎么从来不关心一下我?难道我是打石头缝儿里蹦出来的?我不需要阳光和雨露吗?"

我说:"这不是没法子吗,又不是单练你一个,咱俩还是一人拽一条腿,拖上他走吧。"

于是我们二人拖上大金牙,又跟在玉面狐狸后面往前走。走了不久,玉面狐狸也一头倒下了,不知出于什么原因,这片沙海好像会使人迅速脱水。我的嗓子也是出火冒烟,烧灼一般的干渴,找不出任何词汇能够描述。

我只好让胖子一人拖上大金牙,我拖上前面的玉面狐狸,一人拖一个,准备继续向前走。我对雪莉杨说:"再坚持坚持,也许再往前走几步,就找到出口了。"

雪莉杨用狼眼手电筒往前一照,从流沙下扒出一个背包,我心想:"是不是在我们之前还有人曾到过这里?"可走过去一看那个背包,我就绝望了,之前我们整理装备时,扔掉了一个多余的背包,正是雪莉杨从流沙中拔出来的这个,原来我们在这个巨大漩涡般的气流中,绕了一个大圈子,又回到了出发的原点!

我问雪莉杨:"背包让风沙埋住了,你怎么还能找得到?"

雪莉杨说:"我记得这里有一块岩石。"说罢用狼眼手电筒往侧面一指,果然有一块方方正正的岩石,半埋在沙中。我见走了半天又绕了回来,也变成泄了气的皮球。众人无奈,只好坐在那块岩石旁边。胖子使劲晃了晃行军水壶,拧开盖子,仰起脖子,还想控出最后一滴水,可是行军水壶里的水早已经喝光了,他不死心,又用舌头舔了舔水壶嘴儿,抱怨道:"渴死老子了,这会儿你就是给我骆驼尿,我也喝得下去!"

我说:"你少说两句,话说得越多越渴。"

胖子说:"可也奇怪,我明明快渴死了,感觉嗓子里全是沙子,可又不耽误说话。"

不光是胖子，我和其余几个人也有相同的感觉，这地方真是见了鬼了。我寻思，从西夏金书中的图画来看，密咒伏魔殿下应该是死亡之河，可这下面根本没有水，或许古人是用来形容这个巨大的流沙旋涡，除了无边无际的流沙，这里就只有死亡！

无论怎么说，这地方当真有些古怪，明明快把人渴死了，但是口唇并未干裂，而且也没有人出现脱水的情况。我一时想不明白，只好去探探玉面狐狸的口风。玉面狐狸却说："我走投无路，你个无情无义的又翻脸不认人，要将我的摩尼宝石夺走。我当时只想一死了之，我得不到的东西，你们也别想得到，于是一跃而下，我又怎会知道这是个什么地方？"

我心知她一定有所隐瞒，寻思是不是该给她上些个手段，这时，雪莉杨将我叫了过去。雪莉杨说："你看流沙中的这块岩石，如此平整，显然不是风化而成。"

见那岩石边长约1.5米，下面都被流沙埋住了，虽然风蚀严重，可仍显得非常平整。我扒开两边的沙子往下挖，想看一看这块岩石完整的形状，不过我扒了半天，始终见不到底。

胖子以为从流沙中挖出了石棺，他也拿了工兵铲过来帮忙。我们两个人忍住干渴，往下又是一通挖，累得汗流浃背，呼呼气喘，方岩的下边仍是这么齐整，可是挖了很深也没到底。

雪莉杨说："你们别挖了，只怕挖上一天也挖不到尽头。"

胖子说："这可不是石棺，你们瞧这是个什么玩意儿？"

我说："往下挖这么深还没到底儿，而且又齐齐整整，倒像一根岩柱。"

雪莉杨打开狼眼手电筒仔细看了看，想不出这还能是什么别的东西，怎么看都是根大岩柱，仅仅是粗得惊人，挖了这么半天，从沙海中挖出一根岩柱！

胖子垂头丧气地扔下铲子，坐下直喘粗气，本来已经渴得够呛了，又白忙活一通儿，我也只好趴下歇会儿。

玉面狐狸说："你这个姿势很特别，要么躺着，要么坐着，你趴着干吗？"

我说："你还有脸问，我屁股上挨了你手下一鞭子，抽掉一块肉。你让老子怎么坐？"

玉面狐狸说："是吗？要不要紧？快让我瞧瞧！"说话她要过来扒我裤子。

我让她吓出一身冷汗，忙说："去去去，成何体统！"

转头一看雪莉杨，雪莉杨还在流沙中的岩柱旁边，低头思索，并没有注意到我们这边的情况。

我想可别在这个地方待着了，再挖下去那也仅仅是一根岩柱，要趁这会还走得动，尽快离开此地。

胖子说："这地方的流沙随风打转，指南针也失灵了，东南西北都认不出，怎么走？还不如躺下等死。"

我心想："以往困在山腹地洞，我从来都不在乎，干倒斗挖坟这个行当，钻土窑儿是家常便饭，摸金校尉能探山中十八孔，什么样的山洞都进得去出得来，可密咒伏魔殿下的深渊太大了。没个边儿没个沿儿，脚下又全是流沙，狼眼手电筒的光束顶多能照二三十米，我虽然有寻龙之术，但也无能为力。"当下对胖子说："我们目前首先要解决定位问题，如果不辨明方位，那么走到累死，也是在原地打转。"说完，我又叫雪莉杨过来一同商量。三个人一致认为，风向是唯一的指引。我们应该从侧面穿越旋流，先从这地形如同漩涡的流沙中走出去，之后再做理会。

我当年在东北插队，去过一趟蒙古草原，那里的牧民常用手指蘸了口水举到头上来判断风向，手指感觉凉的一侧就是风吹来的方向。我和胖子也学会了这招儿，于是带领众人往侧风方向走。

大金牙仍是半死不活的,不过时间一久,他也发现他虽然渴得无法忍受,但是还能走得了路,说得了话,也就不用我们像拖死狗一样拖着他了。

众人又走了半天,前边的胖子忽然停住了脚步,他说:"老胡,你快过来瞧瞧!"随即把手中的狼眼手电筒的光束往前一指,照到了流沙中一块平整的巨岩,那巨岩下边儿被流沙埋住了,上边儿有一米多高。

其余几人一看也均是大吃一惊,按说走的方向不会有错,可怎么又回到了岩柱这里?

3

大金牙说:"胖爷,说不定这沙海之中有很多这样的岩柱,咱们不可能又绕了回来。要真是那样,这么半天不是白走了?你还不如一枪崩了我得了,我实在是走不动了。今个儿一天我把我这一辈子的路都走完了。"

胖子说:"你以为我愿意绕路,可这就是之前那根岩柱。"

我对胖子说:"你是不是看错了?这是咱们之前挖出来的岩柱吗?我记得咱俩用工兵铲挖了半天,可比这个深多了,这个岩柱才有一米多高。"

雪莉杨说:"风会使流沙加速移动,挖开的沙子有可能又被流沙埋住了,你看咱们身后的足迹,不是也都不见了吗?"

我说:"那也许跟大金牙说的一样,沙海中有其余的岩柱,毕竟咱们走的方向没有问题。"

胖子说:"不对,我认得这根岩柱!"

我说胖子："你现在长能耐了，连柱你都认得了，你招呼它，它能答应你吗？"

胖子说："你这叫抬杠，我是看岩柱这上边缺了一个角，这我可不会看错。"

我上前一看，岩柱边缘是缺了一角，可不是这一个角缺了，四个边角都有风蚀的痕迹。胖子说其余三个角他没注意看，反正是记得其中一个角缺了。

我说："咱们别被一根岩柱绊住了，留个记号，再往前走。沙海下似乎有一大片遗迹，岩柱不会仅有一根，但是如果再遇到这根有记号的岩柱，那可……真是见到鬼了！"

胖子倒握工兵铲，用力将铲尖往岩柱戳去，"噌噌噌"三声，留下三道倒月牙形的铲痕。

一行人再次上路，冒着风沙往前跋涉，由于周围太黑了，我们根本不知道已经走了多远。我想起搬山道人祖先世代供奉的圣物明月珠，史书上记载：此珠，径二尺，光照千里。虽说实际上可能照不了千里，但是在几百米的范围内，亮如明月，那倒不是夸大。而明月珠在密咒伏魔殿中被我打碎，里面只是一块一握大小的摩尼宝石，光华收敛，再也没有了亮如明月的光芒。

我问雪莉杨："能否让摩尼宝石的光芒复原，如果有摩尼宝石照明，我们走出这茫茫沙海的机会可就大多了。"

雪莉杨说："早在先圣在世之前，扎格拉玛一族便将摩尼宝石作为圣物，世代供奉。相传，摩尼宝石中有宇理之光，可以照破一切无明之众，灭尽一切无明之暗。而明月珠中的这块宝石，实乃摩尼宝石中最神秘的一块，可以吸收一切光明。由于宝石中的结构，呈无限曲面内折射，一旦有光摄入宝石，就永远留在其中。搬山道人世代相传，也仅说摩尼宝石绝不能落在旁门左道之手，否则必有一场大劫，却没说如何放出摩尼宝石中的光明。"

我又问雪莉杨:"摩尼宝石可以照破一切无明之众,灭尽一切无明之暗,这话又怎么说?"

雪莉杨说:"摩尼宝石从搬山道人手中失落了近千年,很多秘密都没有传下来,因此我也并不十分清楚。"

我们正在说话,又看见前边一根岩柱,半埋在流沙之中。我心说:"真是奇怪了,究竟是另外一根岩柱,还是我们一直在原地打转?"

大金牙说:"这应该是另外一根岩柱,之前那根有一米来高,这根岩柱在流沙上面的部分才不到半米。"

我看了看那岩柱顶端,四个角均有风蚀痕迹,流沙并不是固定不动的,所以不能根据岩柱在流沙上边的位置来确认这是不是同一根岩柱。

大金牙急于在岩柱上找寻:"胖爷给之前的岩柱上留下三道很深的铲痕,如果这根岩柱上也有记号,那我们就是一直在原地绕路了,岩柱横不能自己长了腿儿跑了过来。"

我们一听这话,也都过来一通找,但岩柱在流沙之上的部分仅有半米,如果有记号的话,那也被流沙埋在了下面。我们用工兵铲扒开流沙往下挖,直挖得筋疲力尽,可是一看这根岩柱,众人背上都涌起一阵寒意!

我和胖子绕着岩柱往下挖,虽然有流沙持续落下来,仍不及我们挖的速度快,挖了好一阵,掏出一个大沙洞。不过再看那根岩柱,竟然还是之前那么高,随着我们不住往下挖,岩柱也在缓缓下沉。

我们扔下铲子直挠头,见过怪的,可没见过这么怪的,说不迷信都不成了,莫非这根岩柱活了?它似乎有意不让我们看到下面的记号,我们往下挖多深,它就往下沉多深,流沙以上的部分仍是不到半米。

这么挖下去,只怕把我和胖子累死也见不到流沙下的标记,我感到我们陷入了绝境。在一片没有方向的流沙中，照明距离最远的狼眼手电筒，也只不过能照到二十米开外，况且沙尘涌动，即便有足够的照明也看不到远处。胖子之前在一根岩柱上留下标记，不论我们面前这根岩柱上有没有标记，确认之后至少可以对目前的方位做出判断，究竟是沙海中有许多岩柱？还是我们一直在原地打转儿？哪一种情况都好，总要确认了目前的处境，才能想出应对之策。可这地方的流沙和岩石都在同我们作对，走了这么久，连定位都做不到，这就等于没有生还的机会了！

此时众人的干渴已近乎极限，谁都走不动了。我趴在流沙上，舔了舔嘴唇，发觉嘴唇已经裂开了口子。如果说之前的干渴还只是心理上的错觉，那么此时距离脱水不远了。我感到意识已经有些恍惚，屁股上火烧火燎的伤口也没了知觉，暗想："即便这根岩柱上没有记号，是我们一路之上遇到的第三根岩柱，我们可也走不出去了。"

雪莉杨过来握住我的手说："如果不是我一定要夺回摩尼宝石，你们也不会落到这般境地，你怪我吗？"

我说："你这叫什么话，换了你是我，你也一样会为我这么做，反正只有这一条命，扔在什么地方，又不是咱们自己可以做得了主的。即使今天命丧在此，我也没有一句怨言！以前我们过得都是混吃等死的日子，如果不是遇上了你，我和胖子至今还是两个钻土窑儿的，结果终究是荒烟衰草了无踪迹。我们豁出这一条命来报答你，那也是理所应当。至于大金牙，他是人为财死，鸟为食亡，你完全不用可怜他。"

胖子在一旁说："你这话我就不愿意听了，你小子是又打醋又买盐又娶媳妇又过年，我不还是个钻土窑儿的，隔三岔五还得给你背黑锅！你凭什么替我把我这条命也豁出去了？"

我说："你如果还能走得动，可以从这走出去，我也就不说你了，问题是你不也拉不开栓了吗？"

胖子说："我决不给你们俩当陪葬的童男子儿！"

4

我说:"你以为你还反得了天?"

胖子一咬牙说:"这个岩柱下面一定有东西,老子非把它刨出来不可!"握住工兵铲又在流沙上一阵乱掏,越掏越深。你说这可不是奇怪了吗?岩柱还是半米多高,胖子一边往下挖,岩柱一边往下沉。

我看胖子在流沙上乱挖,挖出的沙洞已经没过了他的头顶,仍未见到岩柱上的标记,不是他挖得不够深,而是岩柱在缓缓下沉。

我让他别再挖了,他却不理会,埋着头狠挖。这时候半死不活的大金牙睁开了眼,一看胖子在挖流沙,他忙沙着嗓子对我说:"胡爷,我还没死!你们可……不能埋了我!"

我说:"你怎么又诈尸了,没人埋你。"

大金牙说:"这不坑都挖上了吗?你们二位都是刀子嘴菩萨心,平常说让我大金牙死在山上喂狼,死在山下喂狗,可真到这会儿,这不还是要让我入土为安吗?好意我大金牙心领了,但是我还没蹬腿儿呢,你们可不能把我活埋了!"

我实在是不想跟他多说了,任他苦苦哀求,我也是无动于衷。

这时忽听得胖子在下边儿大叫了一声。

我说:"你在下边儿干什么?真挖出东西来了?"

胖子冒出一个脑袋说:"水!水!流沙下边儿有水!"

一听见这个"水"字,所有人都跳了起来,几只狼眼手电筒的光束照下去,只见胖子已将沙洞掏了一个三米多深的大洞,岩柱仍是半米来高,可在沙洞底部,汩汩地涌出地下水。我们这几个人均是口干舌裂,心里边儿火烧火燎,此时见到地下水,真好比行在酷暑中忽然遇到清泉百丈。虽然流沙中的水夹杂着泥沙，显得十分浑浊，真渴到这种程度，那也没什么好在乎的了。

胖子用两只手捧起水来往口中送，不过激动得两手发抖，没等将水碰到嘴边儿就已经没有多少了。这时候大金牙像条狗一样一头扎进沙洞，伸出舌头去舔地下的水。我心想："原来流沙下面有水，所以这岩柱才一直往下沉。可这水能喝吗？毛乌素在蒙古语中的意思是'坏死的水'，当地是有一些暗河及海子，但是大多海子中是咸水，喝下去是会死人的，不过以我们现在的处境来说，不喝水只有一死，喝了水还有可能活下去。"

刚这么一分神，大金牙已经"咕咚咕咚"地连喝了好几口，可见不是咸水，否则他一口也喝不下去，胖子又往下挖了几铲，涌出来的地下水更多了，他用行军水壶接满了水扔上沙洞，我捡起行军水壶，想了一想，交给玉面狐狸，说："你先喝！"

玉面狐狸看了我一眼，一言不发，接过行军水壶，一口气儿喝了个精光，看来她也是渴坏了。我看大金牙和玉面狐狸喝过水之后，都没有什么异状，这才又让胖子接了一行军水壶的水，给雪莉杨喝了。最后一个轮到我，那水一入口，我便觉得和我以前喝过的水不大一样。我在昆仑山上喝过不冻泉里的水，在岗岗营子喝过山沟溪流中的水，在蒙古草原上喝过百眼窟玛瑙中的水胆，也在寻找西夏地宫的路上喝过地下暗河里的水，但是没有一种水的味道，与这流沙下的水相同。

流沙下的水似乎有一种腥气，不是沙土的腥气，也不是死鱼般的腥臭，有股壶底子味儿。正常情况下，我肯定不会喝，但是现在实在太渴了，水一入口，可也想不了那么多了，一仰脖子全喝了下去。

据说在战争年代，上甘岭的志愿军喝过"光荣茶"，人如果渴急了，除了盐卤，真没有喝不下去的。不过我喝饱了水才觉得后怕，新中国成立初期，好多人都没喝过自来水，所以有那么句话——社会主义的自来水儿,喝完了肚子里不闹鬼儿。那是用来形容自来水干净、卫生,不干净的水喝下去,肚子里要闹鬼,这个"闹鬼儿"也只是一种形容。我并不知道喝了流沙下的水会有什么结果,尤其是这个水的味道非常古怪。

大金牙也犯嘀咕:"喝完了不会死人吧?要是这么不明不白地去见了阎王爷,那人家问起来怎么死的,我说我大金牙喝水喝死的,那让您说我这个脸还往哪儿搁?"

胖子说:"你是进棺材擦粉——死要面子。你要怕死啊,干脆就别喝,喝完了你还吐得出来?而且喝完水都过了这么久了,不是也没事儿吗,反正我感觉良好。拿起腿儿来再跑个二三十里,那是不在话下。"

大金牙说:"我真觉得这个水的味儿不对,胖爷你愣是没喝出来?"

胖子说:"要不是我从流沙下挖出水来,你们一个一个全得渴死。干活儿的时候没见你们,全躺下装死,这会儿喝够了水,又出来挑三拣四,这是沙子下边的水呀,你当是喝冰镇桂花酸梅汤呐!"

大金牙说:"我就是当冰镇桂花酸梅汤喝的,不看是谁挖出来的水!"

我对胖子说:"实事求是地讲,这个水还是不能跟冰镇桂花酸梅汤比,但这是救命的水啊。"

胖子说:"你也难得实事求是一次,你们敢不承认,背黑锅是我,撬棺材是我,掏明器是我,拖死狗是我,拿铲子拍粽子也是我,挖沙子还是我!然后我还处处得不了好儿,我抱怨过一句吗?"

大金牙说:"横眉冷对千夫指,俯首甘为孺子牛,可歌,可泣!"

胖子说:"既然群众发出这样的疾呼声,那我也别客气了,不得不说,我在咱们队伍里,可以说为倒斗事业使尽了力,操碎了心,然而个别坏蛋妄图一手遮天,给我背上了一口大黑锅,如今我危难之时显身手,力挽狂澜于即倒,是不是该给我平反了?"

我一看这事儿可不能提,忙说:"我也不得不承认,流沙下的水虽然有股子铁锈味儿,可是喝下去之后,是真解渴,而且身上力气也足了,咱们别在这儿磨洋工了,赶紧往外走。"

我往前这么一走,其余的人也只好跟上来,一脚深一脚浅地走了一阵子,抬头往前一看,又是那根岩柱。众人近乎崩溃了,好不容易找到水源,怎么又绕回了原点?

大金牙说:"是不是风向有变啊?"

我说:"如果连风向都不固定,那我可真没招儿了。"

雪莉杨说:"我们一共见到了四根岩柱,不过到目前为止,我们还无法确认是不是同一根岩柱。"

我心说:"不好,刚才听胖子一说到背黑锅,我急于开溜,却忘了在那岩柱顶部留下标记!"

这时一直没有开口说话的玉面狐狸忽然说道:"不是同一根岩柱。"

我问玉面狐狸:"你怎么知道?你也在岩柱上留了记号?"

玉面狐狸往前一指说:"那里也有一根。"我向她手指的方向看过去,在十几米外的流沙中,耸立着一根岩柱。这么一来,便可以确认沙海中的岩柱不止一根,而且从岩柱的形状与布局来看,流沙之下一定有一大片古迹,显然比西夏王朝的密咒伏魔殿更为古老。

我问雪莉杨:"在西夏王朝之前,这个地方还有什么古国?"

雪莉杨说:"从未有过,至少古史和文献中没有任何记载。"

我说:"那这沙海中的岩柱又是什么人留下的?"

大金牙说:"那可不好说了。"

我说:"那有什么不好说的?"

大金牙说:"胡爷、胖爷,你二位也在潘家园儿混这么久了,也钻过不少土窑儿，可知朝代兴废？"

我说："这有什么不知道的，唐宋元明清呗！"

大金牙说："再往前呢？"

我说："三国两晋南北朝，五代十国。"

胖子说："这连我这个背黑锅的都知道，他要是不知道，他还吃这碗饭？"

大金牙说："那要再往前，你们二位还说得出来吗？"

胖子说："秦皇汉武，再往前我还真不知道了，前边儿还有人吗？"

大金牙说："秦皇汉武之前，那就是春秋战国，再往前是西周，西周之前是殷商。"

胖子说："前面还有吗？"

大金牙说："有啊，尧、舜、禹，再早之前还有呐！可是如今能见得着的东西，顶多也就到商汤了。"

胖子说："之前的都上哪儿去了？"

大金牙说："一是年代太久远，二是老早以前发过一次大洪水，全给冲没了，什么都没留下。"

雪莉杨认为大金牙说得有道理，殷商到现在有三四千年，考古也无法证明在那之前是不是有过文明发达的古国，也许我们脚下的流沙掩埋了一个大洪水之前的古国，古老得连史书都没有任何记载。

我听到这里，心中一动，偷眼一看玉面狐狸的眼中闪过一丝诡异的光，我心想："玉面狐狸不计代价地抢夺西夏金书，是为了从壁画中掏出摩尼宝石，而她得手之后，又从裂开的石台上一跃而下，怎么看她也不是想一死了之，难道她真正的目标是这个埋在流沙下的古国？可她一个人下来，能挖得开多少沙子？这里只有几根岩柱，她想在这找什么东西？得手之后又如何脱身？我必须想个法子，从她口中掏出这个秘密。来软的她不会上当，如果来硬的呢？我让胖子削掉她

215

两根手指，我看她说还是不说！不过在那种情况下，她说出来的话我敢相信吗？何况雪莉杨也不会同意我这么做……"

我一边想，一边又往前走，沙海中的岩柱越来越多，流沙之上的岩柱或高或低，有的已经从中断裂，流沙中还有巨大的石顶，又往前走了几步，狼眼手电筒的光束照到一个庞大的轮廓，仿佛是一座宫殿的大门，狼眼手电筒往上照不到顶。人在当中，勉强可以照到两边的石壁，可见宽不下四五十米，齐整得犹如刀削一般。虽然我们能看到的仅仅是其中极小的一部分，却仍可以感受到超出于人类之上的严密、深邃与宏大！

第十五章　灭尽一切无明之暗

1

我们站在巨门前看了半天,一个个惊骇莫名,如果说这是一座门,那也未免太深了;如果说是一条通道,边缘又未免太齐整了,刀砍斧剁都没这么平。通道宽约四五十米,高度也不会小于三十米。

大金牙胆寒起来,问我:"胡爷,咱们该不会往这里边儿走吧?我瞅着都觉得瘆的慌,这得通到什么地方啊?"

我说:"周围全是流沙,好不容易见到一条路,当然得进去瞧瞧,说不定瞎猫撞上死耗子,真就让咱走出去了。"当然,我这么说,是想让大金牙不要过于紧张,此时此刻,我心里又何尝不是发毛?但是我们无水无粮,又辨不出方向,在这种情况下见到一条通道,且不说走进去是吉是凶,总比我们在流沙中绕来绕去好得多。

胖子等不及了,一马当先,要往里走。

雪莉杨却说:"等一下,老胡,你看这石壁,很奇怪!"

我让胖子和大金牙看住玉面狐狸,别让她趁机跑了,并且告诉胖子,如果玉面狐狸有什么反常举动,可以立即开枪射杀,绝不能让她威胁我们四个人的安全。

胖子说:"我要是一枪崩了她,是不是就不用替你背黑锅了?"

我说:"不要讨价还价,让你背黑锅,是出于对你的信任。"

说完,我走到雪莉杨身边,她正站在通道石壁下方,狼眼手电筒的光束照到石壁上,但见石壁漆黑无比,平整异常,既不像开凿而成,也不像砖石砌成。我用手摸上去,冷冰冰的,而且硬得出奇!

雪莉杨说:"还有更奇怪的,你看……"

说罢她要过我的工兵铲,一铲削在石壁上。按说即便是花岗岩,这样子一铲子削上,必定会发出岩石与铲刃撞击的声响,甚至会擦出火花。可雪莉杨这一铲子下去,削到石壁上,仅发出很轻微的一声响。要不是我全神贯注地在听,可能连这个声响都听不到,而且那石壁上,居然连一道白印都没有留下。

我拿过工兵铲,双手倒握,用铲尖儿往石壁上刮,反复刮了十几次,通道石壁上仍是连一道白印也没有。

我说:"实在是奇怪,德军工兵铲是什么钢口儿,生铁蛋子也能刮出道子来,石壁的坚硬程度,简直让人难以想象!"

雪莉杨说:"通道两边及地面都是这样的石壁,可如果说是石壁,那也太硬了。而且用手电筒照上去,石壁上没有任何光泽,黑沉沉的,好像处于一种究极物理状态。"

我听不明白什么叫究极物理状态,可又不太好意思问,那也显得我太无知了。估计大概意思就是枪子儿炸药刀砍斧削都不会在这个石壁上留下任何痕迹,一句话——真硬!

我和雪莉杨低声商量了几句,决定进去一探究竟。通道虽然古怪，但是不进去也没有别的路可走了。另外要当心玉面狐狸，她或许知道这条路通往何处。

我想起在玉面狐狸见到通道入口时，她目光中并没有恐惧、惊奇，而是传递出一种不可名状的"喜悦"。只让胖子看住她，我还不放心，我也得跟在她身后。我又告诉雪莉杨，进入通道之后，我可能要吓唬吓唬玉面狐狸，也许有机会问出摩尼宝石中的秘密。于是让雪莉杨在前面开道，玉面狐狸随后，最后是我和胖子、大金牙，连珠步枪子弹都顶上了膛。

各人带上携行灯，小心翼翼地走进了通道。在通道巨门前往里面看，会觉得深不可测。走进去之后，这种感受更为强烈，通道仿佛无尽地一直向前延伸，感觉不出脚下有高低起伏，为了避免迷失方向，众人集中到左侧行进，感觉不到时间、感觉不到距离、感觉不到方向，如同在原地踏步一般，一步一步地走在一条没有尽头的路上。我发觉有一个东西，在暗中注视着我们的一举一动，虽然我看不到对方，但是每一根直立的汗毛都在传递这样一个信息，这绝不会是我的错觉！

同时，我有一种预感，我们永远都走不出这条通道，因为通道没有尽头。我心中如同十五个吊桶打水——七上八下，明知情况不对，却不得不一直向前，也许下一步就会跌进无底深渊。我暗中寻思，既然玉面狐狸必须带摩尼宝石来到这里，那么摩尼宝石一定是关键所在。之前我问了雪莉杨，她也仅仅知道摩尼宝石可以照破一切无明之众，灭尽一切无明之暗。我和胖子一边盯住玉面狐狸，一边讨论摩尼宝石中究竟有什么秘密。

胖子问我："照破一切无明之众，灭尽一切无明之暗，是什么意思？"

我说："这是一高词儿。"

胖子说："我没问你这词儿高低，我问你是什么意思？"

我说:"这两句话中的字儿单独拎出来,我个个都认得,连在一块儿,那还真不好说。不过你这么一问,倒给了我一个提示。先前在密咒伏魔殿,咱们不是也想不明白什么叫密咒吗,当时你说,'密咒就是秘密的咒,不能告诉你,告诉你就不是密咒了'。"

胖子恍然大悟,他说:"噢,明就是亮,无明就是没有亮,那就是黑了。"

我说:"正是如此,看不见的东西叫无明!"

玉面狐狸走在前边,听到我和胖子的话,忽然冷笑了,听她这意思,似乎对我二人的高见颇为不屑。

胖子说:"你少在前边冷嘲热讽,那谁怎么说的,朝闻道,夕死可矣,你听了我和老胡这道,一会儿毙了你都够本儿了,你可以瞑目了。"

我心想:"胖子这水平见长,这词儿我都说不出来,又一想,何不趁机从玉面狐狸口中套几句话?所谓'言多语失',她始终一言不发,这原本对我们不利。"于是我对胖子使个眼色,让她问玉面狐狸什么叫"无明"。

玉面狐狸说:"一切生死、轮回、因果之间的业力称为无始无明。你们连这个都不明白,摩尼宝石落在你们手上,真应了一句话——明珠暗投。"

胖子说:"你别想唬我们,其实从根儿上说,我们悟出来的也是这意思。生死、轮回、因果之间的东西,你看得见吗?所以我们说看不见的东西,叫无明。"

我原本想从玉面狐狸口中问出摩尼宝石的秘密,可我实在听不明白她说的话,怎么生死轮回因果报应都出来了?我绞尽脑汁想了半天:"生与死,因与果之间有东西吗?好比人生下来,便注定一死,这是可以预见的,但从生到死之间,会经过怎样的一生?对我们来说,那又是看不见的,有无穷的可能,这就叫无明?"

2

听了玉面狐狸说的话之后，我反复去想，照破一切无明之众，灭尽一切无明之暗，想得我头都大了两圈儿，仍旧想不出个所以然，又寻思："摩尼宝石的外壳已经碎裂，光华收敛，没有了光亮，那还照得出什么？"如此一头想一头走，又不知走了多久，我找前面的雪莉杨要来摩尼宝石。其一，我是想看看能否使摩尼宝石中的光芒复原；其二，摩尼宝石揣在我怀中才不担心会有闪失；其三，我将摩尼宝石拿在手中，装作看来看去，会引起玉面狐狸的注意，我才有机会从她口中套出更多的话来。果不其然，玉面狐狸见我用狼眼手电筒在照摩尼宝石，她问道："你想不想知道摩尼宝石中的秘密？"

我说："我固然是想，可从你口中说出来，那我得先掂量掂量可不可信。"

玉面狐狸说："我从未起心害你，也不会诳你，此言可指天地。"

我说："我真是领了你这份情了。你说这摩尼宝石能治你爷爷被门夹坏的脑袋，这话你还没忘？我可记得一清二楚，你说明月珠又叫上清珠，人若有所忘，以手抚摸此珠，前尘旧事，则历历在目，我这儿都捏出汗了，也没想起我昨天晚上吃了什么。当着老中医，你就别开偏方了！"

玉面狐狸说："你不要揪着前面的恩怨念念不忘，我指的是你第二次将我救上暗河之后，不信你尽管问我，你想知道什么？不过在你们放了我之前，你只可以问三个问题，回答你之后，你我从此两不相欠。"

我说:"你从西夏地宫中带出明月珠是为了做什么?"

玉面狐狸说:"我要找一个'宝藏'。"

我心想:"这已经是一个问题了,这说了简直等于没说,如果我再问宝藏是什么,那显然没有任何意义。下一个问题,我该问什么?宝藏的位置?那不在通道之中,就在通道尽头,这也不必多问。我目前最大的问题,是想尽快走出这条没有尽头的通道。"于是我问玉面狐狸:"通道的尽头是个什么地方?"

玉面狐狸说:"不知道,不知道也是一种答案,我和你们一样都不知道。"

我心想:"这个狐狸精太狡猾了,她用只言片语或毫无价值的回答来获取我的信任,我这第三个问题还不如不问,那又把这个机会白白浪费了。不如我让胖子吓唬她一下,不信她不怕!"

我略一沉吟,用胳膊肘撞了撞胖子和大金牙,装作要继续问玉面狐狸第三个问题,一旁的胖子和大金牙心领神会,突然焦躁起来,要开浑不吝的架势,说道:"老胡,她是在拿你当猴儿耍啊!不知道也叫一种答案?我放个屁都比这话有分量,你小子在爱情的港湾中脚踏两只船,也不怕来阵大风给你刮水里淹死,你对这个狐狸精一再姑息,还让我替你背黑锅,我看你小子是让她给迷住了,看我今儿个断了你的念想!"

说着话,他拽出工兵铲,要一铲子将玉面狐狸的头削掉。我急忙拦住他,说:"杀人不过头点地,即使她真有心自绝于人民,你要干掉她,那也得先给她交代一下政策。"

玉面狐狸说:"姓胡的,你薄情寡义!既然要杀我,就在我面前动手,别在背后下刀子。"

我说:"王胖子一旦发起狠来,我可拦不住他,你别以为我是在吓唬你。"

胖子说:"你跟她废什么话,你今个儿要是拦我,我就连你一起给剁了!"

前边的大金牙扭过头来说:"胖爷,这玉面狐狸长得比壁画上的飞天仙女还好,一铲子剁了未免可惜,要不然……"他一脸的坏笑,其意不言自明。

我对大金牙说:"你们这是要先奸后杀啊?"

胖子将我推到一边,说道:"老子这柄铲子既然出了手,那就没有再收回去的道理!"随即抡起铲子,要让玉面狐狸人头落地。

大金牙说:"别动手,别动手!你们二位不就是想问几句实话嘛,那也犯不上人头落地啊!听我大金牙的,问一次不说,扒一件衣裳,问两次不说,扒两件衣裳,你看她说是不说!"

玉面狐狸并不怕我,但她对胖子还有几分忌惮。胖子那股浑劲儿一上来,那可真是说得出做得到,何况大金牙的那招儿更损,玉面狐狸当时吓得脸都白了。

正在这时,却听一旁的大金牙"哎哟"了一声。我用狼眼手电筒往前一照,只见他满脸都是血,我和胖子以为他在这漆黑一团的通道之中受到了袭击。

前面的雪莉杨也停住了脚步,胖子手中高举的工兵铲,便没有落下去。趁众人这么一怔,玉面狐狸扭头就跑。掠过大金牙身边,顺手拽出了插在他背包后边的鱼尾刀。

胖子骂了一声:"还想跑!"举起了手中的连珠步枪。

玉面狐狸吓坏了,她肩上还有携行灯的光亮,以胖子的枪法,这一枪打出去,准让玉面狐狸脑袋开花,我忙按下胖子手中的步枪。刚才我们的戏太过了,没承想把玉面狐狸吓跑了。她手上没有摩尼宝石,不怕她飞上天去。况且她是唯一知道摩尼宝石秘密的人,一枪干掉她容易,想从这逃出去可就难了。

我和胖子、雪莉杨扶起倒在地上的大金牙,问他怎么回事儿?

原来大金牙只顾嘴上忙活了,得意忘形,一头撞在了通道石壁上,撞了一个满脸花。这一张嘴不要紧,那颗金光闪闪的大门牙都给撞掉。大金牙手捧他的金牙,哭爹叫娘,连声惨呼。胖子抬手给了他一个嘴巴:"哭什么哭?不就是金牙掉了吗?旧社会的妇女丢了贞操都没你哭得这么惨!"

大金牙挨了胖子这一巴掌,失魂落魄一般倒在地上,看来对他而言,金牙比他的命都重要。在他这颗金牙被撞掉之后,以往那个梳着油光锃亮大背头、成天咧着嘴、口若悬河一肚子生意经的大金牙,全身的光彩都没了,脸色也是灰的。

3

此时的大金牙,鼻子血流不止,似乎还撞断了鼻梁子,雪莉杨动手替他止血,摇了摇头说:"你们刚才是不是太过火了?"

我说:"大金牙真不是个东西,一说要扒衣裳,连路都顾不上看了!这可不在我的计划之内,我只是让胖子拿铲子吓唬吓唬玉面狐狸,没想到大金牙来这出儿,这不遭了报应吗?"

胖子问我:"追不追?再不追可跑远了!"

我往前一看,通道深处一片漆黑,已经看不到玉面狐狸身上的灯光了。不知她是逃得远了,还是关掉了携行灯筒。

我说:"通道是一条直路,她跑得再远,也能追上,先给大金牙止血要紧。"

胖子说:"我以前以为他光贪财,想不到他还好色,这要传出去,咱们的名声可完了。我可是经常强调'不怕当坏人,但是坏也要坏得一身正气!'"

我见大金牙人事不省,脸上全都是血,看来一时半会儿无法行动，就想让胖子背上他。

胖子说："压根儿不该带他来，这么个半死不活的料，背回去还有什么用，不如让我把他的金牙揣兜儿里带回去，打板儿上香供起来，往后你们谁想他了，可以把这金牙搁嘴里唧啰唧啰，味道一定好极了……"

话没说完，通道前面有一点光亮晃动，刚才逃走的玉面狐狸，居然又跑了回来。她的脸色比之前还要难看，手中拎着一柄鱼尾弯刀，刀上有血迹，顺着刀尖往下滴落鲜血。

我们以为她在前边遭遇了危险，所以逃了回来。没等我问她，她竟一头扑到我怀中，全身都在颤抖，不知是什么东西把她吓坏了。

我只好让她到石壁旁坐下，问她："你不是逃了吗？在前边撞到了什么？刀上又是什么东西的血？"

玉面狐狸对我的话充耳不闻，怔怔地盯着刀上的血迹，忽然开口说："快把摩尼宝石给我，不然我们都得死！"

我对她说："你是不是没招了，这话也说得出口？"

玉面狐狸急了，伸手往我怀中来夺。我将她推回石壁下，让胖子先按住她，又低头看了看那柄鱼尾刀，心想："玉面狐狸身上没有刀口，那鱼尾刀上的血迹从何而来？"我往通道前方看了好一会儿，什么都没发现，转过头来一想："通道中连只老鼠都没有，玉面狐狸这一刀，究竟砍中了什么？何以将她吓成这样？"

雪莉杨也感觉情况不对，走到我面前，低声说："前边一定有情况，你们留下看好玉面狐狸和大金牙，我先过去看一看。"

我对雪莉杨说："还是我过去侦查一圈，玉面狐狸的花招太多，不知是不是又在装神弄鬼，你们也要当心她。"

雪莉杨说："如果遇到危险，你别逞能，赶快往回跑。"

我应了一声，抽出工兵铲，打开狼眼手电筒，在通道左侧的石壁下一直往前走，心中暗数，大约走了三百步，转头已经看不见雪莉杨等人的手电筒光亮了。没有尽头的隧道中仿佛仅有我一个人,既没有光亮,也没有声音,我心中有些发慌:"往前走出这么远,也没见到什么,是不是该回去了?"刚想到这儿,脚下碰到一物,似乎是一个人的身子。我忙按下狼眼手电筒的光束照过去,只见通道左侧石壁下,倒了一个女子,穿一身猎装,头被利刃削去了半边,遍地是血,从装束和身形上,我一眼就认了出来,脑袋少了一半的女子是——玉面狐狸!

我用手一摸尸身,余温尚存,刚死了没多一会儿,可如果说死在这里的是玉面狐狸,那么刚才跑回去的人又是谁?

我仔细回想刚才的情形,为了让玉面狐狸说出摩尼宝石的秘密,我和胖子、大金牙三个人做出恫吓之势,胖子抡起工兵铲要削掉她半个脑袋,大金牙又在旁边煽风点火,声称要将玉面狐狸扒个精光,结果大金牙得意忘形,一头撞在石壁上,口中的金牙都撞掉了,玉面狐狸让我们吓得不轻,趁乱往前逃了出去。原来她逃到这里,撞见了一个与她一模一样的"人",双方发生了争斗,玉面狐狸手起刀落,削去了对方的半个头,但是她也吓坏了,只好又跑了回去。

如果玉面狐狸逃了回去,地上没了半个头的人就不该是玉面狐狸,可是通道之中不该有另外的人,即便是有,装束和形貌又怎么会同玉面狐狸完全一样?

别说玉面狐狸被吓成那样,换成是我,我也得吓蒙了,越想越觉得头皮发麻。我祖父还在的时候,我听他给我说过一件事情,在我祖父的老家有种十分古怪的风俗,大年三十儿晚上,穷光棍儿不在家待着,出去摸东西。为什么说是摸东西呢?因为不准点灯烛,黑天半夜,睁眼儿瞎一样的出去到处摸,摸到什么就捡回家供起来。有一次,一个穷光棍儿出门,摸到一个死人头骨,他也不忌讳,捧回家供了起来,又怕让别人看见,便放在床下,拿一件破衣裳遮住,按时到节上供,一天拜八遍。据说,这叫请宅仙,如若摸到个东西有灵,这一年当中,便会保佑这个人发财走运,如果不见起色,到年根儿底下就扔了,再去摸另一个东西。且说这个穷光棍儿,捧回一个死人头供在家中。转眼过了多半年,那一天穷光棍儿一进门,见一个跟他长得一模一样的人,穿着他的衣裳,在屋中对他咯咯怪笑。可这个人只有头,衣裳里面全是空的,一下就把这个穷光棍儿吓死了。相传,那个死人头骨,年久成精,又受了香火供奉,便长出皮肉、头发,与拜他的人一模一样,等到天上的星星出齐了,死人头穿上衣服去拜北斗七星,连拜三次,如果它的头没有掉下来,那他就能长出手脚,与常人无异。

我对我祖父说的这件事情记忆非常深刻,不由自主地胡思乱想,可那毕竟是民间的迷信传说,何况面前这个女子不仅有头,也有手有足,连衣服都与玉面狐狸一致。真要是鬼怪变的,那他得有多大道行?

我一时想不明白究竟发生了什么,只可以确认一点,通道中的情况,远比我们预想的更为凶险,我必须赶快掉头往回走,会合雪莉杨等人。打定主意,我立即转过身,这一来石壁在我的右手边了,在这黑暗无光又没有方向感的通道中,石壁在左或者在右,是我唯一区分前后的参照。我右手扶住石壁,快步往回走,走出一段便见到雪莉杨、胖子、大金牙、玉面狐狸仍在原地。大金牙躺在石壁下一动不动,雪莉杨正按住他的迎香穴给他止血,胖子和玉面狐狸也都坐在一旁。

胖子问我:"老胡,你怎么去了这么半天才回来,你在前面看见什么了?"

我并没有觉得我去了多久,脑中一转,决定先不将我在通道前方看到的情况对他们说,以免打草惊蛇,因为我还不能确定,坐在一旁的玉面狐狸是不是"人"!

4

  我对胖子说:"什么也没有……"随即若无其事地坐下。
  胖子说:"什么都没有,你怎么一头的汗珠子,你也肾虚?"
  我抬手在额前一抹,才发觉出了一头的冷汗,我说:"你前前后后跑这么一趟,能不出汗?"一边说话一边偷眼打量玉面狐狸,只见她的情况有所好转,已不再是刚才战战兢兢的样子了。
  玉面狐狸发觉我在看她,说道:"你怎么又色眯眯地往我身上乱看?"
  不知为什么,我感觉面前的玉面狐狸是另一个人,这话说得让我自己都觉得奇怪,为什么我会有这样的感觉?我旁边这个玉面狐狸,说话的语气腔调以及她的神态、气质,均与我认识的玉面狐狸相同,既然如此,我为什么还会觉得她是另一个人?
  人的身上有一种气息,接触的时间久了,你会认得这种气息,即使闭上眼,当这个人来到你身边,你也能通过气息认出这个人。玉面狐狸身上的气息与之前的她没有任何变化,我之所以会觉得这是另一个人,也是因为她没有任何变化。或者进入通道之后发生的一连串变故,并没有对我身边的这个玉面狐狸有所影响,她的情绪和进入通道之前的她一致。可是我们走进这条通道之后,胖子先用工兵铲威胁她,大金牙又出馊主意,要将她扒个溜光,她可能并不怕死,但是大金牙这番话,却将她吓住了。真怕这几个亡命之徒说得出做得到,以至于失去了平常的从容自如,找个机会一路往前逃去,没想到撞见了一个和她相同的人,她一刀削掉对方半个头,迫不得已又退了回来。当时的她已经近乎崩溃,说什么如果不将摩尼宝石交给她,所有的人都会死在通道里！可我到前边走了一趟，等我返回此地，她又像没事儿人一样了，变得是不是太快了？

难道我在通道前方看见的死尸，才是真正的玉面狐狸？反正这里边儿有一个是，有一个不是，其中一个是真正的玉面狐狸，而另一个和玉面狐狸长得一样的，一定是这通道中的东西，到底是什么我还不知道，但是非鬼即怪。我该如何分辨对方是人是鬼？要是有双火眼金睛就好了。传说摩尼宝石可以照破一切无明之众，说不定可以照出玉面狐狸的原形，而我却不知道如何使用。

我前思后想，冷不丁冒出一个念头，立即用手电筒往玉面狐狸身上照。因为我听人说过，人在灯下有影，鬼却没有。可这么一看，一旁的这个玉面狐狸有影有形！我暗暗吃惊："道行不小！"

玉面狐狸见我用手电照她，脸上一红，往旁边挪了一挪，骂了声："色鬼！"

胖子说："你小子平时一本正经的，一口一个三大纪律，一口一个八项注意，你偷偷拿手电筒照人家屁股干吗？"

在给大金牙止血的雪莉杨也往这边看了一眼，目光中似乎有责备之意。我心中暗骂："唉，狐狸没套到，却惹了一身骚！我一向行得正，坐得端，平时最爱听雷锋同志的故事，究竟是什么原因，使他们一致认为我好色？等我揭掉玉面狐狸鬼脸上的这张人皮，那时才让你们认得我！"我心里边急得火烧火燎，可又不能对雪莉杨等人说，通道前边有一个死尸，让人削掉了半个头，那个死人和玉面狐狸长得一模一样。如果我这么说的话，雪莉杨等人会不会相信我？我连我不是色鬼都辩解不清，再说别的谁会相信？我万般无奈，摸出摩尼宝石挡在眼前，去看一旁的玉面狐狸。

胖子说："老胡你的脑袋是不是在石壁上撞坏了，你以为透过摩尼宝石往前看，对面的人就是光屁股的吗？"

我心中暗骂："你又给老子穿小鞋，你倒是把我当成什么人了?"我不想理会他,将摩尼宝石贴在眼前,使劲往前看。可摩尼宝石并不透光,我只好将摩尼宝石放下,在手中使劲地擦了几下。

胖子说:"对,使劲擦,越擦看得越清楚。"

玉面狐狸沉不住气了,她说:"你在搞什么鬼?之前我真心真意地待你,你又不领情,这会儿怎么忽然起了色心?"

我对玉面狐狸说:"摩尼宝石怎么用?你说过可以回答我三个问题,我已经问了你两个,这是最后一个问题。"

玉面狐狸说:"什么三个问题,我看你的脑袋也是撞坏了。"

我一听此言,立即发觉在我面前的玉面狐狸,果然是另一个人,怪不得我总觉得她不对!进入通道之后,玉面狐狸说过愿意回答我三个问题,从此之后两不相欠。我先问她为什么要带摩尼宝石来到这里?她回答是为了找到一个"宝藏"。

我又问她,通道的尽头是个什么去处?她回答了三个字——不知道。没等我再问第三个问题,胖子和大金牙就将她吓得逃走了。

这一切都是切切实实发生过的,而在我面前的这个玉面狐狸,居然完全不知道。这么看来,通道前方的死尸才是真正的玉面狐狸。想到玉面狐狸已经死于非命,我心中有一丝莫名其妙的伤感,可更多的还是一种惧怕。如今这个"玉面狐狸",十有八九是画皮而成的鬼怪。让它留在身边,我们四个人早晚被它一个一个害死!先下手为强,后下手遭殃,当断不断,反受其害。再不下手,更待何时!

想到这儿,我一把揪住玉面狐狸的衣领,想要将它这层人皮揭下来。可我这个动作一出来,其余的人都以为我要扒玉面狐狸的衣服。

雪莉杨问道:"老胡,你在干什么?"

玉面狐狸又羞又急,双手来掰我的左手。我也是让胖子和雪莉杨的误会惹火了,只说了一句:"你们都好好看看!"随即一铲子挥下去,将玉面狐狸的头劈成两个半个,血喷得老高,点点滴滴的热血,溅得我脸上身上都是。玉面狐狸的死尸倒在地上,一旁的雪莉杨和胖子都呆住了。我明白他们为什么会有这种反应,在老粽子身上掏宝那是一回事儿,杀人可又是另外一回事儿了!我正想说:"你们不必吃惊,这个人不是玉面狐狸,真正的玉面狐狸已经死在通道前方了。"

可还不等我开口,一脸是血的大金牙坐了起来,他也让我的举动吓得够呛,问道:"胡爷,你真把她给杀了?可惜了儿的,好歹也是个美人儿!"大金牙他不说话还好,开口说了这么一句,露出了口中那颗闪闪发光的大金牙。

5

我一看大金牙口中这颗金光闪闪的大门牙,立时感到一阵恶寒,正所谓"分开八片顶阳骨,一桶雪水浇下来",从脑瓜顶一直凉到脚底心!先前大金牙一头撞在石壁上,撞了一脸的血,前明珐琅金的门牙也撞掉了,这会儿怎么又长上了?

要说他刚才又给金牙安上了,可也不对,那不是说安上就可以安上的。我伸手去掰他的金牙,连掰了两下,居然没掰动,大金牙大呼小叫:"胡爷,使不得!这个金牙是我的命啊!"我只好放开手,看来不仅玉面狐狸有问题,其余三个人也不是和我一同进入通道的人!

此时我又看到大金牙背包上插着一柄鱼尾刀,刀上并没有血迹,好像插在背包后面一直没有动过。我又是一惊,面前这几个人绝不是胖子、大金牙、雪莉杨,当时脑子里只有一个念头——快逃!我必须尽快回到雪莉杨等人身边,这条通道中有我根本无从认知的东西,我感觉到前所未有的恐惧!

我右手扶住石壁,左右打开狼眼手电筒照路,一路飞奔,边跑边想:"如果说大金牙一头撞在石壁上,迫使众人停下的位置是1号地点，那么我从1号地点出发，往前走了大约三百步，我是一步一步数着走过去的，而我刚才往回走的时候，分外匆忙，没数走了多少步。但是凭感觉来说，应该只有一百多步，所以我将一铲子劈了玉面狐狸的地方称为2号地点，这个2号地点无论如何也不是我出发的1号地点，真正的雪莉杨、胖子、大金牙仍在1号地点吗？对此我可是完全没有把握！为什么通道中的2号地点，会出现另一队几乎完全一样的人？而在2号地点的几个人当中，玉面狐狸并没有回答过我的三个问题，大金牙的金牙也不曾撞掉，雪莉杨和胖子同样不太对劲儿，这全部是通道造成的幻觉吗？可若说是幻觉，那热乎乎的血溅在脸上的感觉，为何又如此真实！如果不是幻觉，那么2号地点的人都是画皮中的鬼怪不成？"

我一路狂奔，越想越怕，忽然意识到，我又没有数出步数！刚冒出这个念头，忽见前面有几道手电筒的光束晃动，正是雪莉杨、胖子、大金牙，却没有见到玉面狐狸，胖子脸上全都是血，可大金牙什么事儿都没有。我心中万念如灰，只好扶住石壁，口中"呼哧呼哧"直喘粗气。

胖子抬头问我："你脸上怎么全是血？追上玉面狐狸没有？"

我听到胖子的话，又一眼看过去，便已知道我还没有回到"1号地点"，出现在我面前的是"3号地点"，在3号地点中，玉面狐狸逃了出去，一头撞在石壁上的不是大金牙而是胖子！

此时我心底涌出强烈的寒意，要说出现在"2号地点、3号地点"的两队人都是恶鬼，至少我身上还有黑驴蹄子，可以豁出命去拼个鱼死网破。我所怕的是这些人都是真真正正的人！是雪莉杨、是王胖子、是大金牙！

第十六章　宝藏

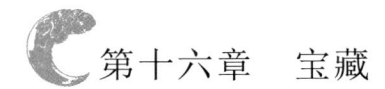

1

我无法面对这个事实，只有1号地点的人才是真正的雪莉杨、胖子、大金牙！于是一咬牙，抹掉脸上的血迹，低下头又往前跑，石壁在我右手边，在往前跑的同时，我心中默数跑了足有两百步，奔跑的步伐仍比行走的步伐要大。不论之前我往回跑了多远，仅仅是这两百步，便已经超出了我从1号地点出发往前走出的距离。

刚想到这里，前方又出现了几道手电筒的光亮，到近处一看，雪莉杨、胖子、大金牙、玉面狐狸，四个人都在，而且没有人受伤，我心中一寒，又遇上了4号地点的另一队人，与之前四队人的情况又不相同。我有一种预感——再也回不到1号地点了！

我绝望无比，不得不在这里坐了下来，没敢开口说话，仔细打量面前的四个人。胖子凑上来问我："前边那道光亮是什么？"

我支吾了半天说道:"那只是鬼火,什么也没有。"

心下寻思,这四个人又没受伤,为什么停下不走?于是试探着说了一句:"你们怎么不往前走了?"

胖子说:"你说看见前边儿有道光亮,别人可都没看见,这儿还没等说呢,你已经跑过去了!"

我说:"可能是我……看错了……"

胖子说:"你什么眼神儿啊?"

雪莉杨也走过来对我说:"老胡,你脸色不太好,是不是有什么情况?"

我说:"成天钻土窑儿,脸色当然好看不了。通道太深了,还不知要走多久才会抵达尽头,咱们先在这里歇一会儿。"

众人背倚石壁坐下,大金牙揉着自己的脚腕子说:"胡爷,还得说是您心疼我啊,我可真是一步都走不动了,正恨不得在这儿趴窝呢!"

我让胖子盯紧了玉面狐狸,又将雪莉杨带到稍远的地方,有些话想同她说。

雪莉杨问我:"你有话要对我说?"

我深吸了一口气,实在不知从何说起,她要是不相信我,那又如何是好?

我稍一思索,对雪莉杨说:"你无论如何都要相信我所说的,虽然这些话让我自己听了,我都不会相信,即便你不信,你也帮我分析分析,我遇到的究竟是什么情况?"

接下来,我把我从1号地点出发,一直到这里的经过,原原本本地给她说了一遍。

雪莉杨在听我叙述的过程中一言不发,听完之后,她仍在出神地思索,半晌也没开口。

我又说:"我也无法相信,倘若是通道中的鬼怪作祟,那么这几个地点中的人不该有不同的状况。"

雪莉杨说："你别急，咱们仔细想想——什么相同，什么不同？"

我说："比如大金牙，在这四个地点中，他人是相同的人，遭遇却不相同，1号地点的大金牙一头撞在石壁上，不仅满脸是血，还撞掉了他的金牙，2号地点中的大金牙，脸上有血，金牙却没撞掉，3号地点的大金牙根本没有撞上石壁，一头撞在石壁上的是胖子，4号地点，也就是咱们旁边的这个大金牙，他同样没有撞上石壁，其余的人也没有受伤。在我看来，四个地点的大金牙全是同一个人，至于为何会有不同的结果，我想破了头也想不出这是什么原因！"

雪莉杨说："不同的可能！"

我说："不同的可能？可能有什么不同？"

雪莉杨说："我是根据你说的话来定义，同一个人，在进入通道之后，会有怎样的遭遇，是不是存在很多种可能？"

我略微听明白了一点，如同玉面狐狸说过的"无明"，一个人从生到死之间，充满了太多的可能。好比大金牙走进这条通道，有可能一头撞上石壁，有可能只是将头脸撞破，也有可能连他的金牙都给撞掉了。但是所谓的可能性，只存在于发生之前，任何一种可能一旦成为事实，其余的可能都将不复存在！

我还是想象不出，为什么会在四个地点，出现相同的四队人？

雪莉杨说："我来给你举个例子，你想象一个骰子，骰子有六个面，面上分别有从一到六的点数。你将骰子从手中抛出，从这个时候开始，便产生了六种可能，从一到六均有可能。直到骰子落地，才会出现结果。

"骰子在落地之前有六种可能，但结果只有一个。骰子只有六面，走进通道的一行人却有无穷的可能，也许通道是一个虚数空间，走进通道的这些人，变成了从手中抛出的骰子，所以你见到的四队人，只是其中的四种可能！"

我越听越是吃惊，问雪莉杨："骰子下落的时候，因为快速旋转，使六个面模糊不清，所以玉面狐狸才会见到另一个自己？那么我从1号地点走到4号地点，为什么没有见到自己？我就好比是骰子上的一只蚂蚁，可以在各个面上到处穿行？"

雪莉杨说："那要问一问你了，你和别人有什么不同？"

我心想："人和人有什么不同，不都是两条胳膊两条腿儿，俩肩膀顶一个脑袋，这是往大处说，要是往小处说，那又是千差万别，各不相同，只怕说上三天三夜，也说不完我和其余四个人有什么不同。"

我目前能想到的一个不同之处，那就是摩尼宝石！我将摩尼宝石揣在身上，才可以在通道中保持不变。果真如此的话，骰子什么时候才会落地？

我担心骰子永远不会落地，如同这条通道一样没有尽头。可以让我们脱身的，只有照破一切无明的摩尼宝石。我虽然不知道摩尼宝石中的秘密，玉面狐狸却应该一清二楚，她也曾让我将摩尼宝石交给她，否则所有人都会死在这里。我们的处境无比凶险，必须立即从玉面狐狸口中问出这个秘密！

雪莉杨说："你可别胡来，还是先想清楚再说。"

我说："我得来个快刀斩乱麻！"当即站起身来，我心中忽然一动，又转头对雪莉杨说："我真没想到你会这么快相信我说的话，看来你对我是无条件的信任，这对我而言，真是意义非凡！"

雪莉杨说："你别自作多情，我只是认为，你编不出如此复杂的逻辑。"

坐在不远处盯住玉面狐狸的胖子已经等得不耐烦了，在那边起哄："你们俩在那儿嘀咕什么呢？说出来让咱也听听！"

我对胖子摆了摆手，让他先别说话，转头又问了雪莉杨一个非常重要的问题，为了不让其余的人听到，我故意将声音压得很低："比如说一个从半空落下的骰子在落地之前存在六种可能，骰子上的蚂蚁能够决定落地的点数吗？"

雪莉杨说："可能决定得了，也可能决定不了。即使落地的点数是蚂蚁希望的点数，其实那也不是蚂蚁来决定的。"

我又问雪莉杨："真正决定结果的是什么？"

雪莉杨说："上帝扔出骰子，上帝决定结果！"

2

我基本上没听明白，可是没时间再问了，只对雪莉杨说："如果你绝对信任我，不论接下来我做什么，你都不要阻拦。"

说罢，我走到玉面狐狸面前，她正在经受胖子那条毒舌的饱和攻击。我看她将胖子碎尸万段的心都有了，可是受制于人，只好忍住这一口气，坐在石壁下一言不发。

胖子问我："你们商量什么，怎么商量了这么久，还走不走了？"

我让胖子先闪到一边，拽上玉面狐狸说："你跟我走一趟，前面有个东西你得看一看。"

随即不由分说拽了玉面狐狸的手往前走，走出二十来步，已经看不到身后手电筒的光亮，后面的人仿佛消失了一般。

玉面狐狸怕上心头，问道："你要带我去看什么东西？"

我停下来说："这条通道没有尽头，进来的入口好像也没了，大伙儿被困在这儿出不去，到头只有一死。"

玉面狐狸说："又不是我带你们进来的，你们是死是活可与我不相干，你要想杀我，尽管动手好了。"

我说:"我怎么舍得要你的命?你我之间是有冲突,可那终究是人民内部矛盾,又不是没有调和的余地了。一路之上你也瞧见了,我身边那都是什么人,一个个成事不足败事有余,专拖我的后腿!"

玉面狐狸说:"我看你倒是乐在其中,尤其是对那个雪莉杨,哼!"

我说:"我那是逢场作戏,你说我也老大不小了,胡吃闷睡对付到如今,连个媳妇儿都没有混上,好不容易有一美国来的,又有钱,不知怎么看上我老胡了,追我追得跟王八蛋似的,那我能不乐意吗?可是你只知其一不知其二,俗话怎么说的,'强扭的瓜不甜'啊,我就是那个瓜,自认为还是个脆沙瓤儿,总觉得该有个合适的人儿来'扭',结果等得瓜快娄了,也没人搭理我。赶上那时候雪莉杨来了,人家还真没嫌我,我寻思我都到这个地步了,我也别挑了,从此过上了忍气吞声低眉臊眼的日子,其实说实话,这都是没办法,谁让人家比我有钱呢!直到遇见你,不知道为什么,在你面前我特别自在,什么话都敢说,看来咱俩才真能尿到一个壶里去。"

玉面狐狸说:"这是你的真心话?"

我说:"这可全是我掏心窝子的肺腑之言,我已经铁了心跟你远走高飞,再也不回去当牛做马了,之前我有许多对不住你的地方,只盼你别记在心上才好。"

玉面狐狸说:"不!你对我的好与不好,我都要记住,记一生一世!"

我口中对玉面狐狸连蒙带唬,说出这些话来,连我自己都觉得肉麻。可也奇怪,在雪莉杨面前,我无论如何也说不出这些话。

玉面狐狸问我:"胡哥,你说我们如何远走高飞?"

我说:"我刚才跟雪莉杨商量,如何从通道中逃出去,她盛气凌人,完全听不进我的话。我实在不想跟她多说了,所以编了个借口,告诉她我要将你带走,胁迫你说出摩尼宝石的秘密。否则我就一铲子削掉你的脑袋,如果留在原地问话,只怕王胖子和大金牙也会捣乱,雪莉杨这才信以为真。"

玉面狐狸说："你怎会知道摩尼宝石中的秘密可以让咱们逃出这里？"

我对玉面狐狸说："我也只是猜测，如果你也无计可施，咱两个就远远地逃开，反正我是不想再见那些人了。"

玉面狐狸说："胡哥，你如此待我，我怎么会再向你隐瞒，我这就告诉你摩尼宝石中的秘密，你可知道，从古以来，在这世间做倒斗勾当的，有哪几路高手？"

我心想："问我这个话，那不是关老爷门前耍大刀吗？"于是对玉面狐狸说："在倒斗这个行当中，要是说得上有能耐、有字号的，不外乎'发丘、摸金、搬山、卸岭'，从手法上来说，这叫四大门派，另外从明朝以来，出了四个大氏族，'阴阳、观山、九幽、拘尸'。"

玉面狐狸一怔，说："怎么，你也知道拘尸法王？"

我说："我只是听过一些传闻，四大氏族中，'阴阳端公'擅于相形度势；'观山太保'通晓妖术；'九幽将军'镇河降龙；至于'拘尸法王'，由于在历史上存在的时间不长，留下来的事迹不多，似乎是旁门左道，早在明朝末年，发生了罕见的大旱灾，朝廷从龙虎山上请下一位仙师，到处挖掘老坟，从中掏出干尸焚毁。因为在当时来说，朝廷上下迷信甚深，以为旱灾是坟中僵尸有了道行，吸尽了雨水云气。而这位仙师，却是左道中人，以做法禳除旱灾为幌子，行盗墓取宝之勾当，我所知所闻，仅限于此。"

玉面狐狸说："三千年前有一古国，称为拘尸国，后为周穆王所灭，明朝的拘尸法王乃拘尸国后裔，我先祖乃是拘尸国君主。"

玉面狐狸这番话倒是出乎我之所料，我说："西周以前的古国，传到如今是多少代人了？原来你是拘尸法王！"

玉面狐狸说："我可不是拘尸法王，拘尸法王如同九幽将军，只不过是明朝皇帝赏赐的封号，虽然一直传了下来，但也只有一族中的首领才有这个封号。"

我一听这便是了，好比死在金刚降魔杵下的马老娃子，虽是九幽将军的后人，却不见得有这个封号，那他就不敢对外说是九幽将军。

我又问玉面狐狸："你是拘尸国之后，与这摩尼宝石有什么关系？"

玉面狐狸说："拘尸国王族有一个世代相传的秘密，得到摩尼宝石，可以找到一个宝藏！"

3

我暗想："看来果真有一个宝藏，至少到目前为止，玉面狐狸说的还是实话。"

我问玉面狐狸："宝藏里的东西值多少钱？"

玉面狐狸说："宝藏……仅是一个代称，与你想象中的完全不同。"

我原以为宝藏应该是一大批价值连城的奇珍异宝，可摩尼宝石已是无价之宝，玉面狐狸要找的宝藏可能不该仅以"价值"来估量。我之前已经想到了，此时再从她口中说出来，我并不觉得意外。但我仍对她说："宝藏不值钱吗？我可提前跟你说明白了，我是镏子儿没有，我和你远走高飞之后，该怎么过日子，是不是还要生两个娃娃，到那个时候，还要出来倒斗不成？"

玉面狐狸说："你就只认得钱，如若以价值来衡量，世上可没人出得起这份价钱。"

我说："那我就放心了，原来还是一件无价之宝。"说着话，我将摩尼宝石从怀中掏了出来，又对玉面狐狸说："宝藏是在这个通道的尽头吗？我们手上有了摩尼宝石，该当如何取宝？"

玉面狐狸说："我先祖一代一代传下一个秘密，在这片流沙下，掩埋了一个史书上没有记载的古国，埋下不知多少年了，人入其中，便会迷路，怎么走也走不出去。而摩尼宝石，可以照破一切无明之众，灭尽一切无明之暗，也就是说，只有用摩尼宝石才照得到出路！"

我说："在密咒伏魔殿壁画中的明月珠，被我一铲子下去打的当场碎裂，外壳已不复存在，仅余下这块不会发光的摩尼宝石，怎样才照得到路？"

玉面狐狸顿了一顿，说："你要将摩尼宝石按在狼眼手电筒前面，手电筒的光束透过宝石便会照破无明！"

我当即按她说的做将摩尼宝石按在狼眼手电筒前面，光束果然透过宝石，向前方放出一片亮光。眼前的情形，让我和玉面狐狸都惊呆了，通道石壁上浮现出流光溢彩的壁画，不仅内容离奇，画幅之巨大，色彩之雄奇，皆是我前所未见。说来惭愧，我好歹是吃倒斗这碗饭的，钻过的土窑儿不少，古墓中的壁画我见得太多了，又怎及得上这里的万分之一。而且这是会发光的壁画，在摩尼宝石的照射之下，壁画有如在动。再将摩尼宝石的亮光移开，石壁又恢复了一片漆黑的原状。

第十七章　真相

1

我又惊又喜,对玉面狐狸说:"原来这就是摩尼宝石中的秘密!"

玉面狐狸说:"我这才相信你是真心真意对我。我原以为你在我说出摩尼宝石中的秘密之后,会一铲子削掉我的头!"

我说:"那怎么可能,我可不是那么狡猾的人,我对你是一片坦诚,也不怪你不信我,我这人说话就这德行,着三不着两,一直也没人对我这么好过。冷不丁遇上柔情似水的你,让我十分冲动,十分激动,十分感动,十分的不知道说什么好了。总之归根结底一句话:我这一腔子血,都愿意给你泼出来,五脏六腑都恨不得一件一件掏给你看!"

玉面狐狸那一双水汪汪的大眼望着我,说道:"我真没看错你!

你瞧，那是什么！"

我刚一转头，玉面狐狸忽然伸出两根手指戳在我肋下，我捂住肋下一弯腰，同时将头转了回来，一个"啊"字还没出口，她右掌一抬，又在我的鼻子下面狠狠往上一托，这招儿可太狠了。人的鼻子是软骨，正面挨一下顶多把鼻子打断，玉面狐狸这却是要命的招儿。从斜下方往上发力，可以将人鼻梁中的骨头直接插进脑子！

我稍稍往旁边一闪，又顺势一仰头，发出一声闷哼，滚倒在地，感觉鼻子中的血已经流到了嘴里。虽然有所准备，我可没料到玉面狐狸会下如此狠手，不是我躲得快，从我鼻子中流出来的可就不光是血了，那还该有粉红色的脑浆子！我往地上一倒，手中的狼眼手电筒和摩尼宝石也都扔在了地上。玉面狐狸捡起这两样东西，惶惶往前跑去，可能是怕雪莉杨等人随时会过来。

我翻身而起，关上肩头的携行灯筒，顾不上去抹鼻子中流下来的血，摸黑跟在玉面狐狸身后。从一开始我就没指望她会相信我的话，我也没打算相信她，我倒要看看她带走摩尼宝石究竟要干什么。

只见玉面狐狸跑出几十步，她用摩尼宝石在自己手中用力一划，摩尼宝石的边缘将她的掌心割破，她用鲜血抹在宝石上，又将狼眼手电筒按在上面。但见从中放出一道奇光，比之前可要亮得多了，那道光往前一照，通道中居然有一个原本并不存在的岔口。

我抽出工兵铲，从后方悄悄接近，见玉面狐狸刚要往岔口中走，一抬手揪住她的头，将她拎了回来。

二话不说，一铲子挥下去，削掉了她的头，热乎乎的鲜血喷了我一脸，这次连衣服上都是血了。说实话，要不是刚才玉面狐狸对我下黑手，使出这么阴狠的招数，在我知道这个人真是她的情况下，我还真下不去手。我拎着她的人头看了看，心中叹了口气，又将人头放在地上，捡起摩尼宝石和狼眼手电筒，一路往前飞奔，我忽然感到通道两边的石壁变窄了，通道宽四五十米，狼眼手电筒的光束仅能照到二三十米，我紧贴右手边的石壁，按说狼眼手电筒照不到左侧石壁，我也没发觉通道在动，可在跑动中，狼眼手电筒的光束一晃，我发现手电筒居然可以照到右侧的石壁，狼眼的光束不会越照越远，足以见得通道在不知不觉的情况下正在变窄，我暗叫一声："糟糕！玉面狐狸用摩尼宝石打开了暗道，使这原本宽达四五十米的通道迅速变窄，如果我们不能尽快逃脱，可能都会被夹死在其中，留给我的时间已经不多了，骰子已经落地，无穷的可能变成了一个！而我并不知道前面的人是否安然无恙……"想到这里，我几乎不敢再往前跑了，可又不敢停下，抬头一看，前方又出现了那几个人。

我心口"怦怦"直跳，看看这几个人分别是胖子、大金牙、玉面狐狸……没有雪莉杨！

2

在这个5号地点中，大金牙在石壁上撞破了头，倒在地上半死不活，胖子手握步枪，紧紧盯着玉面狐狸。玉面狐狸把脸扭到一旁，不去看胖子，然而这其中为什么没有雪莉杨？我几乎要发狂了，握住手电筒和摩尼宝石的两只手中已全是冷汗，不住发抖。那三个人都被我的脸色还有这一身的鲜血吓了一跳。

胖子说："老胡，你干什么去了，身上怎么全是血？"

我用狼眼手电筒照向对面的石壁，相距我们只不过六七米了，再也没有时间和力气跑去下一个地点。我用一种我自己都觉得可怕的声音从喉咙中挤出几个字："雪莉杨在哪儿？"

胖子说："她看你去了半天不回来，往前面找你去了，你没见到吗？"

我一听这话，当时两条腿都软了，扶住石壁也站不住，不由自由坐了下去，之前在屁股上挨了尕奴一鞭子，破了一道大口子，在我这一路狂奔之下，还在一直渗血。这时候往下一坐，伤口又裂开，可我也不觉得疼，整个人有一种被掏空了的感觉。我总会在梦中梦到自己在硝烟弥漫的火线上。之前倒下的那些人，还会站在我身边，有人跟我说话，有人冲我咧开嘴笑。我知道那是梦，在梦中我觉得这些人都还活着，而在我从梦中惊醒之后，我才会想起这些人已经不在了，一去不返，再也回不来了。随即而来的，是心中刀绞一般的疼痛，那种感觉虽然非常痛苦，我至少觉得我这个人还在，此时我一想到再也见不到雪莉杨了，我觉得我这个人都已经不复存在了！

胖子说："你这脸上怎么也全是血？你说你们一个个吃了什么迷魂药儿了？怎么都拿脑袋往石壁上撞？不知道鸡蛋不能碰石头吗？"

说话这会儿，对面的石壁又近了两米，倒在地上的大金牙突然像诈尸一样跳了起来，叫道："胡爷，胖爷，通道变了！"

玉面狐狸也吃了一惊，从地上站起身来，正在这时，忽然传来一阵脚步声，雪莉杨跑了过来，她一看我这一身的血，同样吃惊不已，我见她还在，顿觉心头一热。可情况紧急，来不及多说什么了。我抬起胳膊抹一把脸上的血，又涂在摩尼宝石上，手电筒的光束照上去却没有任何的反应，宝石全被鲜血遮住了，连壁画也照不出，我心下一惊："我的血不成吗？"来不及再想了，我一把将旁边的玉面狐狸拎了过来。

玉面狐狸大惊："姓胡的，你要干什么？"

我并不理会她，用摩尼宝石割破她的手掌，又按在手电筒上，往前一照，漆黑无比的石壁上，浮现出发光的壁画。其余几人均是"啊"了一声，这其中也包括玉面狐狸。她完全想不到，为何我会知道摩尼宝石中的秘密。

我又将摩尼宝石放出的光往四下里一照，照见通道中的一个岔口，招呼其余几人："别看了，快往里边走！"雪莉杨等人也感觉到了情况危急，再不走，就让这通道夹扁了，一行人拎上背包，快步进入岔口。

那里边儿是个斜坡，一直延伸向下，不知通往何处，但是众人终于逃离了那条没有尽头的通道，再往身后一看，来路已被石壁挡死。

大金牙说："胡爷，这玩意儿可真是个宝啊！哪怕咱们这趟什么都没捡到，仅将这摩尼宝石带出去，那也不亏了！这得值多少钱呐！"

雪莉杨帮我止住鼻血，又擦掉我脸上的血迹，她也问我："你怎么全身是血？"

我再也按捺不住，将她紧紧抱在怀中，雪莉杨挣脱开说："成什么样子，这里还有其余的人在。"

我当时却完全没有想到，雪莉杨之前跟我说的那句话有多重要——上帝扔出了骰子，上帝决定结果！

3

一行人往斜坡下走了许久，尽头是一道石壁，下边摆了个方方正正的大石椁，周围空空荡荡的，没有任何东西，更让这石椁显得十分突兀。我并不知道这是不是石椁，但是以往我在古墓之中，见到有石盖的棺椁，大抵也是如此。只不过这个石椁上没有任何阴刻或是浮雕的纹饰，上边也没有积灰。我心想："玉面狐狸口中所说的宝藏，十有八九在这其中！"虽然我很想看看这里边究竟是个什么东西，但是走到这一步，我不得不处处小心。因为我完全想象不出，见到石椁中的宝藏之后会发生什么。

我看了看一旁的玉面狐狸,她已经将自己的手包扎好了,脸上青一阵白一阵,不知在想什么。而胖子已经走到石椁前,双手一使劲,感觉可以将这椁盖推开。

胖子说:"咱可没蜡烛了,还开不开这个石椁?"

我说:"没蜡烛不要紧,可以让玉面狐狸去开,咱们在后边看看,其中到底有什么东西。"

胖子说:"石椁中还能有什么,顶多有几个粽子。你瞧这上边连花纹都没有,怎么看怎么寒碜,里头能有什么好东西。"

雪莉杨对我说:"不像石椁,打开来看,只怕凶多吉少。"

我说:"我们是挂了摸金符的摸金校尉,开棺取宝钻土窑儿,乃是份所当为,有什么可怕?再说尽头已无出路,不打开石椁来看个明白,又能如何?"

雪莉杨说:"这个史书文献上没有记载的古国,埋在流沙之下,又深陷地底,说不定有上万年了。西夏人又造了一座密咒伏魔殿,挡住了下来的入口,可见其中颇有古怪,或许这个秘密是不该被世人揭开的。"

大金牙凑上来说:"杨大小姐,鄙人有一愚见,不知当讲不当讲。"

雪莉杨说:"你有什么话,但说无妨。"

大金牙说:"杨大小姐所言甚是,埋了上万年的古国,其中东西是不该出世的,换句话说,就是不该让人看到的。可这话也得两说啊,什么人该看,什么人不该看?不该看的那是村夫愚妇、贪财忘义之辈,可咱们这儿都是什么人呐!你们三位乃是当世的摸金校尉,别看我大金牙只是在潘家园儿混口饭吃,但是鸟随鸾凤飞腾远,人伴贤良品自高。我见天儿跟你们三位后边转,不敢说流芳百世,是不是也足以遗臭万年……"

他觉得最后这句词儿用得不对,又琢磨换个说法,我可不想在这儿再听他胡侃乱吹了,对玉面狐狸说:"你去打开宝藏,让我们见识见识。"

玉面狐狸目中含怨："你既然都知道了，还用得到我吗？"

我对玉面狐狸说："我还不知道宝藏是什么，可又怕让这东西咬了，所以还得你先上。"

玉面狐狸说："原来你也有见识不到之处，宝藏并不是你们所想的东西，石椁中也没有古尸，你们打开宝藏，并没有任何意义。"

我说："什么叫对我们没有任何意义，我们可也没比你低了一头，还要分什么贵贱不成？"

玉面狐狸用轻蔑的目光逐一将我们四个打量了一遍，冷冷地说："我先祖乃拘尸国主，身上流淌着鸿蒙宝血，你们也配同我相比？"

4

我对玉面狐狸的话不以为然："你先祖是拘尸国主君，那是几千年前的事情了？如今这都什么年头了，你顶多也就是……"

大金牙说："充其量是一大胆民女！"

玉面狐狸说："拘尸国是已经没有了，可鸿蒙宝血还是传了下来，摩尼宝石中的光乃宇理之光，那是混沌初开时的头一道光。只有拘尸国后裔的鸿蒙之血，才可以放出摩尼宝石中的宇理之光，因此我才是宝藏真正的主人！"

我们在通道中都曾见到玉面狐狸用她的血使摩尼宝石发光，这才照出道路来到此地，她这话倒是让人无从反驳。

胖子强词夺理，说道："埋在流沙下的古国，可比你先祖的拘尸国久远得多，怎么你倒成了这个宝藏的主子了？"

大金牙也说："胖爷所言极是，按道儿上规矩，一碗水得端平了,见面分一半,这叫雨露均沾嘛!"

胖子说:"见面分一半,是一人分一半吗?"

大金牙摇头晃脑地说:"然也!"

胖子说:"咱这儿有五个人,那我要没算错,一人占两成,对不对?"

大金牙说:"胖爷,您太会算了,我这儿掰半天手指头还没数明白呢。对!五个人,一人两成!"

胖子说:"谁敢牙崩半个不字儿,老子一铲子一个,管杀不管埋!"

玉面狐狸让这两人气得直咬牙,再能讲理的人遇上这二位,也插不上一句话,她迫于无奈,只好对我说:"姓胡的,你们别欺人太甚!我再跟你说最后一次,宝藏不是你们想的掏出去就可以换钱的东西!"

这时,雪莉杨对玉面狐狸说:"宝藏到底是什么东西?"

玉面狐狸将脸扭到一旁,这俩人自始至终没说过一句话,我在她们对面都能闻到一股陈年老醋的酸味儿。我原以为玉面狐狸不会回答,没想到她想了想,对雪莉杨说:"我不告诉你们宝藏的真相,是不想你们送命,可人若当死,拦也没用!"

雪莉杨说:"生死有命,岂在人为。"

我一听这话可有几分斗气的意思,雪莉杨平时从不这么说话。这二人再说下去,怕是要掐起来了,还是赶快打开石椁,找条生路出去才是。当即让玉面狐狸去推椁盖,又给胖子打了手势,让他在后面用步枪对准玉面狐狸,如果玉面狐狸做出对我们不利的事情,立即干掉她。玉面狐狸无奈,只好上前去推动椁盖,我们不由自主地往后退了几步。狼眼手电筒的光束和黑洞洞的枪口,都对准了玉面狐狸和石椁。

只见玉面狐狸缓缓推动石椁,将椁盖向后移开。我忍不住踮起脚尖,抻长了脖子,往那石椁中看。奇怪的是上边一层石板下,并不是一个石函形状的巨椁,只有三个巴掌大小的石孔,我心想:"这三个石孔中能有什么,宝藏在这里面?"此时,忽听那石椁中发出一阵异响,胖子骂了一句:"狐狸精,又耍花招!"对准了玉面狐狸,举枪要打。

我对胖子说:"等一等……"话音未落,就见三个大石孔中涌出许多沙子,竟似喷泉一样,无穷无尽,不止不歇。转眼之间,我们的脚下到处是流沙,古墓中常有流沙机关,非常难对付,腿脚稍慢便会被流沙活埋。可从石孔中涌出的流沙,在手电筒的光束下,金光迸射。大金牙抓起一把,捧在眼前看了看,他的声音都在发抖:"二位爷!咱们哥们儿真发了,金沙!"

第十八章　水池

1

　　石樽中涌出大量金沙，大金牙看着二目发直，趴在地上，伸舌头一舔："嘿！真是金子！这可应了一句老话儿——吉凶无从定，变幻总由天！金子之所以值钱，是因为这玩意儿少，要说谁捡了一块岩金，那就是捡了狗头金了，可没见过沙子一样多的金子！"

　　我也抓起一把金沙来看，沉甸甸确实是金子。胖子扔下步枪，倒出背包里的东西，要往背包里装金子。我说："金沙太多了，你背得了多少？背包里的火把和黑驴蹄子可不能扔……"

　　话说了一半，随着金沙越涌越多，对面石壁忽然缓缓降落下去，里面是一层一层的黄金台阶，台阶由下往上，极宽极大。

　　玉面狐狸目中放光，转过头对我说了一句："你们想看宝藏，可要有这个胆子！"说罢，她头也不回地爬上了黄金台阶。

我骂道:"天杀的好见识,不怕你飞了!"带上雪莉杨、大金牙、胖子,从后边追了上去。

众人用手摸到纯金台阶,无不吃惊,如果台阶都是金的,上边儿得是什么东西?

爬了二十几层金阶,似乎进了一座大殿,狼眼手电筒所及之处,皆是金光闪闪。雪莉杨说:"用火把照一照!"我从胖子背包中抽出几个火把分给其余三人,又用Zippo打火机点燃。火光亮了起来,照得四周熠熠生辉,金光晃动,闪得人睁不开眼。竟是一座规模巨大的黄金宫殿,所能见到的一切,都是金子造的。两边粗可合抱的殿柱均为黄金神树,下有底座,树分三层,各层设一圆盘相隔,上有九只黄金神鸟。

我们几个人的眼都不够使的,做梦都梦不到这么多金子,谁又想得到流沙之下,居然埋了一个黄金之国!我怕玉面狐狸趁机跑远了,追上几步将她按住。此时雪莉杨等人也跟了上来。胖子说:"我的天老爷,造这座宫殿用了老鼻子的金子了!"

我心想:"玉面狐狸所说的'宝藏'就是这座黄金宫殿吗?可是金子这么沉,她一个人带得走多少?"

大金牙说:"这金子也太多了,能是真的吗?"

胖子说:"你个没见过世面的,金子还嫌多?"

大金牙说:"胖爷,我是觉得世上不该有这么多金子。"

胖子说:"谁会知道世上一共有多少金子?你不要咸吃萝卜淡操心,能背多少背多少。一趟背不完,下次咱再来。有这么一个大金窟,不光咱哥俩儿吃喝不愁了,还可以支援四个现代化,赶英超美不在话下,往后也不用再倒斗了!"

我听到大金牙那句话,觉得有一定的道理,世上不该有这么多金子。至于世上应该有多少金子,我还真不知道。我问雪莉杨:"你说天底下总共有多少金子?"

雪莉杨说:"据说世界上全部的金子,大约是二十层楼这么高的一个立方体。"

我心想:"二十层楼有多高?那也几乎是一座山了,比我想得要多一些,但是这座黄金宫殿,好像比世上所有的金子还要多得多。那个没在史书文献上记载的远古帝国,为什么会有如此之多的金子?"

我问玉面狐狸:"这就是你说的宝藏?你不是说不值钱吗?真拿我当土八路了,以为我连金子都不认得?"

玉面狐狸说:"你们也只认得金子了,宝藏在这黄金宫殿的尽头!"

我让胖子跟住玉面狐狸,一行人手持火把,往黄金宫殿深处走。大殿左右两边,是黄金神树一般的巨柱,黄金神树完全一样,都是分为三层,各有九只黄金神鸟。

我对雪莉杨说:"我看这座黄金宫殿很古怪!各处的纹饰没有一个是人形,走了这么久,也没见到半个人,这里的人都上哪儿去了?即使全死了,是不是也该有个死尸?或者说,黄金宫殿里住的根本不是人!"

大金牙插口说:"黄金宫殿的主子不是人?"

雪莉杨说:"住在这里的人,有可能在陷入流沙之前逃走了,与此相比,真正让我觉得不对的,是黄金宫殿中没有一丝尘土。"

大金牙说:"那得当心了,湘西不是有种传说吗,屋中不见一丝尘土的人家,大多是放蛊的。"

我说:"你看看这周围,是不是会有一种感觉,在咱们来到之前,黄金宫殿中还有人。按说埋在流沙之下几千上万年,不仅没有腐朽之气,角落中也没有积灰,当真古怪。"

大金牙说:"我看胡爷你是钻土窑儿钻多了,见不到粽子就不踏实,您说那个积灰落土的,那是砖石造的古墓。黄金宫殿之中只有金子,连一根木头一块砖都没有,正所谓'深宫密室,尘迹不到',没有尘土及腐臭气味,那不也很正常吗?"

胖子和玉面狐狸走在前边,我和雪莉杨、大金牙三个跟在后面。各人正在想:"谁是黄金宫殿的主人?"前面走的胖子和玉面狐狸忽然站住了,胖子手举火把,照向他旁边的黄金巨树,另一只手的连珠步枪也举了起来。

我问他:"这地方死气沉沉,一只蚂蚁也没有,你这么紧张干什么?"

胖子说:"黄金神树上似乎有什么东西在动,一转眼又不见了。"

我听胖子这么说,一手举着火把,一手握了工兵铲,走到黄金神树近前,从上到下看了一遍,没见有什么活儿物。

雪莉杨说:"老胡,你看这里是不是多了些什么?"

我向她指的方向看去,黄金神树的枝条上,不仅有一只神鸟,还有一个奇形怪状的东西!那东西头像鱼,爆睛凸出,身上有鳞,四肢生有利爪,身后拖了一条长尾,也是黄金造的,样子十分狰狞,个头足有七八岁小孩大小。

我说:"是个黄金爬龙,不过其余的黄金神树上没有,仅在这里多了一只。"

雪莉杨说:"古代青铜器上常见的爬龙之一,称为鳏龙,鳏是一种鱼,孤独凶残,头长得与鳏相似,所以叫鳏龙,几千年前已经绝迹了……"

刚说到这里,黄金神树上那条爬龙忽然眼珠子一动,张口吐舌去舔黄金神树。众人没想到这玩意儿会动,都给吓了一跳。黄金爬龙转过长得和怪鱼一样的头来,口中利齿如锯,一口向我咬来!

我抬手一铲子拍过去，只听"当啷"一声巨响，如同拍在了一块金疙瘩上，打得火星四溅，震得我虎口发麻，工兵铲几乎掉在地上。我一看不好，急忙往后退。旁边的胖子举枪就打，"啪"的一枪，子弹击中黄金爬龙。

黄金爬龙周身上下长了一层金鳞，子弹打在上面，只擦出一道火光，分毫伤它不得。那黄金爬龙凶残成性，从黄金神树一跃而下，往我身上直扑而来，我跟它相距太近，但觉一股疾风扑面，再想闪避已经来不及了。雪莉杨抽出金刚伞挡在我面前，黄金爬龙直接扑在撑开的金刚伞上，又是"当"的一声响。将我和雪莉杨撞得向后连退了十几步。再看那金刚伞，竟被它的利爪挠出几道深痕，二人均是倒吸一口冷气。黄金爬龙滚落在地，周身金鳞在大殿地面的金砖上划过，发出尖锐刺耳的金属挫动声。它一扑不中，翻身而起，头朝我和雪莉杨摆尾绕行，要找机会卷土重来。

而一边的大金牙扔下火把，吓得爬上了黄金神树，抱在树枝上抖成一团。胖子一看手中的步枪没用，索性将手中的步枪扔了，伸手抽出工兵铲，想冲过来帮我们对付黄金爬龙。

我忙对胖子叫道："你盯住玉面狐狸，别让她跑了！"

胖子这才想起玉面狐狸，一回头，身后的玉面狐狸已经捡起了步枪，往大殿深处疾奔而去，边跑边往身后开枪。

玉面狐狸在奔跑中用步枪向后射击，子弹打不中胖子。可她这么一开枪，胖子也不敢追得太快，正要将工兵铲往玉面狐狸头上掷出去，大金牙从黄金神树上掉了下来，正挡在胖子面前。胖子骂道："去你的，别挡着老子了！"

大金牙顾不上屁股摔成了八瓣，用手往上一指："胖爷……"他吓得全身发抖，后面的话可就说不出来了。

胖子一看大金牙这意思，已经知道黄金神树上还有东西，抬头往上一看，有一条更大的黄金爬龙正绕在黄金神树的树枝上，正对准他张开了全是锯齿的大口，黏糊糊亮晶晶的口水淌下来，落在了胖子脸上。胖子用手在脸上抹了一把："嚇！真够味儿！"

2

说话这会儿，黄金爬龙居高临下，张口向胖子咬来。它这一口咬得快，胖子手中工兵铲抡得更快，一铲子拍在那鱼头一般的怪脸上，这一下使出了全力，打得金光四进，三昧真火冒出。德军工兵铲竟然拍得凹进去一块，黄金爬龙却恍如不觉，对准胖子又是一口。胖子一看工兵铲打不动，想起左手还有火把，当即用火把往上戳去，正戳在黄金爬龙张开的大口之中，那东西发出一声怪叫，迅速退了开来。

我和雪莉杨正在金刚伞后同对面的黄金爬龙相持不下，我看到胖子用火把击退了那个庞然大物，当即挥动手中火把将逼近的黄金爬龙吓退。

正在此时，只听得黄金大殿中到处都有金甲铿锵之声。雪莉杨打开狼眼手电筒往周围一照，原来黄金爬龙不止一条，都伏在黄金大殿的各个角落或是黄金神树上一动不动，此刻都被枪声惊动了。

我将趴在地上的大金牙拽起来，心想："仅凭手中这几个火把，可支撑不了多久，一旦火把灭掉，四个人死无全尸。"急忙对其余三人说道："快追玉面狐狸！"雪莉杨他们当然也都明白我的用意，众人撒开了腿，拼命往黄金宫殿深处狂奔。

黄金宫殿的尽头有一座殿门，玉面狐狸刚将殿门推开，望见我们追了上来，她立即闪身而入，要将殿门关上，把我们挡在外面。

如果玉面狐狸将殿门关上，我们必死无疑。可是人跑得再快，腿上终究没安火箭推力器。只差这么几步,眼看着黄金殿门缓缓合拢,雪莉杨忽然将金刚伞掷了出去,正插在夹缝之中。玉面狐狸用尽全力,殿门却推不拢了。

缓了这么一缓,我已经冲到殿门跟前,将工兵铲别在殿门之间,使出全身的力气,足蹬肩顶,殿门立即向里边儿打开。这时候胖子已经到了,扔下大金牙,挤身就往里钻,可殿门打开的角度不够,他的肚子又大,一下子挤在当中,进退不得。而我竭尽全力,也无法将殿门往里推了。原来玉面狐狸在里边推倒了一尊黄金神鸟,又从里面顶住了殿门。她在里侧拉开枪栓,对着胖子就要开枪。这时雪莉杨也冲到了,纵身在胖子肩上一踩,闪进了殿门,又捡起地上的金刚伞,将玉面狐狸手中的步枪拨开。几乎是与此同时,玉面狐狸也扣下了手中的扳机,子弹擦着胖子的脑袋打在了殿门上。

胖子夹在门中,进不去也出不来。那一枪打过来,吓得他一缩头。再说雪莉杨架开玉面狐狸的枪口,正要动手,却见玉面狐狸往后退了两步,身子一软,倒在地上。

原来玉面狐狸打胖子的一枪,没有击中目标,步枪子弹打在黄金殿门上,形成了跳弹,她反而让跳弹击中了肩头,当时血就流出来了,将她半边儿衣服都染红了。胖子使劲吸了口气,将肚子缩到极限,勉强从殿门中挤了进来。我拎上大金牙,随后进来,反身将殿门推拢。众人用火把一照玉面狐狸,子弹从她左肩贯穿,血流了不少。雪莉杨取出止血带,给玉面狐狸裹上了伤口。

胖子啐了一口说:"还想一枪崩了老子?真是一条蛇!打蛇不死,反被蛇咬!"

我说:"留她一条命,往后用得上。"

胖子说:"你小子有私心!"

我说:"我们这几个人,连这黄金宫殿是个什么地方都不知道,何况退路已经断了,只有硬着头皮往里边走。而玉面狐狸是唯一知道黄金之国秘密的人,她死了我们可就两眼一抹黑了。"

胖子说:"反正她落在咱们手上,还怕她开不了口?"

大金牙说:"给她扒个精光,女的都怕这招儿!"

胖子说:"你那叫流氓,剁手指头,又太狠。"

大金牙说:"那可别想从她口中问出实情了。"

胖子说:"挠她脚底板,她要是连这招儿都扛得住,那我还真就服了她!"

我说:"你们可不知道,她是千年的狐狸成了精,活神仙碰了她都得让她算计了,千万不要轻敌。"

雪莉杨说:"玉面狐狸肩上是贯通伤,要不了她的命,但她流了很多血,失去了意识。"

大金牙说:"准是装死,这瞒得过您三位,可瞒不过我大金牙,这我可是专家啊!您三位瞧我的,今儿个我让她诈尸!"说话要去扒玉面狐狸的鞋子。

雪莉杨说:"黄金宫殿中危机四伏,你们不要胡闹了!"

我看玉面狐狸挨了这一枪,情况并不乐观,应该不是装死,不知道这座金殿中还有没有吃人的东西,不能在此耽搁。

我对胖子说:"王司令,要不你……"

胖子马上说:"又让我背人?送你一个字儿——不!"

我说:"咱这几个人一路逃到这里,都累得快吐血了,我能忍心单练你一个?我的意思是,你瞧见这黄金宫殿没有?是不是不像活人住的?"

胖子看看左右,说道:"活人住在这样的地方,还不得成天顶一蛤蟆镜,要不非得把眼晃瞎了。"

我说:"所以说,黄金宫殿不是给活人造的。人不是活的,那就是死的。如果是给死人造的,这就是一座古墓!地宫都是金的,你想棺材里的明器,那还了得?"

258

胖子说："那当然了，武大郎卖王八——什么人配什么货！死了之后埋在这地方的主儿，明器少不了！"

我说："摸金校尉开棺取宝，一座古墓中只掏一件明器，你要是背上玉面狐狸，等会儿开棺取宝，我做主了，让你多掏几件明器。"

胖子说："你说话可得算数，其实我真不贪你这几件明器，黑锅我都背了，还差这一个半个的人吗？"说罢，他将火把交给大金牙，背上玉面狐狸就走。

我捡起玉面狐狸扔下的那支步枪，让大金牙背了。众人以火把和手电筒照明，起身又往前走。

下一进黄金大殿，更为深广，两边仍以黄金神树作为殿柱。尽头有三个直上直下的巨大殿门，排列成品字形，正中最大的通到黄金宫殿的最深处，左右两边，各有一座规模相对较小的金殿。我和雪莉杨分头进去看了一下，右侧供了一件金器，那是一只黄金宝杖，左侧摆了一个巨大的黄金面具，杖与面具是神权与王权的象征。

3

我对雪莉杨说："黄金宫殿怎么看怎么是个古墓，里面一定会有一个黄金棺椁。打开来看一看，说不定就可以知道，这座埋在流沙下的古城中究竟有什么秘密了。"

雪莉杨说："黄金棺椁？玉面狐狸所说的宝藏，是指这座黄金宫殿，还是棺椁中的东西？我们置身险地，你可不要莽撞行事。"

说话这边，一行人穿过正中间那个直上直下的巨大殿门，殿门顶部呈三角形，整座宫殿的布局与几何形态，均与我们以前见到的不同，古怪无比。众人走进了第三层金殿，再往前一看，殿中是一个水池，约有十余丈见方，池水碧绿，深不见底，四面全是一层层的金阶，殿角仍是以黄金神树作为承重柱，上面黑乎乎的看不到顶。水池前边，四尊黄金神鸟，驮起当中一个大金瓮。

胖子将玉面狐狸放下，望着那黄金巨瓮，说道："你们不是说黄金宫殿中有个棺椁吗？这是个什么玩意儿？"

大金牙说："整个儿一大金蛋，谁搬得动！"

我说："我也没想到，黄金宫殿的尽头会有这么个东西？"

雪莉杨说："这也是棺椁的一种，古书中称为埕。传说上古之人的棺椁，形如巨瓮，应该是一个埕形棺椁。"

我说："既然是棺椁，里边必定有个粽子，玉面狐狸要找的宝藏居然是一个大粽子？"

大金牙说："棺材里的死人有什么价值？死人身边的明器才值钱。黄金棺椁都这么大，又安放在一座黄金宫殿中，这里边的明器，我简直不敢想了。别说掏几件带回去了，打开看上这么一眼，出去也得长脾气！"

我一看手上的火把已经快灭了，在黄金宫殿中走得越深，离出口越远，即使打开一个宝藏，可也捡不回这条命了，黄金棺椁前无非又多了几个陪葬的人。

胖子说："老胡，你刚才可说了，黄金棺椁中的明器，我能掏多少掏多少！到时候你可别又提什么祖师爷传下的规矩。"

我说："明器多掏一件少掏一件原本没什么分别，一座古墓只掏一件明器，是为了避免贪心，也易于脱身。我最担心的是，手上没有蜡烛。摸金校尉开棺取宝，必须在墓室东南角点一支蜡烛，你不点蜡烛，出了岔子可别怪祖师爷不保佑。"

胖子说："规矩都是人定的，一座墓中仅去一件明器的规矩都破了，还在乎点不点蜡烛？再者说了，咱们以往钻土窑儿，进一座古墓点一支蜡烛，点过多少蜡烛我是记不住了，我只记得百分之九十九都灭了。这次没有蜡烛也不要紧，你只当它灭了也就是了，反正没一次不灭的。"

大金牙凑过来说："二位爷，摸金校尉传了两千年的行规，'鸡鸣灯灭不摸金'，那是说墓室东南角上的蜡烛灭了，或是鸡鸣天亮，那就不能干活儿了。从粽子身边掏的明器，还得给人家原样放回去，一步一拜，退出墓室。可你们二位爷，钻一次土窑儿灭一次蜡烛，犯了多少行规都数不过来了，为什么你们还能全须全尾儿地蹦跶到今天，那能说是祖师爷不保佑？为什么犯了行规，祖师爷还会保佑？正因为您二位行得正坐得端，顶了天立了地，所以说，咱根本不用在乎有没有蜡烛。"

胖子说："虽然你这个理儿说对了，但是你这个比喻非常不恰当，什么叫'还能全须全尾儿地蹦跶到今天'？我刚才一琢磨，不点蜡烛还是不成，因为我已经习惯了，蜡烛不灭我都不会掏明器！"

大金牙说："哎哟胖爷，您这不是要短儿吗？真没有蜡烛了，自古以来，成大事者不拘小节，咱横不能因为没有这根儿蜡烛，耽误了掏明器不是？"

胖子说："你手里不是有根儿火把吗，你给我往东南角站着去。"

大金牙说："胖爷，您是要拿我当蜡烛啊？开棺取宝没有我在旁边哪儿成？我大金牙干别的不成，在棺材里边儿挑明器，我要是排在二一个，可没人敢排在头一个。我得在您屁股后边儿给您支着儿啊！"

我说："好！大金牙当蜡烛，打开黄金棺椁，看看玉面狐狸要找的宝藏究竟是个什么东西！"一边说，一边将大金牙推到东南角，让他举了火把别动。

雪莉杨说："老胡，真要打开黄金棺椁？"

我说:"咱们已经走到死路上了,只有置之死地而后生,玉面狐狸既然有胆子一个人下来取宝,她一定有脱身之策,但是别指望她会说出来。黄金棺椁是我们仅有的机会。"

雪莉杨说:"你是想以黄金棺椁中的东西,迫使玉面狐狸带咱们逃出这里?"

我说:"对,所以还得给她留条命!"

雪莉杨点了点头,没再说什么。众人在火把的光亮下,凑近去看黄金棺椁,瓮形的金椁足有一丈多高,上面印刻着许多精致无比的纹饰,与商周之后的壁画形态完全不同,也不同于我们以往见过的棺椁。

胖子走上去踮起脚尖,伸开双手在黄金椁上摸来摸去。

我说:"你在那儿摸什么?"

胖子说:"见了鬼了!你不说这是个黄金棺椁吗?这上边儿可没有椁盖。难道这是个大金疙瘩?"

我从没见过埕瓮形的棺椁,不过以棺椁的形状来看,粽子一定是立尸而葬,或许上边有一个洞,下葬之时将死人从洞中顺进去。可我踩在胖子肩上,到那椁顶一看,顶部并没有洞口,也摸不到接痕。

正纳着一个闷儿,雪莉杨走到黄金棺椁侧面,说道:"黄金棺椁是竖开的!"

我跳下来,走过去一看,原来在黄金椁侧面,有一个大金环,可以将金椁拉开。胖子双手拽上金环,用力往后一拽,但听"咔"的一声,黄金椁从侧面打开了。我闻到一股腐臭,立即将口鼻遮住,金棺中好似吹出一道阴风,我和雪莉杨、大金牙三个人手中的火把让这阴风一刮,立时灭掉了。周围变得一片漆黑,大金牙扔下灭掉的火把,抱住我的腿,惊道:"胡爷,有鬼!"

我没看见鬼,倒被大金牙吓得够呛,立即打开狼眼手电筒,可是光束如同让黑暗吞噬了，根本照不了多远。

此时又听黄金宫殿四周传来一阵阵怪响，我担心黄金椁中的粽子突然出来了，拎上大金牙往后退了几步。雪莉杨摘下了背后的金刚伞，胖子也抽出工兵铲，二人迅速退到我身边。

胖子用狼眼手电筒往周围乱照，虽然听到四周的黄金神树上有响动，奈何手电筒的光束照不到那么远，他也不免紧张起来："老胡，你听到没有？那是什么东西？"我刚要说话，黄金大殿中突然亮了起来。原来黄金神树上的神鸟口中都多了一枚明珠，照得整座大殿亮如白昼一般，众人无不惊叹。再往打开的黄金椁中一看，更是吃惊，黄金椁中有一具女尸，身躯细长，比胖子还要高出半头，长发从两边分下来垂到腰间，脸上有一个形状诡异的黄金面具，直鼻方耳，当中有一纵目，眼珠突出，安了一颗红色宝石，看不到女尸黄金面具之下的脸长成什么样子，只见它身穿金丝长袍，给人一种神秘而又庄严的压迫感。

大金牙趴在地上，看得目瞪口呆："亲娘祖宗，黄金帝国的女王！"

我心想："黄金椁中这个主儿，八成是位女王。但是棺椁中没有什么明器，黄金面具及金丝长袍也不罕见，毕竟整座宫殿都是金的，难道玉面狐狸说的宝藏会是这个女尸？"

胖子说："粽子怎么有三只眼？"

大金牙说："三条腿儿的蛤蟆好找，三只眼的粽子真不多见！"

雪莉杨说："黄金面具上的纵目，可能有通天之意。如果这是一位女王，那她一定也拥有神权！"

大金牙一听这话，两条腿又软了，怕这个主儿冒犯不得，说话要往下跪。

我说："你给我起来，长了几只眼，也只是个粽子。老子背包里揣了黑驴蹄子，还怕一个粽子不成？"

胖子将狼眼手电筒收了，一手捏了黑驴蹄子，一手握住工兵铲，给大金牙屁股上来了一脚："当个蜡烛你都当不成，还总在我眼前晃来晃去，碍手碍脚，你给我闪一边儿去！别挡了胖爷掏明器！"

我说："大金牙，给你那支步枪你会使吗？可别走了火儿！"

大金牙说："嘿，丈母娘看姥姥——您瞧好儿吧！"

我还是不放心大金牙，他的能耐是不小，吃喝嫖赌抽，坑蒙拐骗偷，奸懒馋滑吹，全占上了，说到使枪可不灵。我真担心他一哆嗦，给我和胖子从后边来一枪。我们俩要是稀里糊涂地死他手里，那是想哭都找不着调门儿。所以特意告诉雪莉杨，让她看好大金牙，也要注意倒在地上无法行动的玉面狐狸。

我挽了挽袖口，同胖子走到女王尸首近前。以往开棺取宝，全是脸朝下干活儿，开天辟地头一次，打开一个竖放的黄金椁，还真不习惯这么下手。

瞎老义给过我一个朱砂碗，那也是摸金校尉传下来的。听说以前的盗墓贼倒斗，打开棺材之后，最吓人的就是死人这张脸，真能把胆儿小的吓死。那还得说别有什么动静，要是看上死人睁开眼，胆子再大也得吓个半死。因此要带一个朱砂碗，一打开棺盖，先不干别的，立即将朱砂碗扣在死人脸上。不知这是出于迷信，或是有什么别的讲究。但是这黄金椁属于竖葬，带着朱砂碗也无法往女尸脸上扣。我之所以会想这些，是因为我对黄金椁中女尸的这张脸十分怵头。

西夏造密咒伏魔殿，以伏魔天尊壁画镇住了一个传说之中的妖女。据说，那是根据佛经中的古老预言，妖女一旦逃出去，则天下大暗，死人无数。我在密咒伏魔殿中，为了从壁画中扣下摩尼宝石，打开了法台上的棺椁。那棺椁中是装了一个僵尸，死了不知多少年了，见风化为尘土，却也不见有任何异常之处。此时我才意识到，佛经预言中的妖女，应该是这座黄金宫殿中的女王。可能西夏人从流沙中挖出僵尸，误认为是那半人半怪的妖女，如果我没想错，黄金面具下的这张脸，仅有一半是人！

而且，深埋在流沙之下的古国，居然可以造出如此规模的黄金宫殿。这里边处处诡异，无法以常理揣测，黄金面具下，是怎样一张可怕的脸？玉面狐狸要找的宝藏中，又有如何惊人的秘密？这一切的谜团，能否在我们揭下黄金面具之后，找到答案？

第十九章 魔窟

1

胖子对我说:"你这还叫干事业吗?你瞧你那个六神无主的样子,能不能集中一下注意力?"

我让胖子一叫,这才回过神儿来,随即对胖子说:"我来揭下女王的黄金面具,你在旁边看好了,粽子一旦变了脸……"

胖子说:"二话不说,先赏她一个黑驴蹄子!"

二人说罢,又往前走了一步,黄金椁中的女王已触手可及。女王比胖子还要高上半头,下边又有棺座,离得越近,越觉得高大神秘。

我壮了壮胆子,伸出手去,指尖刚摸到女王脸上的黄金面具,便感觉到一阵恶寒。不知为什么,我有一种感觉,黄金面具下的女王没死!

以雪莉杨的推测，埋在流沙下的古国，至少有几千乃至上万年。而这座黄金宫殿之中没有一点尘土，仿佛这里的人才刚刚离开，黄金椁中的女王也还没有死透，可是沙海中的那些岩柱又足以说明，这是个与世隔绝了几千年的古迹。

我会觉得女王没死，是因为死亡一样冰冷的黄金面具？还是在我接触到黄金面具的一瞬间，黄金面具下的脸动了一下？我感到一阵战栗，可又不得不告诉自己，死人脸上的黄金面具没有动，一定是我太紧张了，我一向天不怕地不怕，竟没胆子揭下女王脸上的面具，可也太说不过去了。

我将心一横，揭下了女尸的黄金覆面，不仅是我，我身后的胖子，还有雪莉杨和大金牙，见到黄金面具下的这张脸，都忍不住发出一声惊呼，但见黄金椁中的女尸，玉脸削长，额宽鼻高，二目微闭，额前有一道红痕。我们以往开棺取宝，棺中女尸可见过不少，有时候也会说，打开棺材之后看见一个女尸栩栩如生，但终究还是死人，脸上有一层死气。棺材中的尸身保存得再好，那也和活人不一样，而黄金椁中的女王，除了一动不动，几乎和活人没有两样。另外一个让我出乎意料的，是这女尸并非半人半鬼，想来也是，世上怎么会有半边脸是人半边脸是鬼的妖女。

大金牙在后面说："真没想到，还是个僵尸美人儿！"

雪莉杨却说："你们当心，僵尸在动！"

我和胖子瞪大了眼，正在看黄金椁中的僵尸，冷不丁听雪莉杨说了这么一句，二人皆是一惊，立即往后退了两步，再看女王尸身仍是一动不动地立在黄金椁中。

我心想："八成是凑得太近了，我们喘上一口大气，女尸的头发也会动上一动。不过雪莉杨可不是大金牙那等一惊一乍的胆小之人，她可不该看走眼。"想到这儿，我和胖子不约而同地转过头，看了看后面的雪莉杨。

雪莉杨一脸凝重，金刚伞已经握在手中，目光盯住黄金椁中的女尸，如临大敌一般。我心知非同小可，忙将头转了回去，再一看，黄金椁中的女尸居然张开了二目。我和胖子吓了一跳，要说粽子突然睁眼，那种情况虽然可怕，却并不是没有，有时在开棺之际，尸身皮肉迅速萎缩，猛一看还以为是死人在动。不过别的死人睁眼，跟我们面前的这位可不一样，人死如灯灭，翻开死人的眼皮子，你也绝对看不到目中有光。而黄金椁中的女尸没有眼白，二目如同两个黑洞，在金碧辉煌的大殿中射出两道金光。

　　我见情况有变，低声对胖子说："黑驴蹄子！"

　　胖子出手如风，要将黑驴蹄子塞进女尸口中。谁也没想到，女尸脸上浮现出一抹怪异的笑容！死了几千年的女尸还笑得出来，那不是有了道行又是什么？胖子胆大包天，他可不在乎这个，抬手将黑驴蹄子往尸魔口中塞去。僵尸忽地抬起手臂，张开指爪，怎么说是指爪？那指甲足有一尺多长，有如五根金钩，蓦地掐住了胖子的脖子。女王身形又高又细，一伸出手爪已成压顶之势，而且怪力无边，当时就将胖子掐得翻了白眼，手中的工兵铲和黑驴蹄子都掉到了地上。

　　我见胖子势危，当即挥出工兵铲，正劈在僵尸抓住胖子的手臂上，而僵尸身穿金丝殓袍，挡住了铲刃。我这一铲子下去，虽然没削去僵尸半截手臂，但也给了胖子喘息之机。他一脚蹬在僵尸身上，借力往后一挣，挣脱了掐住他脖子的指爪，身子落地，向后滚了开来。

　　只挨了这么一下，足以让他半天起不了身。我一看这粽子太厉害了，不过即使几千年的僵尸，吃了黑驴蹄子也得灰飞烟灭。又看僵尸对我一爪挠了下来，当即闪身避开，捡起胖子掉落在地上的黑驴蹄子，想塞进僵尸口中。

　　那僵尸不仅身形细长，两只手臂也是又细又长，使人近身不得。

我往前一冲，非但没有将黑驴蹄子塞进对方口中，水火衣反被它挠出几道口子，我见僵尸来势汹汹，正面相抗绝无取胜之机，只能全力与之周旋。于是避开它这一扑之势，转向僵尸美人身后。

此时，大金牙已经吓得双手抱头趴在地上，三魂不见了七魄，几乎尿了裤子。雪莉杨拿过他的步枪，拉开枪栓，对准僵尸就要射击。怎知那僵尸美人快如鬼魅，身形一晃，已经到了雪莉杨面前。手爪一挥，雪莉杨手中的步枪便被打掉了。紧接着又是一爪，挠向雪莉杨面门。雪莉杨身手敏捷，对方手爪落下虽快，她也能在千钧一发之际避开。但如果她往旁边闪开，身后的大金牙势必死于非命，只好用金刚伞往前一挡，僵尸金钩也似的双爪，挠在金刚伞上，那响动听得人汗毛直竖。再说我转到僵尸身后，心想："黑驴蹄子只有塞到粽子口中才有用，我从后边绕过来，先拍它一铲子再说，趁它转过头来，正好让它吃下黑驴蹄子！"

打定主意，抡开手中的工兵铲狠狠拍向它的后脑勺。

与此同时，僵尸美人身后披散下来的那一头长发，忽然从中分开，它后面居然还有另外一张脸。这一张脸长得好似枯树皮一般，双目深陷，怪口如同黑洞，我一看之下，大吃了一惊。黄金椁中的僵尸美人，前边这张脸十分美貌，与活人无异，没想到她这一个头长了两张脸，后面这张脸却似埋了几千年的僵尸，看上一眼都能把人吓个半死。

原来西夏地宫壁画中那个半人半怪的妖女并不是半张脸是人，半张脸是鬼，而是一头双面，前面是美女，后边却是个僵尸。我心中虽然吃惊，可手中的工兵铲还是拍了下去。怎知僵尸全身"咯咯"作响，原本朝前的手脚瞬间扭到了后面，反过来的爪子接住了我的工兵铲，只往旁边一甩，我整个人就横向飞了出去。我一闭眼，心说："完了蛋了，老子今天要归位！这一头撞在黄金台阶上，真得把脑袋撞进腔子！"

2

我被一股怪力甩出,眼看脑袋就要撞在黄金台阶上。往好了估计,脑袋撞进腔子,我还能留个全尸,否则也得撞得脑浆崩裂。原以为我这条小命儿,今天就得扔在这儿了。这时胖子刚从地上爬起来,一看我往这边飞过来了,急忙使出全力,往我身上一推,抵消了我这一撞之势。我摔在地上,浑身上下几乎摔散了架,好歹保住了这条命。

僵尸四肢转到身后,枯树皮一般的那张脸往上抬起,披散的长发如同一条大爬龙,绕过黄金樽又爬了回来。我强忍身上疼痛,咬牙从地上起来,手中的黑驴蹄子还在,这一次不敢再往前去了。对准僵尸那个黑洞洞的大口,奋力将黑驴蹄子扔了出去。僵尸大口一张,一口将那黑驴蹄子吞了下去。

我和雪莉杨、胖子三个人相顾失色。相传僵尸之祖乃天女魃,天女魃本为轩辕黄帝之女,因为中了蚩尤咒,变成了僵尸,见之则主大旱,所到之处,赤地千里,以地脉中的龙气为生,吞云吸雨,所以才会造成干旱。僵尸吃活人心肝,皆因人是万物之灵,人又以心以为灵,按迷信的说法,人的心上有窍,傻子是一窍不通,窍越多,这个人就越有灵性。传说当年的商纣丞相比干,有九窍玲珑心。僵尸埋在地下千年,吸尽地脉中的龙气,即成尸魃,吃人心肝吃多了,几时能够驾上风,那就成了飞僵。飞僵目中有光,来去如风,可以杀龙吞云,甚至口出人言,出没于白昼。用过去的话来说,这是成魔了。古墓中的粽子,最可怕的也不过于此。尸魔再厉害,让黑驴蹄子打一下,就得打掉一千年的道行;吞下黑驴蹄子,则灰飞烟灭，化为黑血。

想不到黄金椁中的僵尸美人，一前一后长了两张脸，而且一口吞下黑驴蹄子之后，居然若无其事。应该不是黑驴蹄子没用，而是黄金椁中的女子，比尸魔还要恐怖。

我心想："好汉不吃眼前亏啊，打得过咱就打，打不过咱就撤。舍命关上殿门，僵尸也未必追得出来。"可僵尸美人行动奇快，没等我们跑出这座黄金宫殿，就得让它追上，终究逃不出它的魔爪。

三个人只得舍命与之周旋，绕着黄金宫殿兜起了圈子。而三个人之间拉开了距离，彼此之间难以呼应，处境更为危险，一时间险象环生。僵尸将雪莉杨追到大殿的一个死角之中，雪莉杨想用金刚伞招架，却被僵尸一爪挠下，金刚伞脱手飞出。雪莉杨身后已是黄金墙壁，无路可退。我和胖子与她离得太远，鞭长莫及，有心冒死相救，却也无能为力。正在这紧要关头，但见雪莉杨往上一纵，其疾如风，脚下吉莫靴蹬在黄金殿中的墙壁上，飞奔出十几步，间不容发之际，从死角中逃了出去。而那僵尸也挠壁直上，宛如一条大爬蛇，在后面对雪莉杨紧追不舍。雪莉杨抛出飞虎爪，勾住黄金神树，从壁上凌空跃过，落到黄金神树上，这才躲过僵尸的追击。

我暗道一声："好险！"也不得不佩服雪莉杨的身手，换成我和胖子，再多几条命也都没了。可悬着的心还没放下，僵尸已经爬上了黄金神树。

雪莉杨迫于无奈，只好从黄金神树上跳了下来，而那僵尸如影随形，紧跟着下了黄金神树。雪莉杨接连几次死里逃生，此时已无力再逃。僵尸四肢倒转，带起一阵阴风，爬向雪莉杨。我和胖子手握工兵铲，从两侧冲向雪莉杨，眼看无力回天。正在此时，倒在一旁的玉面狐狸突然站了起来，她失血不少，脸色如同白纸，抽出插在大金牙背包中的鱼尾刀，往僵尸身后的那张美人脸上一刀劈下。僵尸只顾来追雪莉杨，后面那张人脸见到玉面狐狸挥刀劈下，发出一声尖叫,震得四壁皆颤,整座黄金大殿中的光亮都跟着暗了下来,它再想返回手抓格挡,却已然不及。那张美艳的女人脸被锋利的鱼尾刀从中劈开,分为两半,并不见有鲜血流出。凄厉无比的惨叫声中,冒出一缕缕血雾。

我和雪莉杨、胖子、大金牙四个人见状,无不骇异。但见僵尸美人头上冒出的血雾越来越多,而它另一张枯树皮一般的僵尸脸,则迅速消失,只余下一个身穿金丝殓袍的女子。头部被刀劈开,指爪在地上挠了几下,便此一动不动了。黄金宫殿中尸臭弥漫,一缕缕血雾钻进了玉面狐狸口中,玉面狐狸惨白的脸上,一瞬间恢复了血色,双目却变得同黄金椁中的女尸一般,成了两个黑洞,没有了活人的光彩,只是让金殿衬得射出神光。不知是不是我的错觉,我看见她的指甲似乎也变长了,同时她的脸上浮现出诡异的微笑,也同黄金椁中的僵尸美人一模一样。

3

我从未见过如此怪事,好像黄金椁中的女尸被恶灵附体,所以才长出另一张枯树皮似的怪脸。而玉面狐狸一刀劈开女尸长相美貌的脸,恶灵变成血雾,又附到了玉面狐狸身上。民间迷信传说之中,能够化为血雾的恶鬼,称之为血魔。玉面狐狸带了摩尼宝石,从密咒伏魔殿中下来,说是要找一个"宝藏",是为了变成"血魔"?血魔才是她口中所说的"宝藏"?

大金牙刚从地上坐起来,正看见玉面狐狸这么一笑,吓得他"嗷"了一声,连窜带爬躲到胖子身后。我和雪莉杨、胖子三个人,不约而同地想到,决不能让玉面狐狸逃出黄金宫殿!抡起工兵铲正要上去，却见玉面狐狸身子一晃，犹如一缕黑烟，倏然无踪，扔下我们这几个人在原地呆呆发愣，你看看我，我看看你，谁也不知该说些什么才好。

过了许久，大金牙开口说："三位！容我大金牙多一句嘴，咱是不是惹下……塌天的祸了？"

胖子问："那还追不追？"

我说："太快了，追不上，说不定此刻已在千里之外了。"

大金牙说："那咱也无能为力了，我看不如掏几件值钱的金器，再找条路逃出去，那才是当务之急！"

雪莉杨问我："你说什么已在千里之外了？"

我说："玉面狐狸已经在千里之外了，你没见她变成了血魔吗？"

雪莉杨说："世上怎么会有血魔？"

我说："你不也亲眼看到了，玉面狐狸让厉鬼上了身，那个东西可是连黑驴蹄子都对付不了！"

雪莉杨仍是觉得难以置信，她扭过脸去，望向身穿金丝殓袍的女尸。

胖子对我说："你小子让那玉面狐狸迷住了？要是早依了我，一铲子削掉那狐狸精的脑袋，那也没有后边这么多事儿。你倒好，怜香惜玉舍不得下手啊，还让我给你背黑锅。这下傻眼了吧，从古墓中放出血魔，你这个娄子可捅大了！"

他一句两句连三句，说得我哑口无言。但是我也觉得冤，要说我让玉面狐狸迷住了，那可绝对没有。她的脑袋让我用铲子削掉了两个，只不过胖子没有看见。何况从密咒伏魔殿中下来之后，再干掉玉面狐狸也来不及了，谁会想得到她要找的宝藏是这么一个东西！不是我们无能，而是对头太狡猾了！这会儿来当事后诸葛亮，还顶个屁用？

大金牙说:"胖爷,您先消消气儿,胡爷,您也甭埋怨自个儿了。天塌下来,自有高个儿扛着,咱哥儿仨出去不还得过日子吗?依我大金牙之见,九死一生进了这黄金宫殿,不带点儿什么出去,死了也没脸去见八辈儿祖宗!"他这儿说着话,抱起一只黄金神鸟,就往他背包里塞。那就相当于一个大金疙瘩,分量极沉,他咬牙瞪眼才勉强搬得动。

胖子说:"你一个人往外走都走不动,还搬这么个黄金神鸟,不怕把你砸死?"

大金牙说:"我抱出去咱哥儿仨平分,金子越沉分得越多,累吐血了我也不怕!"

我让大金牙把黄金神鸟扔了,还是活命要紧。有路没路也得出去,绝不能不明不白地死在这儿。

胖子说:"怎么出去?来时那条通道可打不开了,再往外又是无边无际的流沙。咱们没有水没有干粮,往外走也是个死,不如死在这儿,死前咱也享受享受让金子把眼晃瞎了是什么感觉。"

雪莉杨忽然说:"不对!老胡,你把摩尼宝石给我看看!"

我从怀中掏出摩尼宝石,交给雪莉杨。

正要问她想到什么,忽然一阵阴风刮来,我不由得打了一个寒战,往后一看,玉面狐狸站在我身后。我如触蛇蝎一般,急忙往后退开。胖子手中工兵铲指向玉面狐狸:"你怎么又回来了?"

玉面狐狸一言不发,忽然张开五指,指甲又黑又长,抓向我身后的雪莉杨!

我和胖子当然不能让她动雪莉杨,一人一柄工兵铲,搂头盖顶地拍了过去。而玉面狐狸移形灭影,这两铲子拍下去,都打了一个空,重重击在地面的金砖上。玉面狐狸像一缕黑烟似的,眨眼到了雪莉杨面前。雪莉杨忙用金刚伞来挡,却又挡了一空。她立即向后躲闪,可仍似受到重击,身子向后飞去,一口鲜血喷了出来。

雪莉杨手中还握着摩尼宝石，她的血溅在摩尼宝石上，立时发出一道白光。之前玉面狐狸曾用她的血涂在摩尼宝石上，使摩尼宝石发出亮光，照出了暗道位置，众人才得以进入黄金宫殿。按玉面狐狸的说法，她先祖是拘尸国主君，同时也是鸿蒙之血的主人，只有鸿蒙之血，才能使摩尼宝石中发出初始之光。而雪莉杨的血溅在摩尼宝石上，可比之前亮过十倍。我原本对摩尼宝石中的秘密一无所知，直到此刻方才明白，雪莉杨身上，流淌着扎格拉玛先圣的血。神山下的扎格拉玛血脉，比拘尸国更为古老，搬山道人才是摩尼宝石真正的主人！有种无从证实的说法，类人智慧生物存在不下十万年之久，我们如今这个世界是第三文明，历史才不过四五千年，大洪水之前，至少还有过两次辉煌的文明，搬山道人的先祖，可能是第一文明的后裔，摩尼宝石也是从那时候传下来的！

第二十章　升天

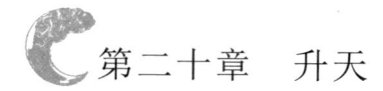

1

　　玉面狐狸的先祖，远不如搬山道人的血统古老，她让那道神光罩住，立时发出声嘶力竭的怪叫。她的脸都扭曲了，一缕缕血雾从她身上冒出。一旦让摩尼宝石的亮光照到，一瞬之间化为黑灰。玉面狐狸大惊失色，"嗖"的一下，闪到了大殿一角。我看雪莉杨伤得不轻，连忙接过她手中的摩尼宝石，白光一晃，又将玉面狐狸罩住。玉面狐狸接连躲了几次，从她身上冒出的血雾越来越多，她的行动也越来越慢，惨叫声在空寂的黄金大殿中回荡不迭，终于倒在了地上，脸色又变得同白纸相似。

　　胖子将她拎到众人面前，手举工兵铲，说道："玉面狐狸，你不是想要老子的命吗？胖爷今儿个让你变成没头狐狸！"说罢，便要一铲挥落。

大金牙说:"胖爷,一铲子削掉她的脑袋那是便宜她了,不如扒了她的狐狸皮!"

胖子用工兵铲拨开大金牙,骂道:"你人妖不分,给我躲一边儿去。"

这时我已将雪莉杨扶了起来,她吐的血不少,看不出伤得是否严重。雪莉杨支撑着站起来,对胖子说:"且慢,我有些话要问她!"

胖子将玉面狐狸拎过来,推到雪莉杨面前。

我见玉面狐狸脸色惨白,失魂落魄,全不是之前神气活现的样子,对雪莉杨说:"她是自作自受,死有余辜。"

雪莉杨说:"流沙下的黄金宫殿太古怪了,如若不从她口中问个明白,我们如何走得出去?"

我说:"好,事到如今,不怕她不说!"

玉面狐狸自知躲不过去了,只好说出实情,她说:"相传,流沙下埋了一座黄金宫殿,只有凭借摩尼宝石的光亮才可以进入这里,打开黄金椁,成为宝藏的主人。所谓宝藏,其实是供奉太阳神的女王之血,乘虚不坠,触实不硋,移形灭影,变化无端,洞悉造化,指沙成金。"

大金牙抱着那黄金神鸟说:"指沙成金?这全是沙子变的不成?"他用舌头舔了舔,又用手指敲了两下,当真是纯金的。有这能耐那不是想要多少金子便有多少?

我十分骇异:"黄金椁中的女王,真能将沙子变成黄金?"完全无法让人相信,可是眼见为实,却又不得不信。

玉面狐狸说:"仅有拘尸国后裔,有鸿蒙之血的人,才可以得到宝藏,所以我说你们知道宝藏的秘密也没用,是你们自己不信,又不怪我!"

我们虽然不得不信,但是越想越觉得奇怪,世上的事儿,大不过一个"理"字。什么叫"理"?天高东南,地广西北,日升月落,阴阳造化，是为常理。绝没有沙子可以变成金子这么个理儿。至于移形灭影，出有入无，那些话谁会当真？古人云：不合常理，谓之"妖"！怎么想怎么觉得玉面狐狸说的"宝藏"都是旁门左道，近乎妖邪。于是我对玉面狐狸说："你心存非分妄想，却不掂量掂量自己几斤几两，成天说你祖上是拘尸国之祖，身上还是什么宝血，自以为是拘尸国的后人，便可以高人一等？我真不明白，那有什么可光彩的？吃的不也是五谷杂粮吗？咱这儿总共一百多个姓氏，往上论起来，谁家还没出过三五个皇帝？胡萝卜还姓胡呢，我可没见人便说！"

胖子说："我还是没搞明白，玉面狐狸到底在搞什么鬼？"

大金牙说："胖爷，以我大金牙的浅见拙识，我觉得是这么着，原来流沙下的黄金宫殿之中，有这么一个死了不下五千年的僵尸美人。僵尸美人身上附了一个恶灵，恶灵附到谁身上，谁就可以移形灭影，指沙成金，在老时年间，这就叫顶仙儿的！玉面狐狸顶上仙儿了，说白了，是得了道了！一旦让它出去，我佛如来也降它不住，这厮却不走运，撞在胡爷，胖爷，杨大小姐三大摸金校尉手上，又有我大金牙在旁辅佐，还怕对付不了这玉面狐狸？这不就手到擒来，简直是不费吹灰之力！"

我和胖子听说过顶仙儿的，以前在乡下，好端端的一个人，忽然变了口，说话都跟以前不是一个调儿了，言生道死，无有不中，按迷信的话来说，那就是有东西上了他的身。可那都是乡下装神弄鬼的伎俩，如今这是什么？把沙子变成金子，那是说着玩儿的吗？你便是割了我的头，我也不信！胖子有可能变成瘦子，但沙子绝对变不成金子！

我手上沾满了雪莉杨吐出的鲜血，摩尼宝石中的光越来越亮。我想起传说摩尼宝石可以照破一切无明之众，为什么黄金宫殿中一尘不染，又不见人迹，仅在黄金椁中有一个僵尸美人，何不用摩尼宝石照它一照，看看它究竟有什么古怪？于是将摩尼宝石发出的光亮，往女尸身上一照。可也怪了，摩尼宝石中皓月一般的光明照到的僵尸，立即变成了一堆沙子。

胖子抓起一把在手中一捻，全是细细的沙土，而且绝非金沙。众人无不惊愕，再看大金牙抱在怀中的黄金神鸟，眨眼之间也变成了黄沙，他舍不得那黄金神鸟，两手在黄沙中乱抓，边抓边叫："我的鸟儿！我的黄金的鸟儿啊！"

随着摩尼宝石中放出亮如明月的白光，整座黄金宫殿连同那黄金棺椁、黄金神树，全都变成了沙子！我在亮如白昼般的光芒之下抬眼一看，才发觉我们仍在那片无边无际的流沙之中。沙海茫茫，周围哪有什么通道、宫殿，面前是一个巨大的流沙漩涡，几条小小的爬蛇在沙子上到处趑行，远处还有十来根孤零零的岩柱，那是一个没有在史书中留下任何记载的古国，所仅存的遗迹，也许永远不会有人知道，这个大洪水之前的古老帝国，存在了多少年，又是由什么人建立的！而我们走了这么久，却只在这片沙海中打转，可要说是幻觉，怎么会如此真实？身上的伤口，仍在一跳一跳的疼！如果说不是幻觉，怎么一切都变成了沙子？

2

我又用摩尼宝石往前一照，在亮如皓月一般的光明之下，黄金宫殿全变成了沙子，那个碧玉般的水池，则是茫茫沙海中的一个旋涡，可以看到深处有个大肉块，埋在流沙之下。看不出轮廓形状，但是巨大无比，因为它稍稍一动，周围的流沙也都随之而动。

众人皆是心寒股栗，原来沙海之下埋住的古国，曾经供奉了一个古神，形同一个大肉块，早已经半死不活。我们坠入深渊之后，即使刚喝过水，也会感到口渴难耐，那是由于一行人的脑电波受到了它的影响，迫不及待地想找水喝，在当时那种情况之下，别说是地下水了，见了骆驼尿也喝得下去。胖子在岩柱下挖出的水，根本不是地下水，而是大肉块身上的血，难怪有一股壶底子味儿！我们喝了古神的血，脑电波与它同步，随即见到了规模宏大的通道、黄金宫殿、黄金神树、黄金神鸟、黄金棺椁、这一切，完全是古神的梦境！幻觉是外部造成的，因此不会感觉到疼痛，但是我们走进的梦境，却是由内而外，使人感到无比真实！埋在流沙下的这个黄金帝国女王，洞悉了大肉块的真相，它的血可以使人进入幻造而成的黄金宫殿。女王以此蛊惑人心，让世人以为这位侍奉太阳神的女王，能够"移形灭影、指沙成金"，也就是玉面狐狸所说的"宝藏"，实际上那只是在梦境之中，从来不曾真正存在过。玉面狐狸的先祖，不晓得从何处得知这个秘密，妄想成为宝藏的主人，她却没有想到，一旦离开黄金宫殿，通天的本领皆成画饼。

不过最恐怖的是，我们在梦境中的经历，绝不是无意义的，沙海下的古神拥有意识，但它究竟想干什么，可这并非常人所能揣测。它或许也明白肉身将死，而且困在流沙中无法行动，才将我们引入它的梦境，是为了让玉面狐狸变成它的傀儡，完成仪式，将它的意识带出去！我们掉进无边无际的沙海，不喝岩柱下的水还则罢了，喝下这个水，那就再也走不出去了，看到什么摸到什么，全凭流沙下的古神任意摆布，好在雪莉杨手上有摩尼宝石，以开辟混沌的宇理之光，照破了古神幻造出的黄金宫殿！

当时我还没有想到那么多，事后才越想越是后怕，几个人一见到沙海下的巨物，全吓得呆住了，由于一切发生得过于突然，一时半会儿明白不过来，但也意识到了不对，黄金宫殿全是沙子变的！玉面狐狸见她处心积虑要找的宝藏，瞬间变成了沙子，一阵急火攻心，一头倒在了流沙之中。

此时脚下的流沙不住抖动，旋涡在迅速扩大。胖子说："老胡，再不走可要陷进去了！"大金牙问我："带不带上玉面狐狸？"我稍一迟疑，没接大金牙的话，转头去看雪莉杨，她也不置可否。胖子对大金牙说："自己刨坑自己跳，你还在乎她的死活？"大金牙说："玉面狐狸有根有叶有势力，带上她回去，可以让她手下出钱赎人！"胖子一想那总比空跑一趟好，于是将玉面狐狸扛在肩上。一行人在摩尼宝石的光亮下，拼命往沙海边缘逃去。

摩尼宝石中放出的光明，照如白昼一般，风沙虽烈，却不至于迷失方位。几个人一路奔逃，发觉流沙边缘，似乎与深绿色的大海相接，但是听不到潮水涌动之声，到了近处才看明白，前方是一望无际的瓦斯浓烟。按说瓦斯密度达到一定程度，会发生爆炸，可流沙下的瓦斯却似凝固了，从远处望过去，真如同深绿色的大海一样。原来埋在流沙下的古国，深处还有一层瓦斯之海，只不过瓦斯密度很高，并没有浮上来，否则我们手中的火把，早已引爆了瓦斯！

胖子扔下玉面狐狸，抹了一抹头上的汗珠子，惊道："敢情这下边真有一片深绿色的海，可这海中没有水，全是瓦斯！"

大金牙跑得上气不接下气，他趴在地上说："老天爷存心要收我等，按倒葫芦起来瓢，一波未平又起一波，逃是逃不出去了！"

我见无路可走，将摩尼宝石举起来往上照，头顶几百米高处，才是倒悬的岩层，肋生双翅也飞不出去。再转头往后一看，流沙当中的旋涡仍在扩大，下边那个大肉块似乎要出来了。我心想"宁为玉碎，不为瓦全，死也拽个垫背的"，当时一咬牙，掏出了Zippo打火机，看向身边的几个人。大金牙忙说："胡爷，使不得！"胖子说："得了，来个痛快的！"雪莉杨对我说："引爆瓦斯之海，气浪将会冲开地面，那是我们仅有的机会。"我说："纵有一线生机，那也好过坐以待毙，生有时辰死有地，是死是活听天由命罢了！"

3

我怕想得越多，越不敢铤而走险，何况情况危机，不容我多想。说完话，我立即将打火机往前扔去，招呼一声胖子和大金牙，紧紧拽上雪莉杨的手，掉头往身后的岩柱方向狂奔。才跑了没几步，瓦斯之海已经发生了爆炸，这一炸真是非同小可，惊了天，动了地，也许声响太大了，反而听不到，耳膜一下子全倒了，身子有如被一只无形的巨手扔了上去，五脏六腑翻了个儿，要不是流沙古迹上的石顶有效阻挡了冲击波，众人可都得被炸成碎片！

瓦斯的剧烈爆炸，使大地从中裂开，埋在流沙下的古国遗迹，也被冲击波推了上去。上边已是白昼，风沙呼啸，远处苍山起伏，周围皆是黄沙，刚好位于沙漠与山脉相接之处，摩尼宝石的光亮迅速收敛，从中裂开的大地随即合拢。几个人落在上边的沙漠中，全给震懵了，鼻子耳朵里全是血，挣扎了半天也起不来。我嗓子发甜，感觉要吐血，然后眼前一黑，什么都不知道了。我失去意识的时间，可能过去了几个小时，也可能并没有多久，再睁开眼的时候，看什么都是模糊一片，对不上焦似的，使劲转了转眼珠子，才勉强看得见东西。我吐出口中的沙子，用尽最后的力气，转头看看四周，雪莉杨、胖子、大金牙、玉面狐狸等人都在，一个个倒在沙漠中动也不动，有的人已经让沙子埋了一半，此外还有几根岩柱，以及一些碎肉，想来埋在流沙下那个古神，就此崩成了碎块。

之前的经历，走马灯似的在我眼前晃过，充满了死亡的圆沙古城，可以使人变成活鬼的密咒伏魔殿，还有噩梦中的黄金之国，恐怖的瓦斯之海，完全想不起这一路之上我们是如何坚持下来的，此行虽然没有掏出一件明器，但是终于逃出升天，能把命捡回来，又没让玉面狐狸得逞，已是不幸之中的万幸了，何况还找到了雪莉杨先祖供奉的摩尼宝石。

要不是我和胖子听信大金牙的谗言，上关中收什么明器，不会从秦王玄宫之中掏出西夏金书，也不至于引来玉面狐狸，好歹将我们捅的娄子补上了，命大没死也扒下了一层皮。吃倒斗这碗饭的，善始容易善终难，此番两世为人，我可得见好就收，接下来远走高飞，再也不必过提心吊胆的日子了。

我正胡思乱想，不远处的雪莉杨站了起来，她低下头到处看，似乎在找什么东西。风沙之中，我看不见她的脸，可她应该看得见我在这边，她在找什么？但见雪莉杨找了一阵，从沙子中捡起了摩尼宝石，忽然一抬手，将摩尼宝石扔向远处。此举完全出乎我意料，风沙大作，摩尼宝石落在身边，还有可能找到，往远处这么一扔，都看不见落在哪儿了，那可别想捡回来了，雪莉杨为什么扔掉摩尼宝石？那是搬山道人先祖供奉的圣物，我们九死一生，吃了多少辛苦，担了多少惊吓，好不容易才从西夏壁画中抠出摩尼宝石，她怎么给顺手扔了？

我口中说不出话，活动活动僵硬的四肢，抖去身上的沙子，使劲爬向雪莉杨。雪莉杨发觉我在动，她一转头，两个黑洞洞的眼睛望向我。我几乎吓傻了，雪莉杨那双眼，怎么看怎么是黄金宫殿中的僵尸！古老的预言已经成真，困在沙海中那个半死不活的大肉块，还是逃了出来，雪莉杨魔化了！黄金之国的古神，并不是随便找个活人，便可以借尸还魂，血统越古老的人，越适合成为它的躯壳，玉面狐狸是次选，雪莉杨才是最合适的人。我一时疏忽，没有想到这一点！稍一分神，雪莉杨扭头就走，风沙弥漫，转眼不见了踪迹！

天下霸唱全部作品目录

《凶宅猛鬼》（无实体书）

《鬼吹灯1：精绝古城》　　《鬼吹灯2：龙岭迷窟》

《鬼吹灯3：云南虫谷》　　《鬼吹灯4：昆仑神宫》

《鬼吹灯5：黄皮子坟》　　《鬼吹灯6：南海归墟》

《鬼吹灯7：怒晴湘西》　　《鬼吹灯8：巫峡棺山》

《鬼吹灯之牧野诡事》

《贼猫：金棺陵兽》

《地底世界之雾隐占婆》　　《地底世界之楼兰妖耳》

《地底世界之神农天匦》　　《地底世界之幽潜重泉》（又名《谜踪之国》）

《绝对循环》（又名《死亡循环》）　《死亡循环2：门岭怪谈》

《我的邻居是妖怪》

《河神：鬼水怪谈》　　　《河神：外道天魔》（待出版）

《傩神：崔老道和打神鞭》（又名《鬼不语：仙墩鬼泣》）

《迷航昆仑墟》　　　　　《无终仙境》

《摸金校尉之九幽将军》　《摸金玦之鬼门天师》

《大耍儿之西城风云》　　《大耍儿之两肋插刀》

《大耍儿之生死有命》　　《大耍儿之肝胆相照》

《天坑鹰猎》　　　　　　《天坑追匪》

《天坑宝藏》　　　　　　《天坑出马》（待出版）

《崔老道捉妖：夜闯董妃坟》（四神斗三妖系列1）

《崔老道传奇：三探无底洞》（四神斗三妖系列2）

《火神：九河龙蛇》（四神斗三妖系列3）

《火神：白骨娘娘》（四神斗三妖系列4）（待出版）